Is It Love?

CARTER CORP.

Daryl

Collection « New Romance® » créée par Hugues de Saint Vincent
et dirigée par Arthur de Saint Vincent
Ouvrage dirigé par Lea Mariani
Image de couverture : © Shutterstock
Conception graphique : Emmanuel Pinchon

Département de Hugo Publishing
34-36, rue La Pérouse
75116 Paris
www.hugoetcie.fr

ISBN : 9782755685565
Dépôt légal : juin 2021
Imprimé en France par CPI Brodard et Taupin - N° d'impression : 3041254

NEW ROMANCE®

SUR UNE IDÉE ORIGINALE DE

CLAIRE ZAMORA

Is It Love?

CARTER CORP.

Daryl

CALI KEYS

Hugo Roman

Chapitre 1

Un accident manqué de peu avec un mufle

Comme chaque matin de la semaine, je suis en retard. Et j'ai le cerveau en ébullition à force de penser aux dossiers des clients qui m'attendent chez Carter Corp. J'ai hâte de m'y rendre mais la passion de mon chien pour les arbres et sa balle de tennis risquent bien de me faire parcourir la totalité du parc avant de pouvoir rejoindre le bureau…

Pourquoi ai-je détaché sa laisse ? Si j'y avais réfléchi, je ne me retrouverais pas à sept heures trente du matin à courir derrière mon petit bouledogue français et à hurler « Blaaaanchette » devant les regards ahuris des passants. Tout cela pourrait sembler normal si, en plus, je ne sautillais pas derrière une balle de tennis jaune, son jouet préféré. Le problème, c'est qu'une fois sur deux, c'est moi qui vais la récupérer parce qu'elle a atterri dans un buisson ou un peu trop près d'un pigeon. Oui, parce que Blanchette a une trouille bleue des pigeons.

Complètement essoufflée, j'arrive enfin à le rattraper et à reprendre le contrôle de mon compagnon à quatre pattes.

— Il faut vraiment qu'on trouve une stratégie pour aller plus vite le matin !

Le regard que me lance mon animal est équivoque et je soupire tout en me penchant pour ramasser la balle baveuse. Je grimace.

— Si tu pouvais dépasser ta peur des pigeons et baver un peu moins, on serait plus efficaces ! Ne me fixe pas comme ça, je sais très bien que je devrais mettre mon réveil trente minutes plus tôt et arrêter de peindre en pyjama !

Oui, j'adore peindre le matin, cette activité me détend avant ma longue journée de travail chez Carter Corp. – même si cette passion m'a déjà obligée à jeter (presque) tous mes pyjamas préférés à cause des taches bleues, vertes ou roses laissées par mes tubes d'acrylique.

Ne vous méprenez pas, j'adore mon job au service communication et je compte bien atteindre mon objectif ultime le plus rapidement possible. Lequel ? J'ambitionne de diriger le département des actions humanitaires et d'y développer un secteur « écologie ». L'année passée, je suis rentrée de Paris où j'avais eu la chance de terminer une spécialisation en conception-rédaction publicitaire. Mon sens graphique et esthétique et ma passion pour la peinture m'ont aidée à convaincre les directeurs de l'une des plus importantes entreprises de la ville de m'engager.

En rebroussant chemin pour retourner à mon petit appartement new-yorkais, je profite de m'arrêter auprès d'un vendeur ambulant pour lui acheter un cappuccino. Je le sirote en observant le décor autour de moi. Des joggeurs foulent les allées boisées en soufflant, des *businessmen* discutent au téléphone d'un pas pressé, d'autres passants promènent leur chien en profitant de ces dernières minutes de calme avant leur journée. Les odeurs de feuilles, d'herbe et de bagels au fromage qui flottent dans l'air me font sourire. Je n'aurais jamais pensé un jour me retrouver ici.

New York, quel pied ! J'adore cette ville qui ne dort jamais et qui dégage une énergie incroyable. Si elle pouvait d'ailleurs m'en transmettre un peu ce matin, je lui en serais reconnaissante.

Il faut dire que ça me change de Paris où l'ambiance et les gens sont si différents…

Je me revois découvrir Montmartre, manger une crêpe, redescendre pour passer devant le Moulin Rouge, sortir boire des verres à République, rentrer au petit matin avec le premier métro. Autant d'insouciance me faisait un bien fou après avoir passé des années à bosser tous les soirs et les week-ends pour économiser le montant nécessaire pour vivre une année en France.

Je sors de mes pensées et accélère le pas, passe devant un kiosque à journaux et ne peux m'empêcher de lire l'une des manchettes en fronçant les sourcils :

Trafic d'armes et de drogue : aucune preuve, Maccini à nouveau tiré d'affaire

— Incroyable, je m'exclame en regardant Blanchette. Ce type est aussi doué que le monstre du Loch Ness pour se planquer. On connaît son existence, tout le monde est au courant de ses magouilles mais personne ne l'attrape jamais.

Et moi, je parle à mon chien. Rassurez-moi, vous parlez à votre animal, vous aussi, n'est-ce pas ?

Maccini est connu dans tout l'État pour son business. On entend régulièrement parler de lui dans l'actualité, tant et si bien que j'ai parfois l'impression d'être à Naples, encerclée par la Camorra.

Bon, à cette allure, je vais encore m'attirer les foudres de Cassidy, la responsable des ressources humaines surnommée « l'iceberg-sans-cœur-des-RH ».

Je ramène Blanchette dans mon studio cosy, lui verse de l'eau dans sa gamelle et caresse sa grosse tête avant de le laisser pour la journée. Je me rappelle quand mon adorable chien a débarqué dans ma vie. J'avais trouvé une alternative car mon frère m'avait interdit de l'appeler Blanche-Neige, argumentant que ça n'allait pas du tout à un bouledogue français[1]. D'autant plus qu'il s'agit d'un mâle. Mais, que voulez-vous, j'ai du mal avec le concept de « genre ».

Sur le chemin de Carter Corp., je sors mon téléphone de ma poche et vérifie l'écran. Pour la millième fois depuis ce matin.

Rien.

Toujours pas de message. Mon cœur se serre et j'ai un mauvais pressentiment devant cet écran irrémédiablement noir. Mon petit frère ne m'a donné aucune nouvelle depuis deux jours et ce n'est pas dans ses habitudes. Lui et moi, on est comme les deux doigts de la main, comme Laurel et Hardy, comme Batman et Robin, comme Frodon et Sam,

---

1 Entre nous, je trouve qu'il a parfaitement et entièrement tort !

comme Blanchette et sa balle de tennis jaune… inséparables, quoi ! Il est ma moitié et nos liens se sont d'autant plus resserrés depuis que mes parents ont tout fait foirer en faisant éclater notre famille. Du coup, Jason m'a suivie à New York, laissant derrière lui le bled paumé de notre enfance et le souvenir de nos heures passées à réparer de vieilles voitures dans le garage de la maison. La belle époque où mon père, mon frère et moi partagions une passion pour la mécanique.

Le crissement de pneus sur le bitume me fait sursauter et me tire de mes réflexions. Sous le coup de la surprise, je lâche mon téléphone et le vois rebondir sur le capot de la voiture qui vient de s'arrêter *in extremis* devant moi.

Mon cœur bat la chamade.

Je rêve ou j'ai manqué de peu de me faire écraser en pleine rue ? Je jure :

— Nom d'un petit bonhomme !

J'entends le bruit d'une vitre qui s'abaisse et une voix grave me répondre d'un ton amusé :

— Je ne suis pas un petit bonhomme… remarque, c'est bien plus distingué et élégant que « merde » ou « putain ». Ce que les autres passants auraient probablement lancé dans la même situation.

Flûte, il m'a entendue, le mufle ! Je le fixe d'un air méchant (ou plutôt, j'essaie, il a tout de même failli m'aplatir sur le trottoir) et l'observe. Du moins, ce que je peux apercevoir de lui puisque je ne vois que le haut de son visage, le reste étant caché par une vitre teintée. Des yeux perçants, des cheveux sombres ébouriffés, des traits harmonieux étrangement familiers. Je ramasse mon téléphone, évalue les dégâts, le remets dans mon sac et fronce les sourcils en lui faisant remarquer :

— On vous a déjà dit qu'il fallait au minimum s'excuser lorsqu'on manque de tuer des gens ?

— Non, personne n'a jamais osé. Apparemment, il n'y a qu'une femme comme toi pour l'exiger d'une manière aussi charmante.

— Je rêve ! Et ça te fait sourire en plus ? Garde ton baratin et mets-toi un objectif pour la journée…

Il me coupe :

— Un objectif comme enregistrer ton numéro pour m'excuser quand je serai d'humeur à le faire ? Ça devrait être possible.

Je le fusille du regard.

— Non mais c'est quoi, ton problème ? On va dire deux objectifs ; un pour aujourd'hui et un pour la vie. Éviter d'écraser un piéton et… et… et arrêter d'être con. Mais, à mon humble avis, ce n'est pas gagné.

— Mmmh le moins que l'on puisse dire, c'est que tu n'as pas ta langue dans ta poche… une vraie furie.

Étonnée par sa repartie et son calme apparent, je reste muette pendant quelques secondes puis je reprends contenance.

— Et moi, je suis étonnée qu'un type comme toi ait pu obtenir son permis de conduire ! D'ailleurs, tu ne devrais pas donner des coups d'accélérateur aussi violents, tu consommes davantage en roulant ainsi. Ça te dit quelque chose, la protection de l'environnement et l'empreinte carbone ?

— Le carbone, je le préfère sur ma voiture. Mais je pense que les automobiles et l'amour des belles voitures représentent des notions abstraites pour une femme comme toi.

Je fulmine. Il va voir, je vais le remettre à sa place en deux secondes et son ego démesuré va en prendre un coup. J'observe sa voiture, passe un doigt sur la portière, incline la tête et plonge mon regard dans le sien pour débiter :

— Lamborghini Aventador S Roadster. La saga S a débuté en 1968 avec la Miura S. Puis Islero, Countach et Urraco.

Il semble pris de court et amusé en même temps, mais garde le silence. Son regard s'assombrit alors j'en rajoute une couche :

— Je continue, tu pourrais apprendre quelque chose aujourd'hui, cela te changerait de ton quotidien. Gros moteur V12. De zéro à cent en trois secondes. Vitesse : trois cent cinquante kilomètre-heure. Sept cent quarante chevaux. Châssis monocoque en fibre de carbone. Jantes vingt pouces Dione argent en alliage d'aluminium.

Il me sonde d'un air dubitatif :

— Impressionnant. Tu viens de taper Aventador sur Google ?

— Non, j'ai un père passionné de belles mécaniques. Mais contrairement à toi, j'ai choisi de m'en servir pour être une partie de la solution et pas du problème en devenant plus responsable. Tu connais les voitures électriques, par exemple ?

— Je resterais bien à papoter avec toi mais il se trouve que j'ai des choses à faire. Et comme, contrairement à ce que tu sembles penser, je ne suis pas un mufle meurtrier et tueur de piétons, j'aimerais beaucoup t'inviter à dîner pour me faire pardonner.

Il me tend sa carte de visite à travers la fenêtre, j'y lis « D.O. Import-Export » et son numéro de portable noté en dessous.

— Si tu crois une seconde que cela me plairait de passer davantage de temps avec toi, tu es encore plus prétentieux que je ne le pensais. Et n'oublie pas : les furies sont des déesses vengeresses…

Il fait vrombir son moteur et j'aperçois une lueur passer dans ses yeux :

— Bien, aurais-tu l'obligeance de bouger de la route maintenant ? Je n'aimerais pas abîmer une aussi belle carrosserie…

Le double sens me fait sourire malgré tout et après avoir donné un coup d'accélérateur, l'homme reprend sa route. Je regarde la voiture s'éloigner et repense à mon frère. Il aurait certainement bavé devant un tel modèle. De mon côté, j'aime toujours la mécanique mais je tente de me servir de mes connaissances pour réduire mon empreinte carbone. D'ailleurs, j'ai le projet de changer le moteur de ma 2 CV turquoise pour le remplacer par des batteries électriques. J'en ai déjà parlé à Jason et on ne devrait pas tarder à commencer.

Ma petite joute verbale avec l'inconnu n'a pas arrangé mon retard. Je repars en direction du building de Carter Corp. tout en invoquant le Dieu du travail (s'il existe) pour que Cassidy ou mon supérieur Gabriel ne s'aperçoivent pas de mon absence de si bon matin.

La seule perspective qui me réjouit est celle de retrouver Matt, mon binôme au service communication et Lisa, mon amie qui travaille à l'accueil du siège. La journée a plutôt mal commencé mais si j'avais su ce qui m'attendait par la suite, j'aurais probablement revu mes priorités.

Je rêve déjà de retrouver mon lit, de dormir, de peindre et d'aller promener Blanchette pour que ma prochaine journée commence d'une meilleure façon. Un peu comme dans un film fantastique où l'héroïne revit sa journée pour en corriger certains éléments[2].

Mon téléphone me sort de ma rêverie et je peste en tentant de mettre la main dessus dans ce sac beaucoup trop grand pour trouver ce dont on a besoin – en moins de dix minutes j'entends.

La perspective que ce soit Jason me pousse à accélérer mes gestes. Quand je constate que je ne connais pas le numéro, j'hésite à répondre mais un mauvais pressentiment me saisit. À l'autre bout du fil, une voix féminine me demande :

— Lexi Wright ?

— C'est moi, oui. À qui ai-je l'honneur ?

— Je vous appelle du service des urgences de l'hôpital Bellevue. Nous venons d'admettre Jason Wright pour des blessures multiples. Nous avons trouvé vos coordonnées dans son téléphone, pourriez-vous venir ? Les médecins souhaiteraient vous poser quelques questions sur ses antécédents médicaux et nous avons des documents à vous faire compléter.

— Jason ? C'est mon frère. Oh mon Dieu ! Comment va-t-il ? Il va s'en remettre ? C'est grave ?

---

2 Mais je ne suis pas dans un film et ma vie ne ressemble pas à un conte de fées !

— Il est inconscient pour le moment mais nous avons bon espoir qu'il se réveille bientôt.

Morte d'angoisse, je me demande ce qui a bien pu se passer. Je connais les penchants de Jason pour les magouilles et ses fréquentations parfois douteuses, elles m'ont déjà causé quelques cheveux blancs et des nuits d'insomnie. Dans quelle galère s'est-il encore fourré? Je ne réfléchis pas longtemps avant de m'entendre répondre:

— J'arrive tout de suite!

Jason représente toute ma vie et je me suis fait la promesse d'être toujours là pour lui quoi qu'il puisse m'en coûter. Même si j'appréhende de manquer le travail, je ne peux pas faire autrement. J'appelle rapidement Matt pour le prévenir et lui demander de me couvrir le temps que je me renseigne sur l'état de santé de mon frère. Je saute dans un taxi pour rejoindre l'hôpital, le cœur battant à cent à l'heure et une nausée grandissante au creux de l'estomac.

J'ai l'habitude de gérer tous les coups durs et les coups de mou de mon petit frère. Un jeune homme adorable mais un peu paumé qui semble, malgré toute ma bienveillance et mon amour, s'engluer dans un comportement autodestructeur. À mon avis, le rejet de mes parents est pour beaucoup dans l'explication de son attitude, dans les risques qu'il prend. Comme pour leur dire « est-ce que j'aurai votre attention si j'ai mal, si on me tabasse, si on me porte un coup de plus, si on me brise? ».

« Si je meurs? »

Comme s'il avait besoin de se faire mal physiquement pour ne plus avoir mal à l'intérieur, comme pour justifier cette douleur qui ne lui laisse aucun répit. Autant avoir un bleu sur la peau qui se voit plutôt qu'un bleu à l'âme…

J'espère qu'il ne s'est pas fait agresser. Ça me donnerait envie de retrouver les auteurs de cette attaque pour faire payer à ces débiles leur intolérance. Depuis son arrivée à New York, Jason essaie de se débrouiller mais il se retrouve toujours dans des plans foireux.

Qu'est-ce qu'il a bien pu faire, cette fois-ci ?

La bouche sèche, le pouls battant à tout rompre, je m'éjecte du taxi dès qu'il s'arrête devant l'hôpital. Paniquée, c'est à bout de souffle que je m'affale sur le comptoir comme un flan qui tomberait sur une assiette et prononce dans un filet de voix :

— Veuxvoirmonfrère, contusionsinconscient… ilestoù ?

L'infirmière me regarde avec des yeux ronds et je me rends compte que j'ai parlé tellement vite qu'elle n'a pas dû capter grand-chose. D'un air bienveillant, elle me demande calmement :

— On va recommencer à zéro, d'accord ?

— Oui, pardon, je suis désolée. J'aimerais voir mon frère Jason Wright. Vous m'avez appelée pour que je vienne le plus vite possible.

Une voix derrière moi nous interrompt :

— Je suis l'interne, c'est moi qui me suis occupé de lui quand il est arrivé. Venez, je vous conduis à sa chambre.

Je le suis dans un couloir éclairé par une lumière blanche et retiens un haut-le-cœur. L'ambiance survoltée des urgences, l'odeur de désinfectant et les « bip » qui s'échappent des chambres accroissent mon angoisse. Je ne peux retenir plus longtemps les nombreuses questions qui me taraudent tandis que le jeune médecin au visage pâle et aux traits tirés poursuit sa course sur le sol en lino :

— Alors, qu'est-ce qui lui est arrivé ?

— On ne connaît pas les circonstances exactes mais il présente plusieurs hématomes importants et des fractures multiples.

Je peine à avaler ma salive tandis qu'il débite la suite d'un ton fatigué :

— Mais il devrait s'en sortir. Au vu de ses blessures, cela aurait pu causer des hémorragies internes…

Je pousse un petit cri d'horreur qui incite certainement le jeune homme à prendre conscience de ce qu'il vient de me dire :

— Rassurez-vous, il va s'en tirer ! On attend juste qu'il se réveille pour en savoir plus. En attendant, il nous faudrait des informations sur d'éventuelles allergies…

— Le kiwi, ça compte ?

— Pas vraiment, non. On y est. Sa chambre est là, il semble en mauvais état pour le moment mais ne vous inquiétez pas, ses blessures vont se résorber petit à petit.

Je pousse la porte en retenant mon souffle.

Une fois à l'intérieur, je suis incapable de m'approcher du lit, je reste figée sur place. Je commence à manquer d'air.

Respire Lexi. Respire.

Le spectacle que j'ai sous les yeux ressemble à un amas de bosses virant du jaune au violet en passant par toutes les teintes de bleu. Une vraie toile de peinture. Seulement, ce n'est pas un tableau que j'ai sous les yeux, c'est mon frère. Heureusement, il semble respirer de manière autonome.

Paupières closes, il a la lèvre fendue et le nez fracturé, un vilain coquard recouvre son œil droit.

Il n'en faut pas plus pour que j'éclate en sanglots.

Comment ce petit garçon a-t-il pu se transformer en cette boule de souffrance ? Avec ses boucles blondes, ses fossettes craquantes et son air angélique, il attirait en permanence la sympathie de tout le monde. On adorait aller ensemble à la boulangerie acheter le pain le dimanche matin, la vendeuse nous offrait toujours des tartelettes au chocolat qu'on planquait dans les tiroirs de notre chambre pour les manger avant le dîner.

Jason avait ce pouvoir magique de séduire tout le monde.

Je regarde mon double, mon ombre, couchée sur ce lit, inerte. On nous a toujours dit que l'on se ressemblait physiquement. Même sourire, même couleur de cheveux châtains aujourd'hui, même fossettes. Nos physiques sont aussi semblables que nos caractères sont différents.

Mon téléphone sonne et quand je lis le nom de Lisa, je renifle, sèche mes larmes et sors de la chambre. Entendre la voix de ma collègue et meilleure amie ne pourra que m'apporter un peu de réconfort.

— Comment tu te sens ma belle ? Et comment va ton frère ?

— Lisa, je ne sais pas ce qui s'est passé. Il est… il a l'air vraiment mal en point.

— Et qu'ont dit les médecins ?

— Apparemment, il devrait s'en sortir. Je suis vraiment embêtée de ne pas avoir pu venir au bureau ce matin. Tu sais si Gabriel a remarqué mon absence ?

— Ne t'inquiète surtout pas pour ça, on gère, Matt et moi, et on te couvre. Occupe-toi de ton frère et si tu as besoin de quoi que ce soit, y compris de la nourriture chinoise accompagnée de cocktails ce soir, tu m'appelles.

— Lisa, je ne sais pas ce que je ferais sans toi.

— Oh, tu finirais par manger les croquettes de Blanchette et tu deviendrais une de ces petites vieilles qui radotent sur leur jeunesse qui a filé trop vite. Tu parlerais aux murs et à tes toiles. Et ah, peut-être que tu finirais même par peindre ton propre chien en bleu et tu deviendrais célèbre pour cette œuvre sur pattes, la première peinture vivante que tu pourrais promener à Central Park.

— Lisa, tu devrais écrire des romans avec une telle imagination. Mais merci, ça me change bien les idées.

— Toujours là pour toi.

— J'essaie de revenir au bureau le plus vite possible.

Je raccroche, le cœur un peu plus léger que tout à l'heure et regagne la chambre de Jason. En poussant la porte, je sens que l'atmosphère a changé. Et pour cause, mon frère tourne la tête vers moi et lance d'une voix pâteuse :

— Salut petite sœur.

— Je ne suis pas ta petite sœur, morpion.

— En taille, tu es ma petite sœur. Allez, viens là.

Je m'approche pour lui prendre la main, j'ai envie de le serrer dans mes bras mais j'ai peur de lui faire mal.

— Alors, terreur, qu'est-ce que tu as encore fait cette fois ? Tu m'as fichu la trouille. Ta carte à point de conneries est épuisée, frérot.

— Où est-ce que je peux en commander une nouvelle ?

Nous rions et il se tient les côtes en grimaçant :

— Arrête de me faire rigoler, sœurette, je n'ai pas les os assez solides.

— C'est toi qui as un humour de merde. Plus sérieusement Jason, qu'est-ce qui s'est passé ? Et ne me raconte pas de craques, ça a clairement l'air plus grave que les autres fois.

Son air stressé et ses doigts qui se rétractent dans un réflexe me font craindre le pire. J'essaie de m'adoucir pour l'inciter à se confier :

— Peu importe ce qui t'arrive, on trouvera une solution. On en trouve toujours, non ?

— Je crains que cette fois-ci, ce soit plus… compliqué.

— Tu me fais peur, Jason.

Il prend appui pour se redresser dans son lit et pousse un râle de douleur. Le voir dans cet état me rend triste, j'aimerais tellement qu'il soit heureux. Qu'il arrête ses conneries. Qu'il se range et qu'il trouve un équilibre.

— Je sens que tu vas être en colère. En fait, j'ai volé une voiture…

Je bugue. Je pense que je n'ai pas compris ce qu'il vient de me dire. Ça doit être la Lamborghini et son puissant moteur qui ont abîmé mes tympans. Il n'y a pas d'autre solution, n'est-ce pas ? Après plusieurs secondes passées à admirer le mur devant moi, je reviens à la réalité. J'ai forcément rêvé. Enfin, cauchemarder serait plus juste. Ainsi, pour être sûre, je demande avec un air naïf et plein d'espoir :

— Alors, tu as fait quoi ? Une petite chute dans l'escalier ? Tu as dit bonjour à un mur peut-être ?

— Tu n'as pas entendu ce que je viens de te dire ? J'ai volé une…

Je complète et termine sa phrase avec lui, perdant ainsi tout espoir de minimiser la gravité de son acte :

— Voiture ! Mais c'est pas vrai ! Les flics risquent de débarquer à tout moment. Et si tu finissais en prison ? Je n'ai pas les moyens de te payer un bon avocat. Oh mon Dieu, ta vie est fichue !

— Arrête sœurette, ne panique pas !

— Je panique si je veux !

Il ajoute d'une petite voix :

— Ce n'est pas toi qui m'as dit qu'il y avait toujours une solution ?

Je pousse un long soupir :

— Pour qu'on puisse en trouver une, il faut que tu me racontes tout dans les moindres détails. Ensuite, on réfléchira à un plan pour te sortir de cette merde.

Vu la tête de mon frère, je sens qu'il ne me dit pas tout mais je décide de prendre sur moi et d'attendre qu'il commence son récit pour l'interroger.

— On buvait quelques bières avec mes potes, tu vois…

— Je vois bien, oui. Et ces fameux potes toujours prêts à faire les quatre cents coups, ils sont où maintenant que tu es à l'hôpital ? C'est bizarre, je n'en vois aucun… j'ajoute, en colère.

— Je sais. Mais, au moins eux, ils m'acceptent comme je suis…

Sa remarque me brise le cœur et je repense à nos parents. À leur rejet. À l'implosion de notre famille, puis à notre départ.

Je n'ose même pas les appeler pour leur dire que Jason est mal en point. J'ai trop peur qu'ils s'en fichent comme du premier cafard qu'ils ont écrasé dans notre ancienne maison.

— Et ensuite ?

— Ensuite, on a rejoint le parking du Queen Casino et c'est là que je l'ai vue. Elle était là. Elle avait l'air de m'attendre ! C'était un peu comme si je voyais une créature de rêve. Un V8, sept cent vingt chevaux, minimum. Jantes de dix-neuf pouces, peut-être vingt. Ailerons en fibre de carbone. Ligne aérodynamique. Peinture mate ! Mate ! T'imagines ? C'était incroyable, un vrai coup de foudre !

Il fait une pause, l'air de regretter d'avance ce qu'il va me confier avant de dire en évitant mon regard :

— C'est là que Billy a lancé un pari débile : ouvrir la portière et se mettre au volant.

— Et tu l'as fait ? Mais je rêve ! Tu as encore une minute pour me dire que c'est une mauvaise blague.

— Tu sais que je suis bien meilleur que ça en blagues… puis, tout a dégénéré.

— J'imagine que c'est là que le propriétaire de ce bijou est arrivé et t'a fait une bonne petite crise de jalousie en te cassant quelques côtes ?

Il a l'air mal à l'aise et joue avec le drap du lit en le serrant fort entre ses doigts.

— Je me suis mis derrière le volant pile quand un groupe de mecs sortait du casino… la caisse était à eux et j'ai complètement paniqué. J'ai voulu me barrer. Mais au lieu de sortir et de courir, j'ai démarré.

— Je crois qu'il va falloir appeler l'interne, j'hyperventile ! Si tu n'étais pas sur ce lit, c'est moi qui te ficherais une baffe. Ou alors, je t'enfermerais chez moi avec Blanchette pour que tu ne fasses plus jamais de bêtises !

— Si je venais habiter chez toi, on sait très bien que tu finirais par commettre un meurtre. Tu ne tiendrais pas une semaine avec moi dans les pattes.

Je lui lance un petit sourire. Qu'est-ce que je l'aime, ce fauteur de troubles.

— J'ai encore un *tout petit* truc à dire. Les mecs m'ont poursuivi jusqu'à ce que je me plante dans un virage. Ensuite, ils m'ont tabassé…

— Quelle bande de petits merdeux. Si je les attrape, je leur fais bouffer leurs jantes.

— Je te déconseille de faire ça. Ces mecs, ce ne sont pas n'importe qui.

Le ton de la voix de mon frère me fait frissonner.

— Qu'est-ce que tu veux dire exactement ?

— Ce sont des hommes de main de Giorgio Maccini, Lexi. Et apparemment, il y avait de la drogue dans la voiture.

— DE LA QUOI ?

— Chut, moins fort. De la came. Mais je n'ai rien vu ! Je te jure ! Et je ne touche pas à ça, tu le sais.

Je fixe le mur puis la fenêtre pour observer le ciel. Il a commencé à pleuvoir, les nuages planent sur l'horizon de New York. Je cherche quelque chose de concret à quoi me raccrocher. Quand je reviens sur Jason, je vois son regard désespéré et mon cœur me brûle. J'ai du mal à assimiler tout ce qu'il vient de m'avouer et pourtant, j'ai l'impression qu'il n'a pas terminé.

— Jason, il y a autre chose, je me trompe ?

— Ils m'ont laissé quarante-huit heures pour leur rembourser cinq cent mille dollars. Il s'agit du prix de la caisse et de la drogue qui s'est éparpillée pendant l'accident. Mais, Lexi, comment je vais pouvoir trouver une somme pareille ?

Je m'étouffe avec ma salive. C'est dommage. Mon frère est dans la merde et moi, je vais mourir étouffée par ma salive dans un hôpital. La vie est une garce.

Je me sens complètement dépassée, je nage en plein film d'horreur. Un scénario pareil, ça n'arrive jamais dans la vraie vie, on est d'accord ? Comment est-on censé réagir quand son frère vous avoue qu'il a défoncé la voiture d'un groupe de mafieux en colère et qu'il a deux jours pour rembourser une somme faramineuse qu'il ne gagnerait même pas en travaillant toute sa vie ?

Un doute terrible me saisit, j'ai besoin de savoir :

— Jason, qu'est-ce qui arrivera si tu ne trouves pas cet argent ?

Je le vois déglutir et il semble retenir un sanglot :

— Ils vont me faire la peau. Ils vont me buter, Lexi. Et après, ils iront se servir où ils pourront. À la maison des parents sans doute… et je suis coincé ici, il faut que tu m'aides.

Dans ma tête, la course contre la montre a commencé et je recense toutes les solutions potentielles. Excluons d'office le crédit à la banque. Les parents ? Ils n'ont aucune épargne. Séduire le big boss Ryan Carter ? Argh, pas envisageable non plus. Il y a peu de chance que je parvienne à le convaincre de me prêter une telle somme en quarante-huit heures, même après un hypothétique coup de foudre. Vendre mes toiles ? Pour le moment, ma cote sur le marché de l'art ne doit pas être bien élevée. À tout péter, je pourrais gagner... deux cents dollars ?

La voix de Jason me ramène à la réalité :

— Pourquoi tu ne prononces pas un mot ? Tu réfléchis à la meilleure manière de faire disparaître mon corps ? En fait, c'est toi qui risques de me tuer après toutes les conneries que j'ai faites, c'est ça ?

— Patate, je cherche des solutions. On va tenter de sauver ta peau et de trouver ce fric et ensuite, si j'en ai envie... je t'achèverai ! Deal ?

Il essaie de rire mais les soubresauts qui se propagent dans sa cage thoracique ravivent ses douleurs.

— Deal.

— Repose-toi, je reviens te voir ce soir, d'accord ?

Il acquiesce et je dépose un baiser sur son front avant de quitter sa chambre.

Il fallait clairement que je sorte pour qu'il ne lise pas ma détresse ! Intérieurement, je bous. Je suis tétanisée, incrédule. Je m'adosse contre un mur du couloir et inspire plusieurs fois de suite pour calmer les battements de mon cœur. La scène que je viens de vivre est-elle vraiment réelle ? Je vais ouvrir les yeux et me réveiller, c'est certain.

Ouvre les yeux Lexi !

Mais ils sont déjà ouverts et, pour mon plus grand malheur, cette scène a bien eu lieu.

Ce que je ressens est bien pire qu'un simple coup de stress. En réalité, je meurs de peur. Comment peut-on décemment trouver cinq cent mille dollars en deux jours ? Après tout, nous sommes des gens normaux. Je travaille, je peins, je m'occupe de mon chien, je sors avec Matt et Lisa, j'aime boire des verres, je suis investie et passionnée. À un détail près : mon frère a de mauvaises fréquentations.

Résultat ? Aujourd'hui, je me demande comment sauver la peau de Jason. Je vais peut-être me repasser tous les films de gangsters et de mafia que je connais pour trouver une solution. Et si je planquais Jason ? Et si je l'envoyais en Suisse ? On pourrait peut-être le cacher dans un coffre-fort comme des lingots d'or, non ?

Je saisis ma tête entre mes mains. Ces hommes ont certainement des comptes en Suisse et des connexions partout dans le monde. Jason ne franchirait même pas la frontière. Sans compter que je ne saurais même pas où me procurer un faux passeport. Ça se tape sur Google, ça, « comment obtenir de faux papiers » ?

Ce n'est pas le moment de me laisser submerger. Ni de me faire virer pour absentéisme. Il faut que je passe au bureau mais je me demande comment je vais pouvoir travailler avec toutes ces questions qui tournent en boucle dans mon esprit.

La seule interrogation qui revient me hanter sans cesse est le problème suivant : comment trouver cinq cent mille dollars en quarante-huit heures ? Une équation insolvable.

Ça non plus, ça ne se tape pas sur Google, hein ?

Chapitre 2

Des collègues en or

Dans les rues de New York, la pluie tombe toujours. Elle assombrit les trottoirs, fait râler les gens. Moi, j'aime la pluie et l'odeur du béton mouillé. J'adore les parapluies colorés qui font ressembler les avenues à des tableaux.

Sauf aujourd'hui. Je suis aussi triste que la pluie qui tombe…

Alors que je suis en route pour Carter Corp., je repense à cette scène improbable qui vient de se dérouler à l'hôpital.

Maccini. Merde. Trafic de drogue, d'armes et de voitures, blanchiment d'argent, ce chef de gang est également à la tête de plusieurs casinos dans la ville.

Mon frère vole une voiture.

Certes, c'est mal.

Mais mon frère est décidément le roi des emmerdes ! Quand il vole une voiture, il faut que ce soit celle d'un mafieux. Quand est-ce qu'il va grandir et sortir de ce cercle vicieux qui risque de le propulser directement dans une tombe ?

Oh mon Dieu !

Mon frère risque de mourir. Des picotements apparaissent dans mes mains. Mes pieds. Mon ventre. Mes poumons. Mon cerveau. J'ai l'impression de flotter dans une autre dimension.

Avant de réaliser pleinement le bourbier dans lequel je m'empêtre, j'arrive au pied de l'immeuble de Carter Corp. Observer ce mastodonte de verre et de béton me ramène à ma vie quotidienne, ce sentiment de normalité me perturbe autant qu'il me fait du bien.

Qu'est-ce que je vais faire maintenant ? Impossible de se voiler la face, je vais être incapable de me concentrer sur autre chose que sur cette question d'argent. Vous saviez que des sociologues ont effectué des études sur l'impact des problèmes d'argent sur la réussite des étudiants à l'université ? Il a été prouvé que ceux qui avaient des problèmes financiers réussissaient moins bien. Comment se concentrer pleinement sur sa performance quand on se demande en permanence comment payer son loyer ou sa nourriture… ou comment sauver son frère ?

Les sociologues ne le disent pas. Aucune étude n'a été faite sur le meilleur moyen d'extirper son frère des griffes de la mafia !

Je pénètre dans le bâtiment et repère Lisa en pleine conversation avec un visiteur. Elle me lance un coup d'œil et je lui fais un signe pour lui faire comprendre que je me rends à mon étage et qu'on se parlera plus tard.

Mais une journée catastrophe ne serait pas une journée catastrophe si je ne croisais pas le monstre-sans-cœur-des-RH. Mon karma semble s'acharner sur moi à tel point que je m'interroge vraiment sur les crimes que j'ai pu commettre dans mes vies antérieures.

Les portes de l'ascenseur s'ouvrent sur un parfait tailleur couleur crème et des talons que je ne porterais même pas pour draguer Bradley Cooper.

Alerte rouge ! J'envisage une tactique de retrait stratégique quand j'entends, d'une voix mielleuse et nasillarde :

— Où étiez-vous ce matin, mademoiselle Wright ?

Flûte, trop tard. Est-ce que je lui dis que le terme « mademoiselle » n'existe plus et que c'est sexiste ? Je grince des dents en retenant les mots qui me brûlent la gorge, ce n'est pas le moment de faire un point avec elle sur des questions d'égalité et de féminisme. Nous risquerions d'être en désaccord. Comme nous le sommes à propos de tous les autres sujets, d'ailleurs.

— J'étais en train de danser une valse avec Peter Pan. Et vous ?

Évidemment, je n'ai pas dit ça.

— Cassidy, ravie de vous croiser.

Plus ravie, tu meurs. Je complète en espérant qu'elle lâche l'affaire :

— Navrée pour ce matin, j'ai eu un imprévu…

Elle me coupe la parole et siffle comme une vipère :

— Je vous rappelle que vous êtes payée pour travailler sur nos campagnes de communication. J'ai vaguement entendu parler de votre projet d'avancement afin de gérer le département des affaires humanitaires. Laissez-moi vous dire que ce n'est pas ainsi que vous parviendrez à grimper un échelon supplémentaire. Prenez garde, le barreau sur lequel vous êtes perchée risque fort de casser bientôt si vous vous entêtez dans ce genre d'attitude. Est-ce que le reste de vos neurones disponibles vous permet de comprendre les implications de ce que je viens de vous dire ?

— Il semble que mes neurones fonctionnent suffisamment pour saisir chaque mot que vous venez de prononcer. Je compte bien m'impliquer au maximum pour atteindre mes objectifs. En attendant, puis-je accéder à la cabine s'il vous plaît ?

Elle me fusille du regard et se décale, me laissant l'accès libre. Je sens le poids de sa présence derrière moi, l'ignore du mieux que je peux puis entends le bruit de ses talons sur le sol tandis que les portes se referment.

À peine arrivée, je vois Matt, mon binôme adoré et Colin, l'un des développeurs et pote de Matt, qui se tient à côté de son bureau.

— Hey, comment tu vas, princesse ? lance Matt. Et ton frère ? Il tient le coup ?

— Il s'en remettra.

— Et l'hôpital, pas trop dur de le voir dans un sale état ?

— Si, il m'a fichu la frousse, j'ai eu tellement peur…

— Je sais que c'est une situation délicate, ce n'est jamais marrant d'avoir une famille à problèmes.

Colin qui regardait son téléphone dans un coin lève le nez et ajoute l'air de rien :

— Et tu peux me croire, Matt sait de quoi il parle.

— Mec… répond Matt d'un ton de reproche.

Je lève un sourcil. Qu'est-ce qu'il veut dire ? Mon ami semble mal à l'aise mais je ne compte pas faire comme si je n'avais rien entendu :

— C'est-à-dire ?

— Je compatis et je comprends, c'est tout.

Bien, il ne semble pas décidé à en dire davantage. Quels secrets caches-tu derrière ton air affable, ta bonne humeur légendaire et ton sourire, mon cher ?

Colin nous dit à plus tard, nous laissant, Matt et moi, seuls à nos bureaux, qui se font face dans l'open space. Je l'interroge :

— Qu'est-ce que tu as dit à Gabriel pour justifier mon absence ce matin ?

— Je lui ai dit que tu étais fatiguée de me draguer du matin au soir sans le moindre espoir de me faire craquer !

— Matt, je gronde ! Sérieusement ?

— OK, OK, je capitule devant tant de professionnalisme. Je lui ai dit que…

— Lexi !

D'un bloc, nous nous retournons vers Gabriel Simons, notre manager. Je me retrouve dans un tout nouveau rôle : celui d'un iceberg qui se liquéfie au soleil. Je fonds. Et pas parce qu'il est plutôt canon. Non, parce que je suis persuadée de me faire virer au pire moment de ma vie. J'ai une pensée presque émue pour mes parents qui vont bientôt se retrouver avec une fille au chômage et un fils au cimetière.

— Content que tu aies pu venir malgré tout. Matt, tu peux m'envoyer l'affiche finalisée pour le prochain salon Art in the City ? J'ai adoré votre job sur ce projet. Lexi, tu peux me suivre dans mon bureau ? J'aimerais te parler quelques minutes.

Je lance un regard paniqué à Matt et suis Gabriel en zigzaguant parmi les bureaux. J'ai chaud. Je ne peux plus respirer. Je sens une goutte de transpiration couler dans mon dos. Il me fait entrer, s'assied derrière une grande table en acajou et m'enjoint de faire de même. Je prends place en face de lui, la gorge serrée.

— Je suis content que tu sois là. Après ce que m'a dit Matt ce matin, j'imaginais que tu allais rester toute la journée chez toi.

Qu'a-t-il bien pu lui raconter, bon sang ?

Dis quelque chose, dis quelque chose et arrête de le fixer comme ça, c'est louche !

— Finalement, la… euh… situation s'est arrangée.

C'est pas mal comme réponse, non ? Passe-partout. Sans détail mais d'après ce que je connais du bonhomme, je crains qu'il ne se satisfasse pas de ça. Je me mords la lèvre en attendant la suite et peine à avaler ma salive.

— Je me disais bien que Matt avait exagéré en parlant d'hémorragie incontrôlable.

Je pense que mon regard interloqué le pousse à poursuivre :

— Je ne veux pas du tout minimiser l'importance de ce que vivent toutes les femmes chaque mois. Je pense juste qu'en tant qu'homme, on ne se rend pas forcément compte de ce que vous endurez. Je me demandais si l'on devrait ajouter un congé de temps à autre pour cette période particulière. Je sais que certaines entreprises réfléchissent à la question. Je me dis qu'il s'agit d'équité, histoire que les femmes se sentent entendues dans l'entreprise et acceptées avec toutes les problématiques qu'elles doivent gérer au quotidien. Ou peut-être discuter d'une possibilité de télétravail éventuellement ? Qu'est-ce que tu en penses ?

Les femmes ? Les hémorragies ? Je rêve où il essaie de parler de… menstruations ?

Gabriel m'étonne par son implication et ses idées que je trouve intéressantes. Mais ce n'est pas exactement le moment idéal pour moi. Comment me sortir de cette séance ? Son questionnement est pertinent mais là, tout de suite, je suis préoccupée par d'autres sujets. De vie ou de mort, par exemple.

J'ai une idée :

— Merci pour ton approche, Gabriel. Je te propose de faire un point avec les femmes du département et de revenir avec des propositions concrètes concernant ce sujet. Cela te convient ?

— Oui, bien, très bien. Merci !

— Génial. Je peux ?

Je désigne la porte de son bureau. J'ai envie d'en sortir au plus vite et de retrouver Matt pour l'étriper. Aucune blague ou aucun de ses légendaires « princesse » ne m'empêcheront de le faire payer ! Je ressens un léger malaise de parler de mes périodes menstruelles avec mon boss mais je m'aperçois que la question mérite d'être soulevée. Après tout, il y a toujours un côté tabou à évoquer ce sujet. Et les liquides bleus censés représenter le sang dans les publicités pour serviettes hygiéniques me sortent par les yeux. À quel moment s'est-on dit que c'était honteux, d'avoir ses règles ? À quel moment a-t-on envoyé ce message aux femmes et encore plus aux hommes que c'était dégoûtant ? Je note ce projet dans un coin de ma tête et lance un sourire à mon manager en quittant la pièce.

Cette journée devient de plus en plus bizarre. En tant que jeune femme vivant aux XXIe siècle, je suis très sensible aux questions d'égalité, d'équité et de féminisme. Après tout, je suis multitâche et je compte bien mener plusieurs combats en même temps. Je n'ai pas dit mon dernier mot !

Je regagne ma place derrière mon bureau et me penche vers Matt :

— Pssst !

Il tourne la tête vers moi, l'air interrogateur :

— Sérieusement Matt, mes règles ? Tu aurais pu trouver autre chose, nan ?

— Genre quoi ? Tu sais bien que je suis ton preux chevalier mais je me suis senti… désarmé, sans mon épée, tu vois ? J'étais pris de court !

Je ne peux m'empêcher de sourire en l'imaginant avec une épée face à mon boss :

— Pour un créatif, je ne te trouve pas très… original !

Heureusement que je ne compte pas sur lui pour m'aider à trouver une solution pour Jason, il serait capable de me dire d'aller jouer au Casino. Et si je vendais un rein ? Ça doit valoir une fortune au marché noir. Je m'empresse de taper cette recherche sur Google.

— Tu fais quoi ?

Je sursaute, Matt s'est rapproché, il tient le dossier de l'exposition Art in the City dans les mains, nous devons encore travailler sur notre stratégie digitale. Je m'empresse de poser mon téléphone, écran vers la table.

— Lexi, tu es sûre que ça va ?

Mais comme je le fixe sans répondre, je pense qu'il doit se douter que non, ça ne va pas.

— Écoute princesse, va voir ton frère, prends le dossier et envoie-moi tes propositions par e-mail si tu dois attendre à l'hôpital. De mon côté, je commence à lister des propositions pour une campagne Facebook et Instagram, OK ?

— Je suis désolée, j'ai l'esprit ailleurs et j'ai envie d'être avec lui pour le soutenir. Tu es…

— Le meilleur, le plus fabuleux collègue et ami du monde, le superhéros de la communication, le superman d'Indesign et Photoshop, ta muse…

— C'est bon, tu as fini ?

Nous nous regardons en souriant. Je me lève et fais quelques pas avant de me retourner :

— Merci Matt. Je n'arrête pas de penser à Jason.

— Je sais, je comprends…

Au moment où il prononce ses mots, je sais que c'est vrai et qu'il comprend vraiment. Ce que je ne sais pas en revanche, c'est pourquoi. J'imagine qu'il m'en parlera un jour autour d'un mojito…

Je sors du building pour prendre l'air et fais quelques pas dans l'atmosphère humide. Une fine bruine s'abat encore et je lève les yeux en direction du ciel, puis, les paupières closes, je me concentre sur la sensation des gouttes sur mon visage. J'ai beau retourner la situation dans tous les sens, je ne vois aucune issue. Avec regret, je sors mon téléphone portable et compose un numéro, le cœur battant beaucoup trop vite.

Les tonalités s'enchaînent avant qu'une voix bien connue résonne dans mon micro :

— Lexi, comme je suis content de t'entendre, tu vas bien ?

— Papa, je…

Comment présenter les choses ? Je me ronge un petit bout d'ongle tout en réfléchissant. Peut-être que si on donnait tous un rein ou un morceau de foie, on parviendrait à réunir la somme nécessaire ? Comment demande-t-on à son père de donner un bout d'organe pour sauver son fils alors qu'il a fichu dehors ledit fils ?

— Tout se passe bien au travail ? Je suis tellement fier que tu travailles chez Carter Corp., tu as un brillant avenir qui t'attend, ma fille !

Une fille qui n'aura bientôt plus qu'un rein et un poumon.

Je crains de ternir son enthousiasme mais à situations désespérées, mesures désespérées.

— Papa, j'ai un problème. Enfin, Jason a un problème.

Silence. Aïe, c'est mauvais signe. J'entends son souffle s'intensifier à l'autre bout du fil.

— Dans quels problèmes s'est-il encore fourré, ce bon à rien ?

J'ai mal au cœur de l'entendre parler de mon frère de cette façon, pourtant, j'ai toujours l'espoir que les choses s'arrangent entre eux. Un jour peut-être…

J'aurais dû mentir, j'aurais dû prétendre que j'avais besoin d'argent pour voir dans quelle mesure mes parents pouvaient m'aider à en trouver. Mauvaise idée. Je me résous à laisser tomber :

— Tant pis, fais comme d'habitude et ne te préoccupe pas de ça. Je vais gérer le problème. Mais tu sais, un jour, il faudra que tu lui pardonnes de ne pas être l'enfant dont tu rêvais. Les rêves sont parfois de mauvais guides. Ton fils a plein de qualités et… c'est toujours le même, papa. Il est toujours « lui ». Il est toujours celui à qui tu enseignais la mécanique, celui à qui tu as transmis ta force et ton humour. Et j'aimerais tant que tu puisses voir à quel point il te ressemble malgré tout ce que tu lui reproches… À bientôt, papa.

Je ne le laisse pas répondre et raccroche, les larmes aux yeux. Comment ma vie a-t-elle pu basculer comme cela ?

Pour l'heure, je retourne faire un point à l'hôpital avec Jason. J'ai encore tout le chemin pour envoyer quelques idées à Matt et surtout pour réfléchir à une solution pour mon frère.

Tu rêves Lexi, comme si ce problème allait se résoudre comme par magie dans un métro bondé et puant la sueur.

Je suis une grande rêveuse, c'est un fait. Mais je possède également un côté réaliste qui m'empêche de m'emballer donc, à part quitter le pays et changer d'identité, je ne vois pas le bout du tunnel. Je pourrais m'appeler Ida et mon frère Gunther et on se planquerait en Allemagne ? Remarquez, je n'ai pas du tout envie d'être obligée d'apprendre l'allemand.

— Lexi ?

La voix de mon frère me donne un regain d'énergie et je me force à plaquer un sourire sur mes lèvres avant d'entrer dans la chambre :

— Frérot, tu as l'air en forme comparé à ce matin ! Au moins, tu n'es plus retombé dans le coma, youpi !

Mon excès d'enthousiasme sonne faux et il me regarde, dépité.

— T'as raison, c'est absolument formidable…

— Qu'est-ce qui ne va pas ?

Il jette un coup d'œil par la fenêtre et je sens une vague de stress me submerger. Je m'attends au pire. Il semble prendre une grande inspiration, ose enfin trouver mon regard, un regard dans lequel je peux lire une terreur inqualifiable :

— Ils sont venus tout à l'heure. Ils ont osé venir à l'hôpital. Ils… ils…

— Oh mon Dieu ! Ils t'ont fait du mal ? Je vais les retrouver, je vais leur arracher la peau. Et les ongles. Et les yeux !

— Ils voulaient s'assurer que je n'avais pas oublié notre deal et ils m'ont laissé un délai supplémentaire pour payer ma dette, étant donné mon état. Ils considèrent ça comme un geste amical.

— Amical ? Je crois qu'ils ne connaissent pas la définition du mot, je grogne. Combien de temps ?

Pitié, dites-moi qu'ils lui laissent toute une vie. Ou, au moins dix ans. Dix ans, cela me semble correct.

— Une semaine.

— Quoi ? Mais, ça ne change presque rien au problème.

Une semaine, c'est trop peu pour apprendre une langue étrangère, pour faire de faux passeports, pour trouver un appartement je ne sais où.

— Écoute Lexi, c'est mon problème et c'est à moi de m'occuper de ça et de trouver une idée pour me sortir de là. Je pourrais…

— J'ai déjà pensé à vendre nos organes mais ça ne rapporterait pas assez d'argent et je ne connais pas les bons réseaux.

— Non, je ne pensais pas à ça, t'es folle ! Je pourrais faire un deal, genre bosser pour eux un moment.

— Non mais je rêve ? Et finir ta vie en prison ? Voire mort ? Et si on appelait les flics ? Ils pourraient peut-être régler ça, si on les aidait à coincer le grand patron en échange, non ?

— Tu es encore plus dingue que ce que je pensais ! C'est une très mauvaise idée. On est morts tous les deux si on fait ça. Laisse-moi réfléchir…

— Je vais t'aider et ce n'est pas négociable. En tant que grande sœur, tu sais très bien que c'est moi qui prends les décisions et je te jure qu'on va trouver une solution. Repose-toi maintenant. Je t'aime petit frère, dis-je en l'embrassant tendrement sur le front.

Une fois chez moi, j'attrape la laisse de Blanchette, signal qu'il comprend instantanément et qui marque en général une course effrénée pour aller chercher sa balle de tennis, et quitte l'appartement pour une petite balade dans le parc. J'ai besoin de m'aérer l'esprit. J'ai pris l'habitude de chasser les pigeons par de grands gestes afin que mon chien continue d'avancer. Autrement, il se terre sous un banc et ne bouge plus. C'est devenu machinal, et j'oublie que les gens puissent être étonnés de croiser une passante qui semble répéter un numéro d'acrobate en gesticulant sans cesse.

Mon portable sonne et bien que je n'aie aucune envie de répondre, je décroche sans même regarder le numéro en pensant à Jason :

— Lexi, comment tu te sens ? Je vais boire quelques verres au Starlite avec Colin et Lisa, tu nous rejoins ?

J'ai deux options pour la soirée :

1) me morfondre chez moi et approfondir mes recherches sur les réseaux de trafic d'organes ;

2) rejoindre Matt et les autres pour me changer les idées pendant quelques heures.

— OK, OK, je viens, je crois que ça me fera du bien. On se rejoint devant dans trente minutes.

Je me suis changée et j'ai ébouriffé mes cheveux pour donner l'illusion d'avoir ce petit côté dynamique qui me fait tant défaut après cette journée de dingue.

En arrivant sur le parking, je détaille les nombreuses voitures garées (comme je le fais souvent) et remarque une superbe Lamborghini flambant neuve. Le genre de bolide qui nous met des étoiles dans les yeux à mon frère et moi depuis notre enfance, mais qui vaut près d'un demi-million de dollars, au bas mot.

Pourquoi tout semble vouloir me rappeler l'horrible chantage qui pèse sur les épaules de mon frère ? J'aurais bien aimé faire partie de ces gens qui n'ont qu'à revendre leur voiture pour se sortir des pires impasses. Ce n'est qu'en m'approchant et en l'observant de plus près que je m'aperçois que cette voiture ne m'est pas inconnue.

Non, ce n'est pas possible. La Lamborghini qui a failli me tuer (avec ce mec imbu de lui-même au volant) est bien garée à quelques mètres de moi. Il ne manquerait plus que je recroise le chauffard de ce matin. Je serais cette fois bien moins polie et calme.

Oublie ce type. Oublie-le. Oubliiiiie-le. Pourquoi est-ce que je repense à son regard impertinent, alors ? Mais qu'est-ce qui cloche chez moi ?

Vite, repérer Matt et oublier tout ça. D'ailleurs, je crois l'apercevoir un peu plus loin. Mais il semble en grande conversation avec un autre homme, enfin, plutôt en pleine dispute vu les gestes amples et saccadés qu'ils font. Et cet autre homme n'est de toute évidence pas Colin.

Non puisqu'il s'agit de... ce n'est pas possible *bis* !

Tout se met en place dans ma tête comme un puzzle qui s'assemble. Cet air familier même si je n'ai vu que la moitié de son visage. Ces cheveux bruns en bataille. Ces yeux rieurs et cet humour taquin.

Comment Matt a-t-il pu me cacher ça aussi longtemps ?

J'attends que le type grimpe dans son bolide en me cachant derrière des voitures et m'empresse de rejoindre mon ami, des questions plein la tête. Au point où j'en suis et vu mon degré de fatigue, je n'ai plus aucun filtre :

— Je rêve ou tu t'es subitement dupliqué ? Il faudra me donner la recette parce que ça doit être assez amusant et plutôt pratique d'avoir une copie conforme de soi-même, non ? Pourquoi ne m'as-tu jamais dit que tu avais un frère jumeau ?

— Je ne vois pas de quoi tu parles. Allez, viens ! Colin et Lisa sont déjà à l'intérieur et je suis sûr qu'ils nous ont commandé à boire. Tu n'es pas impatiente de revoir mon fameux déhanché ?

Je lève un sourcil, croise les bras et reste sur place. Il ne m'aura pas avec sa stratégie de diversion. Je le vois faire machine arrière et capituler :

— OK. Oui, j'ai un frère. Il s'appelle Daryl... et pour être clair, je n'ai pas envie d'en parler.

Rien qu'à sa manière de prononcer son nom, je sens que le sujet est sensible.

— Très bien. Je suis juste surprise que tu ne l'aies jamais évoqué...

— Disons que Daryl et moi, on est... plutôt différents. Je le définirais un peu comme un problème familial, si tu vois ce que je veux dire.

— Oh oui, je crois que je vois très bien...

Matt m'entraîne à sa suite et je me retiens de poser toutes les questions qui me traversent l'esprit. Piquée par la curiosité et parce que je me demande tout de même si je pourrais éventuellement voler puis revendre la voiture de ce Daryl pour payer les dettes de mon frère, je l'interroge :

— C'est normal qu'il roule en Lamborghini ? Il fait quoi comme job ?

— Il aime les belles voitures... en quoi ça t'intéresse ? Je vais te donner un petit conseil Lexi : reste loin de lui, ce mec attire les emmerdes.

Pour ce qui est des mecs qui attirent les emmerdes, je pourrais bientôt passer une thèse sur le sujet. Matt m'entraîne à l'intérieur du bar où des groupes de jeunes gens rient et boivent des verres. Il est temps d'oublier quelques heures la réalité de la vie, le monde extérieur. Mon frère. La Lambo. Et Daryl. La musique pop emplit l'espace et nous apercevons Colin et Lisa, assis à une table. Colin fait un geste au serveur pour qu'il amène une bière supplémentaire pour moi et j'avale une grande gorgée dès que la boisson arrive.

— Quelle descente, remarque Matt, dubitatif.

— Après la journée que j'ai passée, j'ai besoin de me détendre !

— Santé, je suis contente que tu sois là, ajoute Lisa en levant son verre.

Nous trinquons en cognant nos bières les unes contre les autres et je me laisse emporter par les notes de musique, les blagues de Matt, la bienveillance de ma copine et quelques pas de danse.

***

Une fois dans mon lit, je me retourne encore et encore sans parvenir à trouver le sommeil. Et si c'était ça, la solution ?

Lexi, tu es timbrée !

Je ne cesse de penser à piquer cette voiture. Jason a bien réussi à en voler une alors… pourquoi pas moi ? Qu'est-ce qu'on risque en commettant ce genre de délit ? J'attrape mon téléphone et retrouve Google, Google qui semble être devenu mon meilleur pote depuis ce matin, pour y taper « sanction vol de voiture ». C'est vraiment n'importe quoi. Je me ronge un ongle en attendant le résultat : prison. Ah oui, quand même. Mais si j'ai un casier judiciaire vierge ? Et si je causais indirectement des problèmes à Matt ?

Je me revois avec mon père et Jason dans le garage de la grange. Papa dans sa salopette bleue. Jason avec son éternel jean et moi, penchée sous le tableau de bord. La voix de papa qui résonne. « Pour faire démarrer une voiture sans clé, il suffit de mettre en contact ces deux fils que vous voyez là. » Un vrombissement de moteur. Nous éclatons de rire.

C'est décidé, je vais voler cette voiture. Et je vais l'échanger contre la dette de Jason. Je peux le faire. Pour mettre mon plan à exécution, il faut que je revoie Daryl. Je me relève, fonce sur mon sac, renverse son contenu sur le lit et peste.

— Où es-tu, bon sang ?

Quelques secondes plus tard, je fais sursauter Blanchette en hurlant « VICTOIRE » dans l'appartement. J'ai retrouvé la carte de visite de Daryl Ortega. Je l'observe plusieurs secondes sans savoir quoi faire. L'appeler, mais pour lui dire quoi ?

Lexi, si tu continues à réfléchir comme ça, tu ne feras jamais rien. La semaine va filer et toi, tu vas assister au meurtre de ton frère. C'est vraiment ça que tu veux ?

J'inspire plusieurs fois de suite, saisis mon téléphone et compose le numéro.

Chapitre 3

Un plan foireux ?

Sur mon lit, j'attends, fébrile, que Daryl décroche. En fait, je ne sais pas vraiment si j'ai envie qu'il décroche. Il est trois heures du matin et je n'ai, de toute évidence, plus toute ma tête…

À coup sûr, il ne va pas répondre. Qui répondrait à son téléphone en plein milieu de la nuit, hein ? Les gens normaux ne font pas ça. Et moi alors, suis-je en train de basculer du côté des gens anormaux ? Après tout, en une seule journée, j'ai décidé d'aider mon frère à payer un demi-million au plus important mafieux de la ville. Le tout en volant une voiture.

Alors, quand j'entends un « allô » parfaitement réveillé de l'autre côté de la ligne, je panique ! Puis, je raccroche. Et je balance mon téléphone près de la tête de Blanchette, à l'autre bout du lit. Non mais c'est quoi, mon problème ? Quelle gamine je fais !

Après tout, j'aurais simplement pu être honnête. Qu'est-ce que vous pensez d'un petit « hello, tu m'as presque écrasée ce matin en pleine rue. J'aurais besoin de ta voiture, merci de la déposer devant chez moi. Bisous » ? Je pousse un soupir et me prends la tête entre les mains. Je. Suis. Foutue.

Un truc que je n'avais pas du tout prévu se produit ensuite. Mon téléphone sonne. Après avoir farfouillé sous mon duvet, sous Blanchette qui doit définitivement penser que sa maîtresse est devenue folle, je mets la main sur l'objet. Il me rappelle ! Incapable de décrocher, je suis au bord de la syncope (et après, ça veut voler une voiture…), je regarde mon écran clignoter. Quelques secondes plus tard, il semble avoir laissé tomber. C'est là que je percute : mon répondeur. Il lui suffira d'écouter mon message pour savoir qui je suis ! Vite, l'effacer ! Vite, trouver une solution !

Je suis en train de triturer mon clavier quand ma sonnerie retentit à nouveau, mon doigt appuie au mauvais endroit au mauvais moment et je me retrouve en ligne. La poisse !

— Bonsoir, Daryl Ortega à l'appareil. Vous avez tenté de me joindre ?

— Moi ? Non ! Ah ah, pourquoi ? Je n'appelle pas les gens à trois heures du matin pour leur piquer leur voiture enfin ! Je ne suis pas une criminelle.

Une criminelle…

Je suis prête à le devenir pour sauver mon frère. Tant que ça n'implique pas de faire du mal à quelqu'un, j'ai des limites. Rassurez-vous, à la place de cette tirade, j'ai dit quelque chose de beaucoup plus sensé et raisonnable. J'ai répondu :

— Ça se pourrait…

— J'ai d'autres choses à faire que de perdre mon temps au téléphone. Soit on s'explique, soit je raccroche. C'est clair ? Alors, qu'est-ce que je peux faire pour vous ?

Faire une bonne action en m'offrant votre voiture ? Comment présenter les choses pour que l'on se revoie ? Daryl s'impatiente à l'autre bout du fil et grogne :

— Au revoir…

— C'est la fille de ce matin. Celle à qui tu as failli couper les deux jambes, tu te souviens ? je lance dans un souffle avant qu'il ne me raccroche au nez.

— Oh voyez-vous ça. Et si tu m'appelles en pleine nuit, c'est parce que je hantais tes rêves ?

— Disons que c'était plutôt un cauchemar…

Je peux presque l'entendre sourire au téléphone. Et je ne pensais pas que d'entendre à nouveau sa voix provoquerait une émotion que je pourrais qualifier… d'agréable.

— Donc je peux savoir pourquoi tu m'appelles à cette heure-ci ? Ton lit est trop froid pour toi ? Je te manque, peut-être ?

Je manque surtout de m'étrangler avec ma salive :

— Non mais pour qui tu te prends ? J'ai tout ce qu'il faut niveau tendresse, douceur et… euh…

Je jette un regard à Blanchette. C'est vrai après tout, il me comble de joie. Sa voix s'élève du combiné :

— Si je veux être honnête, j'ai beaucoup pensé à toi aujourd'hui.

Je reporte mon attention sur la conversation, surprise par ce qu'il vient de me dire sur un ton où je peux percevoir son propre étonnement.

— J'en suis ravie. Et as-tu tenu compte de mes suggestions à propos des objectifs que je t'ai fixés ?

— En réalité, personne n'a le droit de me fixer des objectifs.

— Puis-je te rappeler qu'en tant que « presque » victime de ta conduite dangereuse, j'ai le droit d'émettre une opinion ?

— La furie est de retour et elle sort les griffes. J'adore…

Il semble s'amuser comme un gamin. Et son rire clair et pur détonne avec l'image de macho arrogant que je me suis forgée de lui. Je m'apprête à lui sortir une réplique bien sentie quand il poursuit :

— En fait, tu as piqué ma curiosité ce matin. Pour tout t'avouer, c'est plutôt rare que je m'intéresse aux gens. Mais je sais apprécier tout ce qui sort de l'ordinaire…

— Donc, je sors de l'ordinaire ?

— Disons que mon ordinaire n'est pas de causer des accidents en plein centre-ville. Ni de faire peur à des femmes innocentes.

— Innocente ? Qui te dit que je le suis ?

Avec ce que je m'apprête à faire et avec les idées qui m'ont traversé l'esprit toute la journée, je pense que ce qualificatif ne m'a jamais aussi peu convenu qu'aujourd'hui. Je retiens un rire.

— Intéressant. Peut-être pas si innocente que ça, alors. En tout cas, intrigante. Peut-être que j'aurais la chance de découvrir d'autres traits de ton sale caractère…

Je lui coupe la parole, saisissant la perche qu'il m'offre :

— Mon… quoi ? Tu es libre demain soir ?

— Tout dépend pour quoi et pour qui…

— Pour moi. Un dîner. Pour parler de mon sale caractère par exemple. Rendez-vous à dix-huit heures là où tout a commencé.

— Très bien. Je me languis de retrouver ma furie…

Ma furie. Avant que je puisse répliquer quoi que ce soit, il a déjà raccroché.

Ce type m'intrigue mais si je veux rester focalisée sur mon objectif, je dois faire taire ce sentiment qui commence à naître au creux de mon ventre.

Cette attirance qui grandit. Cette attirance qui risque de me causer des ennuis.

***

Le soir arrive plus vite que je ne m'y attendais. J'ai passé la journée à imaginer la manière dont allait se dérouler ce rendez-vous. Le rendez-vous où je suis censée voler une voiture. La voiture du frère de mon collègue.

C'est pas gagné.

Il faudra que je change de numéro de téléphone dès demain puis que je quitte la ville. J'emmènerai Jason à Paris. Je lui ferai découvrir le musée Dalí, le Louvre et un autre de mes endroits préférés : le musée Rodin. C'est à Paris que j'ai vraiment commencé à peindre, à m'intéresser aux parcours des artistes surréalistes. Dans un autre registre, Jason adorerait la nourriture française, le bœuf bourguignon, la baguette, les viennoiseries. On pourrait s'y faire, à cette vie-là.

Après tout, ce n'est pas la première fois que l'on recommence tout après un drame…

Et puis, qui viendrait nous chercher à près de huit mille kilomètres de New York ? Avec le réseau des anciens élèves de mon école supérieure de publicité, je suis sûre de trouver un job dans une agence ou, encore mieux, dans une association spécialisée dans l'environnement, l'écologie ou les projets humanitaires. J'ai besoin de me sentir utile, de trouver un sens profond dans mon travail, d'œuvrer pour que l'humain puisse se réconcilier avec la planète.

Après m'être maquillée sobrement, je porte mon dévolu sur une petite robe noire, je me coiffe en remontant une partie de mes cheveux dans un chignon coiffé-décoiffé. Quelques mèches encadrent mon visage fin et retombent en boucles sur ma nuque tandis que je m'observe une dernière fois dans le miroir. J'enfile des bottines à talons plats et mon perfecto puis quitte mon appartement.

Ce soir, je change de vie.

Ce soir, je sauve mon frère.

En arrivant sur le lieu de rendez-vous, je sens la pression monter d'un cran. Et si je faisais tout foirer ? Et si je me plantais quelque part ? J'aurais eu envie de prendre ma voiture, gérer mon trajet, partir quand je le souhaite mais comme le but est de piquer la Lamborghini, je dois revoir mes principes de fille indépendante. Juste pour cette nuit.

Ce que je m'apprête à faire est une pure folie. Je deviens dingue, il n'y a pas d'autre explication.

Un vrombissement. La voiture apparaît. Daryl se gare à trois centimètres de mes jambes et baisse sa vitre pour me dire bonsoir. J'attaque directement :

— Tiens, tu as pris des cours de conduite depuis hier matin ?

— Madame la furie n'a pas avalé sa langue depuis hier matin ?

Son regard perçant me trouble. Ses lèvres. Son sourire mutin. Cette lueur de malice qui pétille dans ses yeux.

Reste concentrée sur la voiture, Lexi !

— Alors, tu montes ou je repasse te prendre dans dix minutes ?

— D'après ce que j'ai compris, tu n'apprécies pas beaucoup de perdre ton temps mais… j'aime bien la vue d'ici… j'hésite.

— L'intérieur est tout aussi agréable à découvrir.

Le regard joueur et malicieux qu'il me lance me pousse à agir. J'ouvre la portière et me glisse sur le siège baquet, particulièrement utilisé dans le milieu des courses de voitures. Pendant une demi-seconde, je profite du confort de l'assise, coule mon regard sur le cuir, admire les lignes épurées, observe le volant et les pédales dans l'optique de préparer mon coup.

Je prends les devants et lui indique l'adresse du restaurant dans lequel j'ai effectué une réservation en prenant soin de donner son nom ainsi que de choisir un établissement qui se situe à l'autre bout de la ville. Je ne veux pas prendre le risque d'y croiser quelqu'un qui pourrait nous reconnaître… Si je deviens une criminelle, il faut que je sois intraçable.

Daryl conduit d'une manière fluide et, profitant d'un arrêt au feu rouge, saisit l'occasion pour me questionner :

— Tu n'as pas peur de monter dans la voiture d'un parfait inconnu ?

Ce serait plutôt à lui d'avoir peur au vu de ce que je planifie pour ce soir…

— Dans la mesure où tu as failli m'écraser, que tu as répondu à mon appel au milieu de la nuit et que je connais ton nom… je crois que l'on peut affirmer que tu n'es plus tout à fait un inconnu.

Sans oublier le fait qu'il est le frère de mon collègue, ce que je me garde bien de préciser. Je poursuis en fixant la route :

— Et tu sais ce que dit un grand penseur de notre époque : « La vie, c'est comme une boîte de chocolats… on ne sait jamais sur quoi on va tomber. »

— Désolé beauté, mais je suis plutôt adepte de films sombres ou de gros blockbusters avec des femmes canon à moitié à poil que de littérature.

Je murmure entre mes dents :

— Ben tiens, le contraire m'aurait étonnée, mais c'était *Forrest Gump*, pas *Le Rouge et le Noir*…

La musique qui emplit l'habitacle depuis que je suis entrée a été baissée mais je peux tout de même apprécier les beats d'un rap assez moderne. Les notes et la mélodie m'aident à me détendre et je bouge légèrement la tête en rythme. Ce genre de musique me fait penser à mon frère. En grandissant, il m'a fait écouter des artistes comme Eminem, Snoop Dogg ou Dr. Dre. Cette ambiance hip-hop me ramène à mon adolescence, quand nous fumions en cachette dans la chambre de Jason alors que nos parents étaient occupés ailleurs dans la maison. Cette impression d'être dans une certaine forme de transgression. Le sentiment puissant que nous étions déjà des grands alors que la rudesse de la vie nous échappait encore.

Et dire qu'aujourd'hui, mon frère baigne dans des magouilles bien plus sordides et que moi, je m'apprête à subtiliser un bolide… Elle semble si loin, cette époque où une simple cigarette me procurait le frisson du danger.

— Tu aimes ?

Daryl a dû remarquer mon demi-sourire et mes mouvements du menton. Sa voix chaude m'enveloppe comme la musique :

— Oui, à vrai dire, ça me rappelle des souvenirs.

Je le sens hésiter à me poser des questions mais il enchaîne, semblant penser qu'il est trop tôt pour se livrer à des confidences :

— C'est un ami à moi qui rappe…

Donc, le bonhomme baigne dans les voitures et le rap. Intéressant. Je lui jette un coup d'œil, essayant de décrypter s'il est légèrement vantard ou s'il s'agit juste d'une information.

Je n'ai pas le temps de me poser plus de questions puisque nous arrivons sur le parking du restaurant italien plutôt haut de gamme dans lequel j'ai réservé. Ce qui m'inquiète car cela signifie que nous passons à l'étape suivante, et donc que je m'approche du moment fatidique. Je tente de repérer ce qu'il fait des clés de voiture alors que nous quittons la Lamborghini mais comme je suis un peu myope, je plisse les yeux pour tenter de repérer ses doigts. Quand je remarque qu'il me regarde comme si j'étais folle (folle et en pleine grimace), je relève les yeux sur lui et souris d'une façon qui manque cruellement de naturel.

Il joue avec les clés, les faisant tourner autour de ses doigts. Si j'avance la main, il se pourrait que je les attrape. Je les pique, je l'assomme avec mon… euh… poing et je cours très vite jusqu'à la voiture !

Ma main est tellement proche de la sienne que je… que je vois qu'il fronce les sourcils, le tout avec un sourire amusé.

— Je peux t'aider peut-être ? Je ne t'imaginais pas aussi entreprenante.

Qu'est-ce qu'il a cru ? Que j'allais le toucher ? Lui prendre la main ? Je suis complètement mortifiée et bafouille :

— Oh, non, non, non ! Ce n'est pas du tout ce que tu crois. Je voulais juste…

Trouve un truc, vite !

— Je voulais juste te proposer de mettre tes clés de voiture dans mon sac. Pour t'éviter de les égarer. Les gens perdent vite leurs clés de nos jours et… ce serait vraiment dommage.

— En effet. Mais ne t'inquiète pas pour moi, je suis un grand garçon.

La soirée ne fait que débuter et je suis déjà au bout de ma vie. Lorsqu'il a le dos tourné, je pousse un soupir, essuie mon front et accélère le pas pour le rejoindre. J'ai eu chaud. Je suis vraiment une voleuse de pacotille.

Dans le restaurant à l'ambiance feutrée et chic, je m'installe en face de lui et commande un verre de vin blanc au serveur avec l'espoir qu'il me donnera le courage d'aller jusqu'au bout.

Daryl a posé les clés sur la nappe blanche, il me suffirait d'avancer la main pour les attraper, les cacher dans mon sac et m'enfuir. Facile ! Il faut donc que je trouve une idée pour l'éloigner un instant de cette fichue table. Le faire boire un maximum d'eau pour qu'il aille aux toilettes ? Lui demander d'aller me chercher quelque chose au bar ? Le serveur vient de prendre notre commande, des *linguine* à la truffe blanche pour moi, des *calamari del capitano* pour lui, donc ça ne paraîtrait pas crédible.

Mon but ? Qu'il se concentre sur moi pour pouvoir avancer mes doigts sur la table incognito et saisir le précieux sésame.

— Alors, à part tueur de piéton, tu as une occupation dans la vie ?

Il me sourit, avale une gorgée de vin et mon ventre se réchauffe. Sale traître ! Il faut tout de même avouer que cet homme a du charme, tout comme son frère jumeau. Visage harmonieux, cheveux bruns légèrement ébouriffés, des lèvres charnues juste comme il faut et surtout, un regard intense qui capte mon attention. Cette ressemblance avec Matt me trouble, être face au sosie de mon meilleur ami alors que je ne connais rien de sa personnalité me perturbe. Si semblable et pourtant si différent. Daryl dégage un « je-ne-sais-quoi » qui m'attire, qui me dévore de l'intérieur, il provoque une émotion, un trouble que je ne ressens pas pour mon meilleur ami et collègue.

Un centimètre de parcouru.

Je me rapproche. Mon cœur bat plus vite.

— Oh, j'adore ramasser des filles sur le trottoir et les emmener dîner dans un restaurant que je ne connais pas.

— Ta phrase est très tendancieuse. C'est un drôle de hobby…

— Oui, mais parfois, on a de jolies surprises. On tombe sur des filles sauvages comme toi, des filles qui n'ont peur de rien. Et ça me plaît.

Son regard se plante dans le mien.

J'oublie une fraction de seconde ce que je suis venue faire ici. Il n'y a plus que lui et moi, dans un restaurant italien, à siroter du vin. Les battements de mon cœur s'accélèrent et ce sentiment m'effraie car il n'est plus provoqué par l'adrénaline et le stress liés au vol de la voiture. Non, c'est lui. Son magnétisme. Son sourire en coin. Ses prunelles sombres fixées sur moi. J'ai peur car je sais très bien ce que cela signifie… et je n'ai pas le droit de me laisser séduire. Mais entre l'intensité de ses yeux et sa repartie, je peine à faire preuve de discernement.

Concentre-toi sur ton objectif, Lexi ! Tu es là pour sauver ton petit frère, tu peux le faire !

Peut-être que la méthode Coué va fonctionner ?

Je reprends rapidement mes esprits et parcours un centimètre de plus. Les clés sont presque à ma portée.

— Et toi, tu as d'autres loisirs que de te jeter sous les roues des voitures ?

— Oh, rassure-toi, je ne le fais pas avec n'importe quelle voiture !

— J'ai pu constater ça, oui.

Ses doigts se sont rapprochés des miens et les frôlent avec délicatesse. Le contact de sa peau sur la mienne provoque une onde électrique. Je peine à avaler ma salive et un frisson me parcourt de la nuque jusqu'aux reins. Mon corps s'avère légèrement hors de contrôle. Je lève les yeux vers lui et capte son regard qui semble sonder les profondeurs de mon âme. Ses yeux noisette s'assombrissent, un fil invisible se tisse entre nous et provoque une curieuse sensation dans mon ventre. J'ai chaud, ma respiration s'accélère. C'est à peine perceptible mais j'ai pourtant l'impression qu'il l'a senti. Il écarte ses doigts de quelques millimètres pour remettre une certaine distance entre nos mains et un froid perturbant m'enveloppe comme si sa peau irradiait de chaleur. Une chaleur qui me manque déjà…

Il saisit son verre, sirote une gorgée les yeux mi-clos puis poursuit la conversation, ce qui me permet de reprendre contenance et de cesser de réfléchir à la sensation de sa peau contre la mienne :

— Tu as l'air d'être une rapide… il murmure en désignant d'un geste de la tête nos mains, un léger sourire aux lèvres.

— J'avais cru comprendre que tu n'aimais pas perdre du temps. Mais en ce qui nous concerne, je te rassure, tu te fais des films.

— Ah bon ? Vraiment ? Voyons ça…

Il ne lui faut que quelques secondes pour attraper mes doigts et les entrelacer aux siens.

— Tu ne ressens rien, alors ?

— Ce ne sont que deux mains qui se touchent, des doigts qui s'entremêlent… rien d'incroyable.

Mais au fond de moi, je suis déstabilisée par son assurance et par ses prunelles qui deviennent de plus en plus sombres alors qu'il me fixe. Il caresse dorénavant mon bras, aux aguets de mes réactions les plus infimes et sourit, l'air satisfait, quand il voit la chair de poule se dresser le long de mon poignet vers le creux de mon coude.

— Et sinon, tu bosses dans quoi ? demande-t-il en poursuivant l'exploration de mon bras.

Je ne peux pas lui dire ce que je fais vraiment. Ni que je connais son frère. Pour être honnête, j'avais réfléchi à la question avant de venir, et lui réponds :

— Je… peins.

Après tout, ce n'est pas un mensonge.

— Je n'aurais pas imaginé ça… quel genre ?

— De l'abstrait. Je voue une admiration sans borne à Soulages.

— Ta passion est très éloignée de mon monde à moi. Pourtant, il semblerait qu'on partage tout de même deux choses…

— Ah bon ? Il me semble pourtant que nous n'avons aucun point commun.

Ma pique le fait sourire et il délaisse mon bras sans cesser de me dévisager.

— D'après ce que j'ai compris, tu aimes les belles mécaniques et tu n'es pas indifférente à la musique que j'aime écouter.

— Les belles voitures et le rap ? Et à quoi ça nous mène, de partager ces deux centres d'intérêt ?

Arrête de te préoccuper de ça, de toute manière, dans quelques jours, tu seras peut-être sur un autre continent.

Je m'imagine en train de croquer dans un croissant et de rire dans un petit café du Marais avec Jason quand la voix grave de Daryl me sort de mes pensées :

— Disons que j'ai quelques sons de mon pote rappeur chez moi que j'aimerais beaucoup te faire écouter. Tu pourras me donner ton avis, comme ça.

Il est vraiment en train de m'inviter chez lui, là ?

— C'est une tactique un peu trop évidente pour m'attirer chez toi, je trouve.

Il rit.

— Une fois que tu auras goûté à mes fêtes, tu ne voudras peut-être plus jamais repartir.

J'enfourne quelques pâtes dans ma bouche, prends le temps de les mâcher tout en l'observant histoire de le faire patienter, ce qui le fait lever un sourcil, puis lance :

— Oui, cela pourrait se faire.

Mon coco, une fois que j'aurai volé ta Lambo, cela m'étonnerait que tu veuilles me revoir. Je jette un coup d'œil sur les clés mais la main de Daryl est restée à proximité. Je serre les dents, la soirée avance et je n'ai toujours pas ce fichu trousseau en ma possession. Daryl est un vrai chameau, il ne boit quasiment pas d'eau et pas beaucoup plus de vin, le plan WC s'éloigne donc et je suis à court d'idée pour l'éloigner de notre table.

Quand nous sortons du restaurant, je tente toujours de trouver une solution ou un objet aux alentours qui pourrait m'aider à l'assommer mais à part des petites fleurs et un cendrier qui doit peser une tonne cinq que j'aperçois à gauche de l'entrée, je ne vois rien. Merde ! Pourquoi ai-je pris une pochette ce soir ? D'habitude, je me balade toujours avec mon gros sac (celui qui contient la moitié de mon appartement), il aurait pu m'aider dans mon projet. Recevoir ça sur la tronche, ça doit si ce n'est assommer, du moins déstabiliser.

Arrivé devant la voiture, Daryl s'arrête et me fixe comme s'il était pensif :

— Tu m'intrigues vraiment, Lexi. Cet intérêt pour la mécanique et pour la peinture. Je dirais même plus… tu me perturbes. Et, crois-moi, il m'en faut beaucoup.

Pour le railler, je prends un malin plaisir à lui rétorquer :

— Je sais, je suis très perturbante, on me le dit souvent…

Un sourire s'étale sur ses lèvres.

Pourquoi ses paroles et son sourire malicieux me font-ils autant d'effet ? Pourquoi tu souris à ton tour, Lexi ? Arrête ça tout de suite, veux-tu !

De toute évidence, Daryl ne me laisse pas de marbre non plus. Et c'est déjà beaucoup trop. Cette électricité dans l'air. Son intensité. Cette facilité d'échange. Son esprit vif. Cette alchimie…

Ses doigts.

Je ne peux pas me le permettre étant donné la situation. Quoique, je pourrais peut-être passer une nuit torride avec lui dans sa maison, écouter les morceaux de rap dont il m'a parlé et filer en douce avec ses objets de valeur et sa voiture ? Cela financerait les dettes de Jason et notre voyage pour Paris.

La totale, quoi !

J'écarquille les yeux à ces pensées. *Tu n'es pas comme ça, tu ne peux pas te servir de lui à ce point-là.* Je soupire profondément, ce qu'il note en penchant légèrement la tête. On dirait qu'il devine les tourments qui me traversent, ce combat intérieur (sans en connaître la teneur, enfin j'espère). L'avenir de mon frère est entre mes mains, il faut que je tente une dernière fois de piquer ses clés. Je fais barrage avec mon corps pour empêcher l'ouverture de sa portière, ancre mes yeux aux siens et pose ma main sur son bras avant de la faire glisser sensuellement jusqu'à sa main. Où est ce fichu trousseau ? Nos corps sont si proches l'un de l'autre que je peux sentir son parfum. Daryl lève un sourcil, avance de quelques centimètres, si bien que sa bouche frôle ma peau quand il se penche vers moi pour murmurer à mon oreille :

— Je pense que le moment et le lieu sont mal choisis pour te faire tout ce qui me passe par la tête. Mais j'organise un truc demain soir chez moi, une petite fête entre amis. Ça me ferait plaisir que tu passes, histoire qu'on fasse plus ample connaissance. Je te ramène ?

— Très bien, je viendrai. Et pour le trajet, c'est gentil mais je vais faire quelques pas et prendre un taxi.

En réalité, je n'ai pas envie qu'il sache où j'habite à cause de ce que je prévois de faire. Et je ne suis pas dupe quant à son invitation et son envie de « faire plus ample connaissance ». Est-ce un synonyme pour lui de « baiser » ? Ce mec n'a vraiment pas froid aux yeux (ni aux autres parties de son corps, apparemment).

Il m'observe.

— Je n'aime pas l'idée de te laisser dans la rue à une heure pareille. Je m'en voudrais s'il t'arrivait quoi que ce soit…

— Les chauffards comme toi ne sont pas si nombreux. N'aie pas peur, je cours vite.

— La rue, ça me connaît et je suis conscient de ses dangers, alors, fais attention et rentre bien, ma furie.

Avant d'entrer dans sa voiture, il se tourne vers moi, l'air coquin :

— Et si tu t'ennuies, seule dans ton lit, n'hésite pas à m'écrire. Je suis très doué pour réchauffer l'ambiance et les corps…

Surprise par son audace, j'hésite une fraction de seconde avant de lui répondre :

— Merci bien mais je ne manque pas de chaleur la nuit.

Évidemment, je ne lui précise pas que, la nuit, c'est mon chien qui me tient chaud en dormant sur le couvre-lit. Un sourire en coin me laisse deviner qu'il n'est pas dupe et devine que je ne parle pas d'un homme. Je le regarde mettre le contact et s'éloigner dans la nuit.

Une image reste gravée dans mon esprit une seconde : le dernier regard qu'il m'a lancé, un regard où se mêlaient détermination et obscurité.

Qui êtes-vous vraiment, Daryl Ortega ?

Je n'aurai malheureusement pas le temps de le découvrir.

***

Les yeux scotchés à mon écran, enfoncée dans ma chaise de bureau, je tente de me focaliser sur le dernier brief d'un client pour une campagne d'un nouveau soda bio.

Impossible de me concentrer.

Je pense à Jason.

Je pense aussi à Daryl et à mon rêve de cette nuit. Un rêve dont les images provoquent un élan d'excitation au creux de mon ventre. Lui, nu. Moi, nue aussi. Lui et moi, ses mains sur mes…

— Princesse ?

Je ne m'étais même pas rendu compte que j'avais fermé les yeux une seconde. Je les rouvre pour trouver le visage de Matt à quelques centimètres du mien. Je sursaute. Il sursaute. Sa ressemblance avec Daryl ne va pas me faciliter la tâche pour focaliser mon attention sur mon job.

— Je t'ai transmis par e-mail mes idées de campagnes digitales pour Art in the City. Tout va bien ? Tu as l'air fatiguée… il faut dormir la nuit !

Je plisse les yeux en le fixant d'un air faussement mauvais, ce qui le fait rire et rétorquer :

— Vas-y, balance-moi une de tes répliques assassines, je suis prêt !

— Désolée, je n'ai rien en stock, profite de ta petite victoire…

— Yes, j'ai gagné. Lexi 0, Matt 1 !

Et ce n'est pas cette nuit que je risque de me reposer. Pas en me rendant chez Daryl. Dois-je y aller, d'ailleurs ? En même temps, je n'ai pas vraiment le choix.

Matt se penche vers moi et pose sa main sur mon épaule, décidant apparemment de remiser pour quelques secondes son humour douteux au vestiaire et de jouer à la perfection son rôle d'ami :

— Plus sérieusement, c'est Jason, c'est ça ? Tu veux en parler ? C'est normal que toute cette histoire te préoccupe.

Je soutiens son regard, consciente qu'il doit lire dans mes yeux toute ma peine et mes questionnements sans fin mais je tente de rester forte, de résister à tout ce bordel, de garder mon calme. Impossible. Tout ça, c'est beaucoup trop à gérer.

La peur, l'angoisse. L'épée de Damoclès au-dessus de la tête de mon frère. Le potentiel vol de la voiture de Daryl. Je n'en peux plus, je craque et un sanglot étouffé franchit mes lèvres.

Je me lève d'un coup et me dirige vers la sortie de l'open space, Matt sur mes talons. Il m'attrape doucement par le bras pour me guider à l'extérieur et, une fois dehors, me relâche et me laisse faire les cent pas alors qu'il s'adosse contre la façade, les bras croisés sur la poitrine.

— Lexi, je vois que ça ne va pas, je ne suis pas aveugle. Tu sais que tu peux me parler, je suis là pour toi… fais-moi confiance. L'état de Jason a empiré, c'est ça ?

Comme un lion en cage, je continue à marcher en faisant des allers-retours devant lui dans le but de me calmer mais je n'y arrive pas. J'ai besoin d'aide.

— Physiquement, ça va. Enfin, ça va… pour l'instant.

— Pour l'instant ? Qu'est-ce que tu veux dire ?

Je garde le silence quelques secondes, hésitant encore à l'impliquer dans toute cette histoire.

— Lexi, bordel, explique-moi !

— C'est la merde. La merde la plus totale, Matt. Je ne sais plus quoi faire. Jason a fait une connerie. Mais genre, la grosse connerie…

Mon collègue me sonde, l'air sombre tout à coup. Il attend la suite alors je prends mon courage à deux mains et lui raconte tout ce que Jason m'a dit hier. Une fois mon récit terminé, j'ajoute :

— J'ai peur… je n'ai jamais eu aussi peur de ma vie.

— Tu as demandé de l'aide à tes parents ? Et un crédit à la banque ?

— Crois-moi, j'ai passé en revue toutes les options. J'ai même regardé le prix d'un rein au marché noir…

Matt me jette un regard de reproche. Pour lui expliquer davantage, je développe :

— Puis tout ce que j'ai envisagé prendrait de toute façon trop longtemps…

— Comment ça, trop longtemps ? C'est quoi, cette histoire ?

Je sais qu'il est en train d'assembler tous les morceaux dans sa tête, qu'il fait des liens, qu'il comprend que les problèmes sont bien plus graves et sérieux que ça n'en avait l'air de prime abord. Ma salive ressemble à du béton et un gémissement que je tentais pourtant de retenir s'échappe de mes lèvres :

— On a une semaine pour payer ces hommes, sinon…

Le ton de ma voix et la crainte qu'on y entend frappent Matt de plein fouet et, d'après le regard inquiet qu'il pose sur moi, je sais qu'il a compris.

— Tu sais qui sont ces types ?

J'acquiesce, le cœur lourd. Au point où j'en suis, autant tout lui avouer :

— Les hommes de main de Maccini.

— Maccini ? Dis-moi que c'est une plaisanterie. Mais, Lexi, ce mec est un baron de la drogue et des trafics en tout genre…

— Je sais, je réponds d'une petite voix alors que tout mon corps commence à trembler.

— OK, ne bouge pas, je passe un coup de fil et je vais voir ce que je peux faire.

— Mais, Matt…

— Ne bouge pas !

Il sort son téléphone de la poche, l'air sérieux et s'éloigne de moi. Les minutes qui s'écoulent semblent durer des heures.

Quand il revient, il a l'air épuisé et je l'observe, attendant qu'il m'explique ce qu'il vient de faire. Sur un ton grave, il m'informe en soupirant alors que je retiens ma respiration, prête à imploser :

— Je connais quelqu'un qui pourra t'être utile pour régler cette histoire…

— Pour de vrai ? Qui ? Comment ? Je…

Mon cœur tambourine dans ma poitrine et enfin, j'entrevois une minuscule lueur d'espoir.

— Mon frère, Daryl. Daryl pourra certainement t'aider.

Eh bien, on n'est pas dans la merde !

Chapitre 4

Tout le monde a besoin d'espoir

Sur le parking de l'hôpital Bellevue, j'ai l'impression, pour la première fois depuis le début de cette histoire, que tout pourrait se terminer sans drame.

Après avoir rendu visite à mon frère pour m'assurer qu'il tenait toujours le coup à l'hôpital et pour le prévenir que j'avais peut-être trouvé de l'aide, je m'apprête à rentrer chez moi en métro. Suite à la proposition de Matt, je n'ai clairement plus l'intention de voler la Lamborghini (quelle idée débile, aussi !) et donc ma venue chez Daryl ce soir avec le prétexte d'écouter des morceaux de rap est annulée. La perspective de le voir me donnait pourtant l'impression rassurante de tenter d'arranger les choses et de faire évoluer la situation.

Sur le chemin, alors que j'inspire profondément l'air frais du soir, j'entends mon téléphone sonner.

Matt.

Impatiente, je me dépatouille pour répondre le plus vite possible. Sa voix résonne dans l'appareil, pressante :

— Princesse, tu es disponible ce soir ?

— Je viens de sortir de l'hôpital alors oui, oui bien sûr, je suis libre !

— Parfait, je te propose qu'on se retrouve chez Daryl dans une heure, je t'envoie tout de suite l'adresse.

Après avoir accepté, je flippe. Bon, apparemment mon karma m'envoie tout de même chez Daryl. Il risque d'être surpris de me voir arriver avec son frère. Et encore plus étonné de découvrir que la « fille à problèmes » dont Matt lui a parlé… c'est moi.

Je file à l'adresse donnée par Matt et me retrouve derrière un portail qui semble protéger une imposante villa. Je jette un coup d'œil à droite et à gauche, prie silencieusement pour que mon ami arrive vite et fronce les sourcils. Suis-je vraiment au bon endroit ? Je vérifie encore une fois. Pas d'erreur.

Impatiente, toujours aussi stressée (le fait de revoir Daryl ne fait qu'ajouter une couche d'émotion à tout ce merdier), je fais les cent pas. Si j'entrais ? Je m'approche et regarde à l'intérieur. Tout semble étrangement calme pour un lieu où est censée se dérouler une fête.

D'une main, j'appuie sur le portail qui s'ouvre sans effort. Je le prends comme un signe et fais quelque pas sur le chemin en ardoise qui mène à l'entrée. Une piscine, une belle terrasse éclairée par des lumières douces et… un intrus qui rôde !

Oh mon Dieu, il y a un voleur dans la maison. Même si l'homme est encore à quelques mètres, je reconnais vite qu'il ne s'agit pas de Daryl. Il me faut une arme ! Tout ce que j'aperçois dans mon champ de vision, c'est la perche avec un petit filet pour nettoyer la piscine. Je m'en saisis et la brandis devant moi tout en avançant (on ne sait jamais… si on la reçoit dans l'œil, ça peut faire mal, non ?).

Il n'est plus qu'à quelques mètres. Il ne m'a toujours pas vue alors je compte sur l'effet de surprise, j'avance encore un peu et…

— AAHHHHHH, je hurle.

Il s'est retourné un peu trop vite. Métis, musclé, canon dans son genre, des lèvres pulpeuses, un regard brun-vert, des chaînes fines et dorées autour du cou. Il ressemble davantage au cliché du rappeur branché qu'à un cambrioleur. Et il me fixe avec des yeux rieurs :

— Tu comptais m'assommer avec… ça ?

Il montre mon arme et je me sens un peu ridicule. Dans le doute – je ne sais toujours pas qui est ce type – je la pointe sur lui, menaçante (enfin, j'essaie). Je regarde mon filet d'un air dépité puis reporte mon attention sur l'intrus :

— Euh… je me suis dit que c'était mieux que rien.

Il rit. Je reste sur la défensive et ne bouge pas puis je lui demande :

— Et tu es qui, d'abord ?

— Et toi ?

— Lexi.

— Joe.

Nous nous fixons encore quelques secondes puis le dénommé Joe poursuit :

— Lexi, tu pourrais peut-être baisser ton… euh… arme terrifiante et me suivre à l'intérieur.

— Tout dépend de qui il y a à l'intérieur…

— Normalement, il y a Daryl. Attends, tu le connais, non ? Sinon tu ne serais pas là j'imagine.

— Bonne déduction Sherlock. Euh, vous habitez… ensemble ?

— Non, rit-il. C'est un bon pote alors je suis souvent chez lui.

Nous entrons, des enceintes crachent une musique puissante et Joe se dirige vers elles pour baisser le volume puis appelle Daryl avant de rejoindre à nouveau l'extérieur, ce qui me laisse tout le loisir d'observer l'intérieur de la maison. Un canapé en cuir blanc, un écran géant contre le mur, une sono digne d'une salle de concert. Apparemment, Daryl ne manque pas d'argent.

Cet homme m'intrigue de plus en plus mais s'il a bon goût en matière de voitures, je reste perplexe quant aux milieux dans lesquels il doit évoluer pour gagner sa vie. S'il connaît Maccini et s'il peut m'aider à régler les problèmes de Jason, c'est qu'il doit baigner dans de sombres combines. Le maître des lieux apparaît au bout du couloir et je remarque son regard satisfait dès qu'il m'aperçoit. Un sourire carnassier éclaire son visage alors qu'il s'approche de moi.

Je soutiens son regard, bien décidée à lui montrer que ses airs de *bad boy* et son assurance n'ont aucune prise sur moi.

— La furie mordue de belles bagnoles a osé pointer le bout de son nez ? questionne-t-il, joueur.

— Le danger public incapable de maîtriser son engin n'a pas perdu sa langue, d'après ce que je vois…

— Crois-moi, ma langue est l'un de mes points forts… alors j'y tiens.

Sa remarque me fait lever un sourcil de surprise et mon esprit tordu ne peut s'empêcher de divaguer.

— Prétentieux avec ça ? La liste des défauts commence à s'allonger.

— Réaliste et lucide. Tu peux ajouter ça à la liste de mes qualités. Je te sers quelque chose à boire ?

J'acquiesce et lui demande un rhum, distraite par les nombreuses interrogations qui me taraudent. N'y tenant plus, je vais au front :

— Navrée de me montrer aussi franche, mais… j'ai une question.

Il hausse les sourcils avec un petit air malicieux :

— Seulement une ? Je suis presque étonné.

— Je m'en voudrais que ton cerveau surchauffe. Qu'est-ce que tu fais dans la vie pour rouler dans des voitures de luxe et vivre dans une maison de star hollywoodienne ?

Un éclair brille dans ses yeux, il semble réfléchir à sa réponse puis plisse légèrement les yeux :

— Je crois qu'il est encore un peu tôt pour en parler… ne te vexe pas mais je crois que tu n'es pas prête pour les révélations, poupée.

Mon sang ne fait qu'un tour, je déteste les appellations ou surnoms sexistes. S'il me sert encore un seul « poupée », je l'étrangle.

— Ne m'appelle plus jamais de cette façon, c'est clair ?

— Je ne reçois d'ordre de personne, poupée. Sache-le.

— Plus jamais sinon…

— Sinon quoi ? C'est une menace ?

En prononçant ces mots, il s'est approché de moi, un air de défi faisant danser ses prunelles sombres. La proximité de son corps, son souffle qui s'est accéléré (tout comme le mien d'ailleurs), son expression partagée entre la menace et le jeu, me font perdre mes moyens. Mon ventre se réchauffe et entraîne tout mon corps avec lui.

Ressaisis-toi, Lexi !

Je soutiens son regard, déterminée et fière. S'il croit m'intimider, il se trompe.

— Les menaces, c'est la marque des faibles. En ce qui me concerne, je te donne simplement une information.

— Toi, tu n'as vraiment peur de rien, murmure-t-il à quelques centimètres de mon visage.

Si, en fait j'ai eu peur de Joe dehors. J'ai également une peur bleue des mille-pattes (mais il n'a pas besoin de le savoir) et je ne suis pas très fan des bonshommes de neige (une carotte ne ressemble pas du tout à un nez, enfin !). Et, en vrai, dans un registre plus sérieux, j'ai vraiment la trouille de perdre mon frère.

Je sens le regard de Daryl posé sur moi, comme un feu qui me brûle la peau.

— Salut, désolé pour le retard, je suis resté bloqué dans les embouteillages.

Matt ! Son arrivée nous détourne de notre petite joute verbale et me permet de reprendre le contrôle de mon corps, corps qui, en présence de Daryl, a bizarrement l'air de perdre tous ses repères.

Daryl semble être dérangé par son frère et lui balance en guise d'accueil :

— Ce n'est pas tout le principe d'une moto, de slalomer entre les voitures ? Si ça ne marche pas, autant se déplacer en voiture.

— Certains hommes n'ont pas besoin d'un moyen de transport aussi gros que leur ego…

Les deux frères se jaugent puis Matt me montre de la tête :

— J'espère que tu n'as pas fait peur à la princesse… petit conseil d'ailleurs…

Il me regarde et prend un air si sérieux que j'ai du mal à le reconnaître :

— Sois prudente et ne t'approche pas trop près de lui si tu ne veux pas te brûler les ailes. Et si tu veux rester entière…

Il a murmuré la dernière phrase. Qu'est-ce qu'il veut dire ? Daryl renchérit et l'ambiance dans le salon commence à être tendue :

— D'après ce que tu m'as dit, tu as besoin d'un petit coup de main alors je te prierai de rester poli sous mon toit et de ne pas faire peur à mes invités…

Cette brève altercation entre eux m'a permis de passer inaperçue pendant quelques secondes. Depuis ce matin, je tente de trouver une explication au fait que je les connais déjà tous les deux mais je n'ai rien trouvé de crédible. Matt se retourne vers moi :

— Je pensais que tu m'attendrais pour entrer, Lexi…

J'aperçois une certaine confusion dans les yeux de Daryl qui passent de son frère à moi sans comprendre. Il semble percuter que quelque chose se trame. Vu son caractère, il n'hésite pas à user de sa franchise :

— Attendez… vous vous connaissez tous les deux ?

— Non !

C'est sorti tout seul. Matt prononce en même temps :

— Bien sûr !

Daryl me fixe intensément et je me sens forcée de capituler alors que mes épaules s'affaissent et que j'ai l'impression de perdre le peu d'assurance que j'étais parvenue à regagner.

— Ça se pourrait… dis-je d'une petite voix en répondant à la question de Daryl.

— C'est la fille dont je t'ai parlé, ajoute Matt. Et vous, vous aviez l'air en pleine conversation à mon arrivée…

Matt a l'air tout aussi étonné. Je pousse un soupir, inspire profondément pour tenter d'expliquer clairement la situation :

— Je reprends tout depuis le début. En fait, j'ai rencontré Daryl l'autre jour par hasard parce qu'il a failli m'écraser alors que je traversais la rue, je connais déjà Matt et euh… mon frère a des problèmes qui nécessitent de l'aide parce que, de toute évidence, je suis dépassée. Résultat ? Matt t'a demandé de me donner un coup de main. Voilà ! Tout le monde se connaît déjà, c'est génial, non ?

— QUOI ? hurlent-ils en même temps.

Je passe sous silence l'épisode dans lequel je comptais voler la Lamborghini de Daryl.

— Bien, bien, bien, siffle Daryl entre ses dents.

Dans quoi me suis-je encore fourrée ? Ce serait peut-être plus simple de revenir au plan du vol de voiture puisque, pour en rajouter une couche, l'ambiance entre les deux frères n'a pas l'air au beau fixe. Et ce n'est pas près de s'arranger d'après les regards noirs qu'ils se lancent.

Le plus sombre des frères Ortega s'éloigne un instant pour rejoindre un bar à quelques mètres, attrape une bouteille de rhum et des verres puis nous rejoint :

— Je ne parle jamais business sans un verre…

Matt soupire, il a l'air de regretter d'être là et moi, je culpabilise à mort. Je prétends aider mon frère mais pour l'instant, je suis plutôt en train de mettre tout le monde dans la merde.

Daryl nous tend les verres et Matt avale le contenu cul sec avant de grogner :

— Je te préviens, ne mêle pas Lexi à tes embrouilles habituelles. Sinon…

— Dis-moi si je me trompe mais c'est toi qui sollicites mon aide, frérot, et apparemment, c'est moi qui vais devoir me mêler à ses embrouilles *à elle*. Et puis, sinon… quoi ?

Ils se rapprochent l'un de l'autre et j'ai l'impression qu'ils risquent de se sauter dessus. Flûte ! J'ai laissé mon épuisette dehors… Je pourrais peut-être les séparer avec ?

— Sinon, ça risque de très mal se passer pour toi. Je sais bien que c'est moi qui t'ai contacté mais je te connais bien et Lexi n'est pas coutumière du milieu… menace Matt.

— Crois-moi, je vais bien m'occuper d'elle.

Le regard protecteur et flamboyant qu'il coule vers moi attise la colère de mon ami (et moi, eh bien, ça me rend toute chose) :

— Si tu la mets en danger ou que tu poses tes sales pattes sur elle, je ne donne pas cher de ta peau.

— Ah bon, et tu feras quoi ? Tu vas me filer un uppercut dans la figure ?

Où est ce fichu filet à piscine? Si j'avais des pouvoirs magiques comme dans *Harry Potter*, je pourrais lancer un *accio filet* et il tomberait dans mes mains.

Je connais Matt depuis plusieurs mois maintenant et je sais qu'en plus de rouler à moto, il passe une bonne partie de ses soirées dans un club de boxe. Alors niveau uppercut, il doit en connaître un rayon.

— Ça se pourrait bien, gronde-t-il en s'avançant encore davantage.

Joe, qui était en train d'installer du matériel de musique à l'extérieur, arrive d'un pas rapide et se place entre les jumeaux :

— Oh les gars, on se calme ! Vous commencez à attirer un peu trop l'attention là, à crier comme des putois.

En effet, plusieurs invités arrivés entre-temps nous fixent de manière insistante. Joe poursuit :

— Je vous suggère d'aller dans le bureau pour régler vos problèmes à l'abri des regards et des oreilles indiscrètes.

Bonne remarque, ça m'ennuierait que tout le monde apprenne que mon frère risque de mourir si je ne trouve pas un demi-million de dollars d'ici une semaine. Je suis plutôt volubile lorsqu'il s'agit de parler de mes problèmes en général, mais dans le cas présent, j'aimerais éviter.

Les deux frères se dirigent vers une pièce à l'autre bout du salon, Joe et moi leur emboîtons le pas, un peu en retrait. J'observe leurs carrures musclées, leurs dos et leurs épaules si semblables. Comment des jumeaux peuvent-ils être si différents au niveau de leur caractère et de leur style de vie ? D'après ce que je connais de Matt, c'est un jeune homme boute-en-train, amusant et drôle, toujours positif malgré des secrets qu'il ne semble pas encore prêt à me révéler. Daryl a l'air plus sombre, torturé, à fleur de peau. Et encore plus mystérieux.

Mon attention se reporte sur Joe qui n'a rien à envier aux deux autres physiquement, d'après ce que son tee-shirt moulant peut me laisser deviner de sa musculature. Curieuse, je profite de ce moment de répit pour tenter d'en apprendre plus sur les jumeaux et sur sa relation avec eux :

— Ça fait longtemps que tu les connais ?

— Un bout de temps oui. Depuis l'enfance à vrai dire. On a grandi ensemble…

— J'imagine que vous avez dû faire les quatre cents coups tous les trois.

— Oh oui, tu n'imagines même pas. Même si parfois, on aurait certainement dû faire plus attention…

— Qu'est-ce que tu veux dire ?

— Tu sais, ils n'ont vraiment pas eu une vie facile à cause de…

Nous sommes interrompus par Daryl qui vient d'ouvrir la porte et qui nous lance un regard foudroyant en attendant qu'on entre :

— Alors, vous attendez que les poules aient des dents ?

— Non, mais que la politesse te trouve, peut-être, je réplique en lui passant devant pour pénétrer dans la pièce en lui faisant un sourire en coin.

Je le frôle au passage et mon cœur manque un battement.

La pièce est sobrement meublée. Un bureau près de la fenêtre, deux fauteuils en cuir noir qui lui font face, deux étagères contre le mur avec des dossiers, un autre canapé près du mur et un petit bar sur le côté. Il y en a dans toutes les pièces ou quoi ? Je n'ai pas le temps d'en observer plus puisque mon collègue, que je sens à bout de nerfs, reprend les hostilités et demande des explications sur les circonstances de ma rencontre avec Daryl, puis sur notre dîner. Je récapitule depuis le début, en essayant d'épargner l'ego de l'un ou l'autre puis termine mon petit monologue en avouant que je travaille avec Matt.

Joe s'esclaffe et tout le monde le regarde, outré. Enfin, les deux frères Ortega, parce que moi, je suis tellement nerveuse que je commence à rire. Stratégie de défense il paraît. Et puis, le rire de Joe est plutôt communicatif dans son genre. D'ailleurs, il parvient à dire entre deux hoquets :

— Oh les gars, vous avez fait ma soirée avec vos histoires ! La probabilité pour que ce soit la même fille… Mais, c'est quoi, ce truc à régler ?

Je reprends mon sérieux et jette un coup d'œil à Matt. Comment expliquer tout ce qui s'est passé ces derniers jours d'une manière simple et concise ?

Heureusement, il gère bien mieux la situation que moi, ce qui me rassure. Les frangins ont apparemment un sang-froid qui me dépasse dès qu'il s'agit d'aborder des problèmes sérieux. Genre des histoires d'argent, de drogue, de mafieux et de meurtre. La base, quoi !

C'est donc lui qui explique :

— Lexi a de gros ennuis. Alors, je me suis dit que Daryl pourrait certainement l'aider à régler ses problèmes.

Comme un seul homme, nous nous tournons vers lui. Je porte tellement d'espoir dans cette tentative désespérée que je l'observe comme s'il était le Messie et qu'il pouvait régler tous les problèmes du monde.

De mon monde, du moins.

Daryl, surpris, lève les mains au ciel l'air de dire « Je n'ai rien fait moi ! ». Mais son attitude a changé à mon égard et il me lance un regard glacial, un regard qui sonde mon âme, comme s'il cherchait des réponses à de trop nombreuses questions.

— Si je comprends bien, tu as voulu profiter de la situation en me proposant ce dîner au restaurant. Pourquoi ? Je déteste les gens qui ne jouent pas franc-jeu avec moi…

Il a avancé dans ma direction en prononçant ces mots et, pour la première fois depuis que je le connais, je sens une menace lourde et sourde dans ses yeux.

Et je me sens en tort. Après tout, c'est vrai que j'ai voulu profiter de lui, enfin de sa voiture pour la revendre (et cette idée me semble totalement dingue et irréalisable à cet instant), et que je me sens dépassée par tout ce qui m'arrive. Mais au stade où j'en suis, je n'ai plus peur de grand-chose. En tout cas, pas de lui malgré sa carrure impressionnante et ses prunelles sombres toujours posées sur moi. Il gronde entre ses dents :

— Je déteste la trahison. Les gens qui ont le malheur de commettre cette erreur le paient très cher en général.

Il fait quelques pas supplémentaires et je retiens mon souffle alors qu'il se dresse devant moi, imposant. Je peux sentir son odeur, je pourrais le toucher rien qu'en avançant la main. Fière, je ne romps pas le contact visuel, la tension qui s'accentue semble remplir l'espace entre nous. Je murmure sur un ton cependant calme et sans équivoque :

— Tu ne me fais pas peur et tu vas m'écouter. Si tu pouvais quitter cet air suffisant, je t'en serais très reconnaissante.

— Ne joue pas avec moi, Lexi.

Son regard me transperce.

— Ce n'était pas mon intention.

Joe intervient une nouvelle fois, je pense d'ailleurs qu'il aurait une carrière assurée dans la médiation lors des prises d'otage :

— Écoute ce qu'elle a à dire et ensuite, tu aviseras. C'est très sympa cette ambiance hein, mais je vous rappelle que des gens nous attendent, alors on ne va pas passer la soirée dans ce bureau.

Daryl recule sans me lâcher des yeux, la mâchoire serrée et s'adosse contre le mur, l'air d'attendre la suite des événements pour savoir comment réagir. C'est mon tour :

— Écoutez, je m'excuse auprès de vous deux, je comprends que vous soyez en colère mais je ne comptais pas blesser qui que ce soit dans cette histoire. J'étais juste… désemparée.

Après avoir dévisagé les deux frères pour me justifier, je reporte mon attention sur Daryl :

— Matt a dit la vérité. J'ai des problèmes. Enfin, pas moi directement mais une personne à qui je tiens comme à la prunelle de mes yeux. En fait, je serais même prête à donner la prunelle de mes yeux pour qu'elle s'en sorte indemne. Mes prunelles, mes reins, mon sang… enfin, tout quoi. Pour autant qu'elle ressorte vivante de tout ce merdier.

— Et peut-on savoir qui est plongé dans les embrouilles dont tu parles ? Une ancienne copine d'école ? Ta tante par alliance ? Ton copain du moment peut-être ?

Son cynisme ne me laisse pas de marbre et je le foudroie du regard. Puis, je pense à Jason. Je le revois sur son lit d'hôpital, blessé, meurtri. Vulnérable. Je me rappelle sa peur si intense. La mienne aussi, viscérale. Cette question lancinante qui revient me hanter en permanence : et si je le perdais pour de bon ? Et si je n'arrivais pas à régler le problème et à trouver une solution ? Que ressent-on quand on perd son frère, quand on sait qu'il a été assassiné froidement et qu'on n'a rien pu faire pour empêcher un tel drame de se produire ? Hors de question que je vive ça. Hors de question que j'aie la réponse à cette putain de question. Dans un souffle, je parviens à articuler :

— Mon frère. Mon petit frère.

Je tente de retenir du mieux que je peux l'émotion qui m'étouffe comme si un serpent s'était noué autour de mon cou, resserrant son emprise autour de ma gorge pour m'asphyxier.

Cette réponse semble avoir eu l'effet d'une bombe sur Daryl et toute sa colère a l'air de retomber. J'ai le profond sentiment qu'il comprend mon désarroi, qu'il comprend mes doutes et mes peurs, qu'il a dû les ressentir probablement à l'égard de Matt. Il sait ce que cela signifie de vouloir protéger les êtres qu'on aime le plus au monde, je peux le lire dans ses yeux. Il est familier de cette angoisse qui vous tord le bide, de cette trouille qui vous paralyse.

Daryl jette un coup d'œil en direction de Matt puis cesse de faire le grognon dans son coin, il se désolidarise du mur et avance dans la pièce :

— Bon, je t'écoute.

C'est à moi de jouer. Comment trouver les mots pour tout lui expliquer et le convaincre de m'aider ? J'inspire et plante mon regard dans le sien. Une fois que j'ai toute son attention et qu'il me fixe intensément, je lui explique :

— Mon frère est un type génial. Son seul problème, c'est qu'il se laisse souvent entraîner dans des combines pourries. Et que ses fréquentations laissent à désirer… si tu vois ce que je veux dire.

Mon collègue se tourne vers Daryl pour appuyer là où ça fait mal :

— Oh, crois-moi, il voit très bien. N'est-ce pas Daryl ?

Daryl le fusille du regard et me pousse à continuer. Repenser à toute cette histoire me tue. Je trouve le geste de Jason tellement stupide que j'ai honte de raconter ses conneries à des gens qui n'ont rien demandé et qui se retrouvent mêlés à ses problèmes.

Je constate alors que l'expression de Daryl change, ses traits se durcissent, la lueur dans ses yeux devient plus sombre.

— Oh non… dites-moi que ce n'est pas vrai.

Je me mords la lèvre. Et encore, il ne sait pas tout. Il faut que je termine :

— Il y a un autre problème. La voiture transportait une cargaison un peu spéciale. Et maintenant, le propriétaire lui demande une certaine forme de dédommagement.

— On est bien en train de parler de qui je crois ?

Matt acquiesce. Daryl lance un juron.

— Je vois bien le souci, en effet.

— Je ne crois pas, non, parce que ce n'est pas tout. Maintenant, mon frère doit rembourser cinq cent mille dollars à ce Maccini de merde sinon il se fera descendre dans moins d'une semaine ! Et moi, moi, je… je n'ai aucune putain d'idée de comment trouver tout cet argent !

Je suis au bout du rouleau. Attendre une réponse de l'homme qui me toise et qui semble peser le pour et le contre sans dire un mot ne m'aide pas à retrouver mon calme. Nos regards sont scotchés l'un à l'autre.

Je fais une dernière tentative pour plaider ma cause :

— J'ai besoin de toi…

Le silence qui suit ma réplique emplit le bureau. L'atmosphère est lourde, pesante, j'ai l'impression d'être coincée dans un bloc de béton, ma cage thoracique est opprimée comme si mes poumons refusaient de se remplir d'air. Je suis suspendue aux lèvres de Daryl mais elles ne bougent toujours pas.

Parle. Parle. Parle.

Mon cœur palpite tellement fort que j'ai l'impression qu'il va défoncer mes côtes pour s'écraser sur le tapis.

PARLE !

Tout le monde attend sa réponse dans ce silence de plomb. Plusieurs secondes, qui semblent durer des heures, s'écoulent, le temps s'égrène. Le tic-tac lancinant de l'horloge murale est le seul bruit que l'on entend dans le bureau.

— D'abord, j'ai besoin d'éclaircir un point. Ensuite, je déciderai. Qu'est-ce que tu cherchais en faisant tout ça? Le coup de téléphone au milieu de la nuit, le dîner, tes doigts qui frôlent ma main? Me connaître ou uniquement sauver ton frère?

J'évite de regarder Matt à l'évocation du contact physique que j'ai eu avec Daryl mais je sens qu'un malaise supplémentaire plane dans la pièce.

— Je voulais sortir mon frère de ce trou noir. Je ferai tout ce que je peux pour lui. Il est mon double, mon protégé. La personne qui compte le plus pour moi. S'il meurt, moi je crève à l'intérieur. Tu peux comprendre ça?

— OK.

OK? Qu'est-ce que ça veut dire, « OK »?

Ce n'est pas vraiment une réponse, plutôt un constat. La vache, il me faut un décodeur de Daryl. Décontenancée par sa réplique, j'écarquille les yeux et attends qu'il précise sa pensée puis lance un coup d'œil à Matt qui hausse les épaules l'air de dire « Je n'en sais pas plus que toi ». N'y tenant plus, j'explose:

— OK? OK? Mais ça veut dire quoi, « OK »?

Daryl me toise et un très léger sourire s'étale sur ses lèvres:

— Il se pourrait que le mot provienne de la guerre de Sécession. OK signifiait « *zero killed* ». Et moi, si je dis OK, dans l'usage d'aujourd'hui, cela veut dire que je vais t'aider. Mais…

— Mais ? je réplique en attendant la suite.

— Il va falloir y mettre du tien…

— En faisant quoi ?

Matt nous interrompt, s'approche de son frère et plonge ses yeux dans les siens avant de gronder :

— Par contre, fais bien attention à ce dans quoi tu l'embarques. Ne la mets pas en danger, c'est clair ?

— Calme-toi, tu connais ma propension à prendre soin de mes amies.

— Justement…

Daryl avance de quelques pas, la tension grimpe à nouveau entre eux, ils se détaillent. On dirait qu'ils sont face à un miroir tant leur ressemblance est frappante. Leurs yeux lancent les mêmes éclairs, leur profil est racé, leurs bouches, sensuelles. Je cligne des yeux pour refaire un focus sur les jumeaux. Même si leur physique est quasiment identique, il y a chez Daryl quelque chose qui me touche particulièrement parce que je ne suis pas dupe. La belle voiture, la villa, les airs dangereux qu'il prend… tout ça, ce sont des stratégies de défense. Que lui est-il arrivé pour avoir dû ériger une telle carapace ?

Joe, qui devait avoir la même crainte que moi, c'est-à-dire que les frères s'entretuent d'ici quelques secondes, réagit une nouvelle fois et s'interpose :

— Vous êtes pire que des enfants tous les deux ! Je vous connais, je sais que vous aimez bien vous chamailler mais vous êtes frangins je vous rappelle, pas ennemis jurés.

Moi, je suis tiraillée par un douloureux sentiment de culpabilité. À cause de moi, mon collègue que j'adore, mon binôme de travail, se retrouve dans une situation impossible, je le sens tendu et stressé. Pendant quelques secondes, je me remémore notre première rencontre, il y a six mois, quand j'ai intégré le département communication de Carter Corp. Gabriel Simons, notre manager, avait fait les présentations puis Matt m'avait conduite à la cafétéria où m'attendaient des croissants. Il avait réuni les collaborateurs qu'il appréciait pour me les présenter, parmi eux il y avait Colin, du développement web et surtout Lisa. Lisa qui est devenue mon amie la plus précieuse à New York.

Puis, les afterworks et les fêtes se sont enchaînés et Matt fait dorénavant partie de mon quotidien. Je ne veux pas le perdre. D'autant plus qu'au boulot, on se complète parfaitement, tant et si bien que la réputation de notre duo nous vaut d'être souvent sollicité par les clients.

La voix de Matt me sort de mes pensées :

— Lexi, si tu ne le sens pas, ne te force pas d'accord ? On pourra réfléchir à une autre solution pour Jason.

— J'ai déjà retourné le problème dans tous les sens. Il n'y a pas d'autre solution. Daryl est l'unique option que nous ayons…

— Alors, comme ça, je suis unique ? lance Daryl qui semble ravi de revenir au centre de la conversation.

— Toi, ne la ramène pas, gronde Matt. Joe, je te la confie alors veille sur elle, d'accord ?

Joe acquiesce et Matt prend congé sans oublier de me rappeler que nous travaillons demain matin (sous-entendu, je ne dois pas faire n'importe quoi ce soir, j'imagine). Je l'observe quitter la villa avec un pincement au cœur.

Joe suggère de reporter la fête, d'après ce que je comprends il devait se produire ce soir avec son groupe de musiciens et quitte le bureau pour prévenir son équipe et les invités. Lors de notre petite virée au restaurant, Daryl m'avait fait écouter un morceau de rap, j'en déduis que le chanteur devait être Joe. Dommage que je fasse sa rencontre en ces temps troublés car j'aurais adoré en apprendre plus sur le milieu de la musique, que je trouve tout aussi passionnant que celui de la peinture. Une prochaine fois peut-être. Ou dans une autre vie…

Daryl m'exhorte à le suivre d'un simple regard et nous nous asseyons sur le canapé en cuir qui fait l'angle du bureau. Il me sert un nouveau verre de rhum que j'accepte avec plaisir, j'en ai bien besoin. Je l'avale cul sec dans une grimace. Il me dévisage et passe la main dans ses cheveux :

— Les temps sont durs, n'est-ce pas ?

— Je n'arrive pas à croire que ce que je suis en train de vivre est bel et bien la réalité…

Il semble me comprendre, son regard s'adoucit et j'aperçois un léger sourire résigné se dessiner sur son visage. Il a beau me rendre nerveuse et m'exaspérer avec son comportement, il a promis de me soutenir alors, il serait peut-être temps que je lui montre un minimum de gratitude :

— Je voulais te remercier d'avoir accepté de m'aider.

Un petit merci reste bien suffisant pour le moment.

— Ravi de travailler sur un projet commun avec toi.

Mon sang ne fait qu'un tour et je me lève d'un bond pour lui hurler dessus :

— C'est la vie de mon frère que tu appelles un « projet commun » ?

— Du calme, furie…

C'est plus fort que moi. Savoir que la vie de mon frère dépend d'un inconnu me rend dingue. Je ne connais pas Daryl et d'après ce que j'ai pu voir jusqu'ici, il a l'air d'avoir un passé compliqué et un présent qui demeure encore bien mystérieux pour moi. Je suis au bord d'un précipice, j'ai besoin d'air, je sens tout mon corps se tendre, les larmes me monter aux yeux et je n'ai qu'une envie : fuir, me tirer loin d'ici, loin de Daryl, loin de toute cette merde.

Alors que je fonce vers la porte, Daryl me rattrape, aussi rapide qu'un aigle fondant sur sa proie, et me retient par le bras :

— Il n'y a pas beaucoup de personnes capables de me surprendre comme toi tu le fais…

— C'est un compliment mal formulé ?

— Non, ce n'est pas vraiment un compliment. Il faut que tu comprennes quelque chose, Lexi… le monde dans lequel tu t'apprêtes à pénétrer n'est pas pour les rigolos. Les codes et les valeurs ne sont pas les mêmes qu'ailleurs et ton tempérament explosif pourrait nous causer des ennuis.

Je dégage mon bras et Daryl serre la mâchoire avant de pousser un soupir. Il plisse les yeux, relâche sa prise et s'écarte de moi.

— On va devoir apprendre à se faire confiance, ma furie. Pour ce faire, il va falloir qu'on reparte à zéro, d'accord ?

J'acquiesce. Il fait un geste pour me proposer de me réinstaller sur le canapé et, voyant que j'hésite, attrape doucement ma main pour m'y conduire.

Le contact de sa peau sur la mienne m'électrise. Trop de tension, trop d'angoisse, trop de… tout ! Cet homme me perturbe, sa présence me donne des frissons, son charisme… m'excite. Qu'est-ce qui m'arrive à la fin ?

Une fois que nous sommes de nouveau assis l'un en face de l'autre, il reprend :

— Bien. J'ai besoin de savoir s'il y a une chose de vraie dans tout ce que tu m'as dit depuis notre rencontre.

Je me refais le film de l'accident, du coup de fil, de notre soirée au restaurant.

— Écoute, tout ce qui est arrivé est un concours de circonstances. Notre rencontre brutale, mon frère qui vole cette voiture, son entrée à l'hôpital, mes parents sur qui on ne peut plus compter… j'ai tenté de trouver des solutions. Là, c'est trop. Je n'en peux plus.

— Qu'est-ce qui s'est passé avec vos parents ?

— Disons qu'ils n'approuvent pas la façon de vivre de mon frère. Ils n'acceptent pas la personne qu'il est. Aujourd'hui, Jason ne peut compter que sur moi, alors je continuerai à le protéger aussi longtemps que je serai en vie.

Cette discussion avec Daryl me replonge dans mon passé. Je me retrouve des années en arrière, ce jour où tout a basculé une première fois pour mon frère et moi. Ce soir-là, Jason voulait présenter son petit ami à mes parents. On savait tous les deux que ce ne serait pas facile, que mes parents avaient des positions très tranchées sur l'homosexualité mais on gardait tout de même un espoir. Un espoir que tout se passe bien parce qu'on avait confiance en eux et en leur amour pour nous. On n'imaginait pas à quel point on se trompait.

Si ce soir-là avait été différent, le drame ne se serait certainement pas produit.

Daryl m'écoute avec attention et cela m'attendrit, je n'imaginais pas qu'il serait touché par mon histoire ni qu'il prendrait à cœur de mieux la comprendre.

— Et moi, je vais t'y aider. On va sortir ton frère de là.

Ses mots me soulagent tellement que, dans un élan d'enthousiasme auquel je ne réfléchis même pas, je me rapproche de lui et l'enlace en lui disant merci. Ses muscles se tendent, tout son corps se contracte à mon contact et je le sens sur le point de reculer. Finalement, il s'abandonne à mon étreinte, ce qui me laisse le loisir de sentir sa chaleur à travers ses vêtements et je ferme les yeux un instant, troublée par cette proximité.

Ne déconne pas Lexi, tu es juste crevée et à bout de nerfs. Tu serais même émue en faisant un câlin à un lampadaire au stade où tu en es !

— Ne me remercie pas trop tôt, tu ne sais pas dans quoi tu viens de t'embarquer. Tu auras aussi ta part de boulot.

À mon plus grand étonnement, il me fixe, ses yeux dérivent sur mes lèvres, s'aventurent sur mon visage. J'ai un affreux doute :

— Tu ne veux tout de même pas que je te paie en nature, rassure-moi !?

— Quoi ? Crois-moi, je n'ai pas besoin de rendre des services pour trouver des femmes !

— Tu m'étonnes !

Merde, j'ai vraiment dit ça à voix haute ? Vu son sourire qui s'élargit à vue d'œil, je dirais que oui. Je suis mortifiée !

J'ai besoin de prendre un peu de recul, de réfléchir aux événements des dernières heures mais avant de pouvoir me poser, je dois savoir ce qu'il attend de moi. Soudain, quelqu'un toque et la porte s'ouvre, m'empêchant de poser la question qui me taraude.

C'est là qu'apparaît le sosie de Gisèle Bündchen.

J'hésite à lui dire de retourner au Brésil ou d'aller me préparer une caïpirinha mais au lieu de parler, je l'observe se déhancher et s'approcher de nous. Ses yeux verts se posent avec envie sur Daryl qui se retourne pour voir ce qui absorbe mon attention depuis quelques secondes. Je crois que j'ai la bouche ouverte depuis qu'elle est apparue.

— Kim ?

Donc le sosie a un prénom ? Elle vient se poser sur l'accoudoir du canapé et croise ses longues jambes en me toisant. Je rêve.

— On peut vous aider peut-être ?

Daryl me lance un regard interrogateur et je hausse les épaules tandis qu'il se penche vers la fille qui, au passage, en profite pour se coller à lui sous mon nez tandis qu'il lui fait une bise plutôt suggestive. Je crois même l'avoir entendu lui susurrer un « bonsoir toi » au creux de l'oreille.

Je me sens tout à coup de trop, me lève et quitte la pièce en trombe. J'accélère le pas pour gagner l'extérieur de la villa, j'y suis presque quand j'entends Daryl hurler mon prénom. Loin de m'arrêter, j'accélère le pas. Presque arrivée au portail, je ronge mon frein et rumine ma colère.

Furieuse pour quoi d'ailleurs ? Qu'est-ce qui me prend, de réagir comme ça ?

Peut-être parce que la vie de mon frère me semble plus importante que le fait de draguer une fille ?

Peut-être parce que j'aimerais savoir quelle sera mon implication dans toute cette histoire ?

Peut-être parce que j'aimerais connaître le plan de Daryl ?

Peut-être parce que Daryl me plaît plus que je n'aimerais me l'avouer ?

Oups.

— Lexi, attends ! Je ne voulais pas…

Il finit par me dépasser et se poste devant moi, me bloquant le passage. Par conséquent, je me retrouve le nez contre son menton avec une vue dégagée sur ses lèvres. Je frissonne malgré la chaleur de cette nuit d'été et relève les yeux sur lui.

— Franchement, on est en pleine conversation pour tenter de sauver mon frère, MON FRÈRE, et toi, tu nous mets sur pause pour une fille qui débarque comme ça ? C'est tellement hallucinant que j'en perds mes mots. Si toute cette histoire n'est pas sérieuse pour toi, Daryl, dis-le-moi. Si tu t'en fous de tout ça, dis-le-moi maintenant !

Nous nous fixons, tous les deux à bout de souffle. Une lueur sombre passe dans son regard, il penche légèrement la tête sans cesser une seule seconde de me fixer. Je sens son souffle sur ma peau, je sens son odeur. J'ai envie de le frapper. J'ai envie de le serrer dans mes bras.

J'ai envie de pleurer.

Je baisse les yeux une seconde puis sens ses doigts sous mon menton qui me font relever la tête. Il murmure :

— Regarde-moi.

Je retrouve ses prunelles noisette et articule dans un souffle :

— C'est sérieux pour moi, Daryl, c'est ma vie.

— Je sais mais tu ne dois pas être jalouse. Je serai là pour toi, pour lui. Mais j'ai une vie plutôt intense et compliquée avec pas mal de relations à gérer pour que mon business fonctionne. Alors, il va falloir que tu apprennes une chose, ma furie…

À mon tour de pencher légèrement la tête de côté, notre nouveau code apparemment pour nous montrer qu'on est prêts à écouter l'autre.

— Apprends à me faire confiance, d'accord ?

Je cligne des yeux, mon cœur et mon âme me crient de le croire, ma tête m'envoie un signal d'alarme que je fais taire en me rappelant que je n'ai pas d'autre option de toute manière.

— Tu allais où comme ça, d'ailleurs ?

— Oh, je pensais aller nettoyer la piscine ! Non, je rentre, Daryl, je suis à bout de nerfs, j'ai besoin de me poser un peu et de réfléchir à tout ça.

— Très bien, attends-moi ici, je te ramène.

— Non, non merci. Merci d'ailleurs, pour tout… mais je vais commander un taxi, j'ai envie d'être seule, ne t'inquiète pas pour moi.

Il me fait un sourire qui réchauffe mon ventre :

— Ça, ça risque d'être difficile. Promets-moi encore une chose avant de filer comme Cendrillon.

Je lève un sourcil et attends qu'il termine sa phrase.

— Plus de mensonges.

Je hoche la tête :

— Promis, plus de mensonges.

Quelques minutes plus tard, une berline grise se gare devant moi. Avant d'y monter, je me retourne, appuie mon avant-bras sur la portière d'un air nonchalant et lui fais un geste de la tête. J'ai besoin d'apporter une petite précision à propos des événements qui viennent de se dérouler :

— Juste une chose, Daryl, pour que ce soit clair et qu'il n'y ait aucune ambiguïté… je ne suis pas jalouse !

Je grimpe dans le taxi et lui fais un petit signe de la main pour lui dire au revoir. Avant de m'éloigner, j'ai juste le temps d'apercevoir un sourire malicieux se dessiner sur ses lèvres.

Chapitre 5

Une mise au point sans les poings mais avec la langue

Il est tôt, je suis dans la rue en train de héler un taxi pour me rendre le plus vite possible à l'hôpital. Le but ? Expliquer à mon frère l'avancement de notre projet « Sauver Jason » ! Dans le film, ils l'ont bien sauvé, le Willy, hein ? Mais lui, il ne devait pas cinq cent mille dollars…

Et c'était une orque.

Comme d'habitude, je suis à la bourre[3] !

En me levant, je me suis préparée à la va-vite, ébouriffant simplement mes cheveux châtains, je me suis fait un café et j'ai continué la grande toile commencée le week-end précédent. Mon pyjama gris aux motifs étoilés a dorénavant une dizaine de taches bleues en plus mais je me suis éclatée à tracer de grandes lignes à l'acrylique avant de saupoudrer au spray des tracés de couleur or. Le résultat évoque, pour moi, la voie lactée et cette touche de magie m'a fait un bien fou. Dans ma tête, j'intitule ce tableau *Hope*. Quoi de mieux

3 On ne se refait pas !

que l'art pour nous sortir du quotidien et de l'horreur qui nous touche ?

Il fait frais ce matin d'été quand je me faufile dans les rues de New York et je serre mon blouson autour de moi. Je me sens étonnamment en forme malgré ma courte nuit. J'imagine que la soirée d'hier n'est pas étrangère à ce sentiment, tout comme l'impression d'avoir trouvé une piste pour aider mon frère. J'ai hâte de le lui raconter afin de lui donner un peu d'espoir.

Je me glisse dans le taxi, donne l'adresse au chauffeur et profite du trajet pour observer les buildings qui défilent sous mes yeux.

Avant de partir à Paris pour ma dernière année d'études, j'avais vécu dans une petite bourgade du New Jersey avec Jason et son copain. Ils se terraient là, traumatisés par la vie et leurs mauvaises expériences. Si jeunes et déjà tellement abîmés.

Suite au clash avec mes parents, j'avais tenté de raisonner tout le monde, essayant de jouer les intermédiaires, me perdant en argumentations, souhaitant à tout prix que notre famille existe à nouveau. Malgré mes nombreuses tentatives, mon père et ma mère étaient restés sourds à mes demandes de rencontre et de réconciliation. J'en avais eu le cœur brisé.

Mais je n'ai pas dit mon dernier mot.

Quand j'arrive à l'hôpital, je me précipite dans la chambre de Jason, ouvre la porte et la referme en la claquant un peu trop fort à cause de mon enthousiasme débordant. C'est là que je m'aperçois que mon frère vient d'ouvrir les yeux en sursaut. Je prends un air contrit :

— Navrée !

— Pourquoi tant de haine de si bon matin ? Elle ne t'a rien fait, cette porte que je sache. Et moi non plus d'ailleurs…

Je fais la moue, lui montrant que je ne suis pas convaincue par la fin de sa phrase et il se reprend :

— OK, en ce qui me concerne, ça se discute.

Nous nous sourions et je m'installe sur le lit après avoir déposé mes affaires sur une chaise. Attendrie par sa bouille de gamin, je passe mes doigts dans ses cheveux pour les ébouriffer, un geste qui le fait toujours protester.

— Pour moi, tu seras toujours un grand enfant. Enfin, avec des problèmes d'adulte en plus… mais j'ai une bonne nouvelle !

— Écoute Lexi, il faut que je…

— J'ai peut-être une solution !

— Ah tiens, tu as sorti ta baguette magique de grande sœur ? Parce qu'il me semble que ce n'est pas la première fois que tu dis ça. Écoute…

— Non, toi écoute ! Le frère de mon collègue peut nous aider. J'étais chez lui hier…

Jason tourne la tête, j'ai l'impression qu'il est sur le point de pleurer et je n'aime pas ça du tout. J'espère que ce sont des larmes de joie et qu'il est content mais vu sa mine triste et ses épaules qui s'affaissent d'un coup, j'ai de gros doutes.

— Qu'est-ce qui se passe Jason ?

— Hier, ils étaient là. Les hommes de main de Maccini sont passés plusieurs fois dans les couloirs. Ils me surveillent, c'est certain. Comme si j'allais me barrer…

Il rit jaune et ce rire triste me fend le cœur. Puis la peur revient, elle s'abat sur moi comme un tsunami et je me sens à nouveau paralysée, gelée de l'intérieur. J'ai besoin d'appeler Daryl, l'étau se resserre, la menace se rapproche. Il ne reste que quelques jours pour rembourser cette fichue dette sinon, ces mecs trouveront un moyen d'éliminer mon frère, même à l'hôpital. Je ne me sens pas armée pour faire face à tout ça mais je tente de réprimer mon stress, Jason a suffisamment peur, je le vois dans ses yeux. Il tapote nerveusement sa couverture et se mord l'intérieur de la joue. Il a toujours fait ça pour camoufler ses sentiments mais je le connais par cœur et ça ne marche pas avec moi.

Il faut que je voie Daryl et qu'on active les choses rapidement sinon je vais devenir dingue. Les minutes sont comptées, les rapaces rôdent et s'il le faut, je mourrai pour sauver mon frère.

Enfin, si on peut éviter de mourir tous les deux, hein, je préférerais. J'ai encore tellement de choses à voir et à expérimenter ! Après tout, vingt-cinq ans, c'est beaucoup trop jeune pour casser sa pipe. J'aimerais encore :

1) passer des soirées à rire avec Lisa et Matt en buvant des gin tonics et en se racontant nos histoires d'amour foireuses (Lisa remporte la palme) ;

2) tomber amoureuse (ça m'est déjà arrivé et c'est plutôt chouette) ;

3) faire de Loulou, ma 2 CV qui est actuellement chez mes parents, une voiture électrique ;

4) diriger des projets qui feront une vraie différence pour le monde (comme nettoyer les océans) ;

5) réconcilier mes parents avec Jason ;
6) caresser Blanchette ;
7) caresser Daryl (mourf).

Bref, je ne peux pas mourir maintenant !

Dès que je me retrouve à l'air libre, je tente d'appeler Daryl, il y a urgence ! J'attends au bout du fil mais personne ne décroche et je deviens de plus en plus nerveuse. Merde ! Hier soir, je croyais avoir trouvé une piste mais tout se complexifie encore. Je suis sur une véritable patinoire, à peine ai-je trouvé mon équilibre qu'un problème surgit pour me faire tomber. Vous êtes déjà tombés sur la glace ? Eh bien, ça fait drôlement mal !

Je suis occupé, je t'appelle plus tard.
D.

Super. Ces quelques mots me rongent le bide. Qu'est-ce qui est plus important que de sauver mon frère ? Je chasse à grand-peine l'image de la créature aux yeux verts d'hier soir.

Les rues de New York fourmillent de passants, de voitures qui klaxonnent et de pigeons. Indifférente à l'agitation extérieure, je me mords la lèvre jusqu'au sang pour faire passer l'anxiété qui m'envahit et pénètre en trombe dans l'immeuble de Carter Corp., toujours en train de me visualiser sur une étendue gelée. Tout à coup, je percute quelque chose de ma taille qui sent bon et qui est tout doux comme un bon marshmallow réconfortant. Je reconnaîtrais cette odeur entre mille :

— Lisa ? Oh je suis désolée, j'avais la tête ailleurs !

— J'imagine que ce n'était pas dans les nuages ou les étoiles ?

Je grimace :

— Plutôt dans les égouts…

— Aïe, ça va toujours aussi mal ?

Ma copine me regarde avec tendresse et je lis dans son sourire tout l'amour qu'elle me porte. Elle n'a pas idée du point auquel son sourire est une thérapie puissante. Je nous revois en train de regarder *The Holiday* pour la dixième fois en avalant du pop-corn, je la visualise en train de préparer des mojitos dans mon appartement déguisée en Marsupilami pour Halloween, je me rappelle les nombreuses fois où elle a promené Blanchette parce que j'étais rentrée si tard du Starlite que je dormais toujours.

Lisa est une fille en or. Et je l'aime comme une sœur.

— Disons que j'ai connu mieux mais j'ai confiance en l'avenir et je crois que tout s'arrangera.

— On dirait un peu un proverbe de biscuit chinois, non ? Je t'offre un café ?

— Plus tard volontiers mais là, je viens de voir la harpie sans cœur des RH entrer dans la cafétéria.

Je quitte ma copine à regret, fais une croix sur mon café et me dépêche de rejoindre les ascenseurs. Ce n'est pas le moment de donner à Cassidy des arguments pour me virer. Et si je suis confrontée à sa tête ce matin, je risque fort de faire une bêtise.

J'accélère encore le pas, priant pour ne pas la croiser, me presse dans un dernier élan pour entrer avant que les portes ne se referment mais mon pied droit semble avoir décidé de gagner son indépendance et fait un brusque écart. Je glisse, tente de me rattraper aux parois sans succès… et je bascule en avant dans un mouvement loin d'être élégant.

Par réflexe, je tends les mains, espérant peut-être avoir le pouvoir de voler (je me rends vite compte que ce n'est pas le cas), quand je sens deux bras me retenir fermement. En moins de temps qu'il n'en faut pour dire « ouf », je me retrouve sur mes deux pieds, le droit et le gauche rangés sagement l'un à côté de l'autre.

La honte. En voilà, une bonne journée qui commence !

— Tout va bien ? Vous voilà debout. C'est tout de même mieux ainsi, non ?

Il n'y a qu'à moi que ça arrive, des trucs pareils. Je relève le nez et tombe yeux à nez avec un homme portant un costume haut de gamme et des chaussures cirées (elles, j'ai eu le temps de les voir dans ma chute). Son regard bleu magnétique, son charisme, son air sûr de lui… je rêve ou il s'agit de… ?

Quelques secondes plus tard, je reprends mes esprits et le big boss de l'entreprise, j'ai nommé Ryan Carter en personne, me sourit avant de s'avancer dans le hall d'accueil pour gagner la sortie. J'ai juste le temps de lui lancer un « Merci pour tout et bonne journée » qu'il a déjà disparu. Flûte, j'aurais dû lui demander un prêt, une bourse, lui piquer ses chaussures, son caleçon et sa montre ! J'aurais certainement pu rembourser une partie de notre dette.

T'es complètement folle, ma pauvre ! Braquer le numéro un de ta boîte, non mais, quelle idée !

Je me demande encore si je dois courir après Ryan Carter quand j'entends la voix de Matt sortir de l'ascenseur qui vient de s'arrêter au rez-de-chaussée. Il me fait sursauter.

— Je ne pensais pas avoir une tête à faire peur, me lance-t-il dans un sourire alors que j'entre dans la cabine.

— Tu n'as pas idée, je le chambre.

Il me fixe d'un air bizarre puis frotte le bout de mon menton du pouce, l'air préoccupé. Il m'inquiète :

— Quoi ? Qu'est-ce que j'ai ? Un bouton de la taille de Central Park ?

— Une tache bleue… on dirait de la peinture.

Je pousse un long soupir, ce à quoi Matt répond :

— Ce n'est pas si grave, princesse, ça te donne le petit côté original qui te manque parfois !

— Hey, je ne manque pas d'originalité !

Il me lance un sourire, fier de sa petite réplique. Je l'ignore et reprends :

— Attends d'avoir entendu le début de ma journée ! J'ai manqué m'étaler devant le big boss en personne et maintenant, en plus de cette honte-là, j'y ajoute celle de ressembler à Schtroumpfette ? Achève-moi, pitié…

Je pose ma tête contre son épaule et il me serre contre lui :

— Je sais que ce n'est pas un sujet bien joyeux mais… tout s'est bien passé hier soir ?

— Je ne sais pas vraiment quoi penser de tout ça. J'avais l'impression d'avoir trouvé une solution mais dans la pratique, je ne sais toujours pas quoi faire, ni ce que Daryl prévoit.

— Je comprends, Daryl n'est pas toujours très clair. Mais tu peux être sûre d'une chose : s'il t'a promis son aide, il tiendra parole. Il n'a pas un mauvais fond…

Je réfléchis à cette information tout en m'installant à mon bureau. Daryl me désarçonne et depuis notre rencontre, je ne sais jamais sur quel pied danser avec lui.

Pour me changer les idées et accessoirement pour garder mon job, je me mets à travailler sur la campagne de sensibilisation d'une ONG qui construit des écoles au Togo. Elle s'appelle Togo to Children et œuvre au Togo et au Bénin pour bâtir des structures scolaires en béton. Je cherche une idée de concept forte puis tente de trouver les bons mots pour l'accroche qui ira avec la campagne d'affichage prévue pour les fêtes de fin d'année. Carter Corp. nous fait travailler de temps en temps pour des projets caritatifs. Ce sont mes dossiers préférés, grâce à eux, j'ai l'impression de me sentir utile.

Au milieu de la journée, mon téléphone vibre, me sortant du texte explicatif que je suis en train d'écrire pour le concept d'affichage.

Daryl.

Fête ce soir chez moi pour remplacer celle d'hier.
Je t'attends, j'ai une idée pour ton frère.

Curieuse, j'essaie de le joindre mais sans succès. Comment peut-il imaginer que je vais parvenir à attendre ce soir pour en savoir plus ? Cet homme est un sadique !

Évidemment, je compte m'y rendre mais pour l'instant, il est l'heure de la pause-café de l'après-midi et j'ai rendez-vous avec Lisa. Quand j'arrive dans la salle qui jouxte le hall, les effluves de boissons chaudes me réconfortent. Lisa est déjà attablée avec deux cappuccinos et m'en tend un dès que je prends place en face d'elle.

— Alors, raconte-moi, comment tu vas ?

— Franchement, ça va, ne t'en fais pas. Si on parlait de toi plutôt ? On a assez évoqué mes problèmes, comment va ma meilleure copine ?

Elle me fait un grand sourire, avale une gorgée de café, ses yeux pétillent de malice :

— L'autre jour, lors de notre soirée au Starlite, j'ai rencontré un mec. On a échangé nos numéros et je devrais le voir cette semaine. En plus, d'après nos premiers baisers, je pense qu'il a du potentiel avec sa langue… si tu vois ce que je veux dire.

— Oui, je crois que j'ai compris. Et alors, il est comment, raconte !

— Assez grand, l'air sûr de lui sans paraître hautain, il danse vraiment comme un pro et tu sais à quel point je trouve ça sexy. Un mec qui danse bien, c'est souvent un bon coup !

Je m'esclaffe et manque de recracher ma gorgée de cappuccino. Cet aparté avec Lisa me rappelle ma réalité d'avant, celle où mes problèmes consistaient à être à l'heure au travail et à survivre à ma gueule de bois après une soirée au Starlite, et cette apparente normalité me manque.

— Et sinon, toi niveau mec, tu en es où ? Oh, pardon, c'est peut-être maladroit de ma part de te demander ça alors que ton frère…

— Non, non… au contraire, nos discussions de filles me manquent, alors un peu de légèreté ne me fait pas de mal.

— Tu as quelqu'un en vue ?

— Non, personne[4].

Mais le soupir que je pousse est plutôt équivoque et Lisa me scrute en pointant un doigt accusateur sur moi :

— Oh la menteuse, je connais ce petit air distrait. Qui est l'heureux élu ?

J'esquive et lance un coup d'œil à l'horloge en prenant un air horrifié :

— Bon sang de bonsoir, déjà quinze heures trente ? Je dois filer, j'ai un meeting avec Matt !

Je saute de mon tabouret, lui claque une bise et file en lui lançant un piètre « À plus tard ». Je dois reprendre le contrôle de moi-même ! Mais comment ?

***

Le soir arrive enfin et avec lui, le stress de retrouver Daryl pour évoquer notre affaire. En sortant du travail, je passe voir Jason et lui amène des donuts pour le réconforter un peu avant de retrouver mon appartement.

J'emballe une toile dont j'ai envie de lui faire cadeau pour lui montrer ma reconnaissance, tente de la glisser tant bien que mal dans le taxi qui m'attend en bas de chez moi et me retrouve une petite demi-heure plus tard devant la villa.

---

4 Un mec sexy, ténébreux et… merde, Daryl, sors de ma tête !

Je réajuste la robe noire que j'ai enfilée et tente de maintenir mon équilibre sur mes bottines à petits talons. Les escarpins et moi, ça fait deux, du coup, je les évite comme la peste.

Des éclats de rire, des bruits de voix et de la musique s'échappent de la maison, des invités dansent déjà autour de la piscine et je tente de repérer Daryl en balayant la scène du regard.

Je l'aperçois à quelques mètres, bien entouré comme il semble en avoir l'habitude et je sens un léger, très léger pincement au cœur. Est-ce que le sosie de Gisèle est dans les parages aussi ? Tactile et charmeur, le maître des lieux joue son rôle d'hôte à la perfection, souriant à l'une, effleurant le bras d'une autre. Il a l'air d'être à mille lieues de mes préoccupations, de ma nouvelle mission de sauvetage et je sens déjà une pointe de colère se loger dans mon ventre. J'hésite à bouger, mais avec ma toile dans les bras, je ne pourrais même pas me servir un verre pour diminuer ma nervosité. Pour couronner le tout, je me sens ridicule. Je finis par déambuler dans le jardin quelques minutes, en proie à des réflexions : devrais-je partir ? C'est alors qu'une voix que je connais me tire de ma torpeur :

— Tu n'as pas pris ton filet à piscine, cette fois-ci ?

Je ris et me retourne pour découvrir Joe qui avance vers moi, le sourire aux lèvres.

— J'ai préféré quelque chose de plus imposant, je rétorque en lui désignant mon paquet.

— Qu'est-ce que c'est ? Tu veux que je t'aide à le déposer à l'intérieur ?

— C'est gentil mais ça va aller. C'est une peinture… pour Daryl. Je voulais le remercier de son aide. Même si je ne sais pas encore en quoi elle consiste exactement.

Je crois que je me suis exprimée d'une manière un peu amère. C'est tout moi, ça, incapable de cacher mes sentiments. Je suis aussi transparente que de la cellophane ! Joe me fixe d'un œil perçant, tentant de percer mes sentiments et ce qui se cache sous mon ton désabusé.

— Tu sais, je connais bien les deux frangins, on a un passé chargé de bonnes et de moins bonnes choses aussi. Et je peux te confier qu'il tient toujours ses promesses, c'est un homme de parole.

— Peut-être, mais à le voir comme ça, à organiser des fêtes, à vivre d'une manière qui me semble si légère, ça me donne l'impression qu'il minimise l'importance de mon affaire, tu comprends ?

— Il faut toujours se méfier des apparences, tu sais.

Je le regarde, intriguée tant son ton est devenu sérieux, sincère. J'ai tellement envie de le croire mais je suis régulièrement submergée par des flashs qui m'ôtent à chaque fois une parcelle d'espoir, qui grignotent ma positivité, qui abîment ma joie de vivre.

Mon frère. L'inquiétude qui se lit sur son visage.

Ses traits tirés.

Les bleus sur sa peau.

Son air perdu.

La peur.

Une sorte de résignation aussi.

Je reviens à la réalité en sentant une présence à côté de moi, une vague de chaleur m'enveloppe, son odeur me fait tourner la tête vers lui avant même qu'il ait prononcé un mot :

— De quelles apparences faut-il se méfier ?

— De toi, mec, provoque Joe en souriant à Daryl qui vient d'arriver derrière moi.

— File jouer ailleurs, il faut que tu ailles vérifier la musique et préparer le show. Lexi et moi, on doit se parler.

Joe semble nous quitter à regret mais la manière dont Daryl s'est adressé à lui ne souffrait aucune hésitation. Je me retrouve face à cet homme qui m'exaspère, m'attire et me déstabilise. Une seule question me démange mais avant même que j'ouvre la bouche, Daryl pose un doigt sur mes lèvres :

— Chhhuut, pas tout de suite. Bientôt mais pas tout de suite.

Son geste provoque une décharge le long de ma colonne. J'accepte d'attendre une minute. Après, j'exploserai. Je suis habituée à gérer le stress dans mon job, à respecter des délais, à travailler comme une dingue quand une campagne me passionne, à m'investir à trois cents pourcents quand je le juge nécessaire. Là en revanche, je me sens démunie, comme si je n'étais pas programmée pour faire face à des ennuis de cette envergure. Des ennuis qui proviennent d'un monde dont je ne connais pas les codes. Daryl, lui, semble les maîtriser, il semble ne pas en avoir peur, il semble en jouer.

Il pose son bras sur mes épaules et m'entraîne à l'intérieur où nous rejoignons le bureau. J'en profite pour me décharger de la toile en la laissant contre le mur, trop préoccupée par ce que Daryl a prévu de me dire pour la lui offrir maintenant. Je me suis retenue quand nous étions à l'extérieur, ne souhaitant pas faire de scandale ou attirer l'attention sur moi mais une fois seule avec lui, je ne contiens plus ma colère et envoie valser son bras d'un geste sec. Étonné par ma réaction, il plante son regard dans le mien, une lueur sombre passe dans ses yeux, et il plisse le front. Je lâche d'un ton aussi sec que mon mouvement :

— As-tu pu réfléchir à une solution pour mon frère ? Qu'est-ce que tu proposes alors ?

Il passe sa main sur sa mâchoire, redevient sérieux tout à coup, son corps semble se tendre, il incline légèrement la tête comme s'il cherchait à me sonder. Dépitée, découragée, j'attends qu'il daigne répondre à ma question, les yeux remplis d'espoir. Si même lui n'a rien trouvé, on est foutus. Jason est foutu. Si mon frère crève, je crève aussi. Daryl en est-il conscient ? Je reprends pour combler ce silence qui me tue à petit feu :

— Je ne veux pas perdre mon petit frère. Je ne peux pas… est-ce que tu comprends ça ?

J'ai détaché distinctement chaque syllabe de ma phrase, déterminée. Je ne lâche pas encore, j'y crois, je veux qu'il saisisse les enjeux. Il me considère sans dire un mot. Je vais devenir folle à attendre qu'il parle, qu'il me donne quelque chose à quoi me raccrocher. Mais je me sens tomber dans un trou sans fond.

D'une voix profonde, il finit enfin par lâcher :

— Oh oui, crois-moi, je comprends parfaitement.

De quoi parle-t-il, a-t-il vécu lui aussi le drame que je m'apprête peut-être à traverser ? Nos regards s'accrochent l'un à l'autre et nous nous fixons durant plusieurs secondes. A-t-il seulement un intérêt à m'aider ? Suis-je naïve au point de croire qu'un parfait inconnu pourra régler cette situation ? Qu'un mec qui ne me connaît pas prendrait des risques pour sauver Jason ? Arrêtons de jouer et de tourner autour du pot, ça suffit.

— En fait, tu n'as pas l'intention de faire quoi que ce soit, c'est ça ? Tu fais la fête dans ta superbe villa, tu te préoccupes de ta petite soirée, de la musique qui passe, de l'alcool qui coule à flots, des filles que tu pourras certainement mettre dans ton lit, de ton business, mais moi… moi, tu n'en as rien à faire de moi. Pourquoi tu en aurais quelque chose à faire d'ailleurs, hein ?

Je le toise. À l'intérieur, je brûle, je suis perdue, dégoûtée, furieuse.

— Mais de quoi parles-tu, enfin ?

— De la réalité, Daryl ! La vérité, c'est que tu n'as pas la moindre idée de solution. Tu m'invites chez toi et tu me fais poireauter, alors je me demande juste si tout cela en vaut la peine ou si je suis en train de perdre mon temps et celui de mon frère par la même occasion. Et il est malheureusement précieux.

Je pousse un soupir, résignée, lui lance un dernier regard et m'avance vers la porte, sur le point de partir.

— Qu'est-ce que tu fais, Lexi ?

— Ça ne se voit pas ?

— Arrête ça. Dans quatre jours se tiendra une grosse course de rue. Il y aura du monde, des voitures et de l'argent à gagner. On cherche du personnel pour marquer le parcours et…

Je l'écoute les yeux écarquillés, je peine à croire qu'il est sérieux et qu'il me propose un job d'appoint qui a très peu de chance de me rapporter cinq cent mille dollars. Incrédule, je le dévisage puis lui hurle :

— C'est une blague ? C'est ça, ta solution ? Mais je rêve ! Le temps de Jason est compté. C'est ça que tu ferais, Daryl, s'il te restait quelques jours à vivre ?

Je désigne du doigt notre entourage. Je suis folle de rage et triste. Une profonde déchirure s'étire en moi, comme si un feu touchait mon cœur cellule par cellule et que j'étais la seule à me rendre compte que si je ne l'arrêtais pas vite, il allait me consumer tout entière. Cette fois, c'en est trop. J'accélère le pas vers la porte avec l'idée de me tirer de sa maison au plus vite et de mettre un terme à cette mascarade. J'ai déjà perdu assez de temps. D'un pas rapide, je me dirige vers la piscine, zigzague entre les invités, jette un coup d'œil à Joe qui est en train de rapper devant un parterre de filles, gagne enfin le portail et m'arrête brusquement. Merde, en plus je lui ai laissé ma toile ! Soirée pourrie sur toute la ligne. J'aurais certainement pu en tirer un bon prix. Enfin, un prix, quoi.

C'est là que je la vois. Garée bien gentiment dans l'allée. Si je revenais à mon plan initial ? Et si je retournais à l'intérieur pour trouver les clés ? Je suis en pleine hésitation quand j'entends des pas. Flûte, c'est Daryl qui arrive en courant. Je ne veux plus le voir. J'accélère pour lui échapper mais il est rapide, le bougre. En deux secondes, il est devant moi. Il me barre la route de toute sa stature et gronde, osant me demander comme s'il ne comprenait pas ma réaction :

— À quoi tu joues, Lexi, à la fin ?

Il plaisante là, on est d'accord ?

Le rire cynique qui s'échappe de ma gorge ne me ressemble pas et je lui lance un regard assassin.

— Tu veux savoir à quoi je joue ?

Je m'approche de lui, m'arrête à deux centimètres de son torse, sens son souffle sur ma peau, ma respiration déjà rapide à cause de ma fuite s'accélère encore. Je m'approche de sa bouche pour murmurer contre ses lèvres :

— Tu sais quoi ? Depuis le début, je sens un truc entre nous…

Je frôle ses lèvres. Il penche légèrement la tête et baisse son menton pour être à ma hauteur.

— Tu es sérieuse, là ?

Je le rejette violemment, à bout de nerfs, et explose :

— Non, non je m'en fous de toi, tout ce qui compte, c'est mon frère. Toi, tu me proposes ton aide, tu me redonnes de l'espoir et tu me demandes de jouer la poupée Barbie sur un parcours de course clandestine ? Alors, non, je ne suis pas sérieuse. Un peu comme toi, en fait.

Hors de moi, je suis à bout de souffle, je cherche une échappatoire en jetant des coups d'œil à droite puis à gauche, tente de le contourner. Tout ce que je veux, c'est m'éloigner. Mais il m'attrape, me tire près de lui et me serre contre son torse, je tente de le frapper avec mes poings mais je n'en ai même pas la force. Il m'étreint, tente de me calmer en murmurant des mots réconfortants :

— Chhhh, là… ça va aller. Viens là, calme-toi.

Je souffle contre son cou un truc qui ressemble à :

— Mrgloupf.

Apparemment, je suis incapable de balancer quelque chose d'intelligible. Bon, avoir la bouche coincée dans son cou, ça ne m'aide pas à m'exprimer. Le trouble que j'éprouve en sentant sa peau contre la mienne est encore plus problématique que mon impossibilité à l'insulter dans l'immédiat. Quand il desserre un peu son étreinte, nous nous retrouvons face à face, nos regards se croisent et se verrouillent l'un à l'autre. Le désir me brûle, violent. Le sentir si proche, ce trop-plein d'énergie qui me traverse, cette frustration, cette peur… Le plus déroutant ? Le désir et l'envie que je lis dans ses yeux.

D'un coup, Daryl passe sa main derrière ma tête, attrape ma nuque et m'attire à lui. Ses lèvres s'emparent des miennes, les goûtent, les caressent, sa langue vient à la rencontre de la mienne dans un baiser sauvage et doux à la fois. Mon rythme cardiaque s'affole, tutoie l'emballement, j'ai chaud tout à coup, si chaud que j'ai l'impression de me consumer. C'est bon et douloureux à la fois. Surprenant, inattendu.

Pendant une fraction de seconde, j'oublie tout. Jason, la course, la voiture, la menace. Il n'y a que Daryl et moi, il n'y a que ce baiser qui compte.

Nos lèvres finissent par se détacher, nos souffles saccadés témoignent de l'intensité du moment que nous venons de vivre. Quant à nos regards, rivés l'un à l'autre, ils brillent de désir, de surprise et de questionnements.

Avant que nous puissions échanger un mot, Joe déboule pour m'arracher Daryl :

— Il y a quelqu'un qui te demande.

Daryl me lance un coup d'œil et m'ordonne d'une voix encore rauque de désir :

— Ne bouge pas de là, on n'en a pas fini.

Il n'en faut pas plus pour que la réalité me frappe de plein fouet et que je retrouve mes esprits. C'est maintenant ou jamais ! Je file comme une fusée à l'intérieur de la villa, gagne le bureau, ferme la porte derrière moi et commence ma fouille. Où sont-elles ? Quelques minutes plus tard, je remarque un petit boîtier noir avec le logo Lamborghini gravé dessus. Bingo ! J'attrape les clés et me rue à l'extérieur, galvanisée à l'idée que mes ennuis seront bientôt derrière moi. L'adrénaline et le stress me donnent le dernier élan de courage dont j'ai besoin pour rejoindre l'allée tout en évitant de me faire repérer et déverrouiller la voiture. C'est parti !

L'angoisse sournoise qui me guette ne m'empêchera pas de voler ce véhicule, après tout, c'est l'unique espoir de sauver mon frère et on ne pourra pas me reprocher d'avoir tenté d'autres approches, toutes soldées par des échecs. Je m'apprête à démarrer quand un bruit me fait sursauter.

La portière vient de s'ouvrir.

Chapitre 6

Daryl

Eh merde ! Je n'ai pas pu m'en empêcher, je devais goûter à ses lèvres. Pourtant, elle est parfois tellement agaçante avec ses répliques et ses remarques. Invivable. Alors, qu'est-ce qui m'attire autant chez cette fille ?

Je m'éloigne d'elle pour parler à l'un de mes contacts mais ne peux détacher mes yeux de sa silhouette. Ses jambes, sa taille mais surtout cette manière qu'elle a de passer sa main dans ses cheveux, son regard pétillant et cette bouche… Mon Dieu, cette bouche… je n'en ferais qu'une bouchée. Malgré sa grande gueule, elle dégage une forme de fragilité qui me donne envie de l'aider. Je la surveille du coin de l'œil et repère alors l'homme qui m'attend au fond du jardin.

Mes pensées restent auprès d'elle. Car ce n'est pas tout. Son histoire fait écho à la mienne. À Matt et moi. C'est avant tout parce qu'elle m'a parlé de son petit frère, et de ce lien qui les unit que je veux trouver une solution pour elle. Pour eux. Elle est perdue, ça se voit. Elle essaie d'être forte mais la peur et l'angoisse qui la rongent ternissent la lueur de joie que j'ai pourtant déjà aperçue dans ses yeux.

Maccini, bordel. Son frère n'a pas fait les choses à moitié. Il est vraiment dans la merde. Ce mec est sans pitié et mène ses affaires d'une main de maître, n'hésitant pas à éliminer tous ceux qui ne respectent pas sa loi. Je le connais bien et je sais que la partie va être serrée, il va vouloir récupérer son pognon et sa came à tout prix.

Pourtant, Lexi est comme un chien fou, son caractère explosif ne fait pas bon ménage avec ce milieu rempli de tarés à l'ego surdimensionné. Il suffit d'un mot de trop, d'un geste maladroit, d'un regard mal interprété et on finit dans le caniveau. Hors de question qu'il lui arrive quoi que ce soit. J'y veillerai personnellement.

« Plus de mensonges ? Promis, plus de mensonges. »

Je repense à notre échange et serre les poings. Sans confiance, je risque bien de tout laisser tomber, je ne supporterai pas qu'elle me mente à nouveau. Elle ne sait pas à qui elle a affaire, je me demande ce que Matt a bien pu lui confier sur moi, sur nous. Est-elle au courant de notre passé ? Des coups durs, des coups tout court, de la rudesse de nos vies, du poids que nous portons ? Des blessures qui ne guériront jamais ?

La rue, ça abîme. À vie.

Lexi n'a aucune idée de ce que cela nous a coûté d'en arriver là où nous en sommes. Et encore, Matt se débrouille mieux que moi, il s'est rangé, il a un taf stable dans une bonne entreprise. Chapeau frérot.

De mon côté, les magouilles ont toujours fait partie de ma vie, l'argent facile, les courses de voitures… La seule activité dont je me suis affranchi reste celle des combats clandestins.

J'en ai eu marre d'avoir la gueule défoncée et des contusions sur tout le corps à longueur de temps. Quand on grimpe à un niveau de responsabilités supérieures dans le milieu, on ne peut plus se permettre d'arriver avec la tronche rouge et violette à nos rendez-vous. C'est plus très sérieux pour les négociations alors on essaie d'éviter la castagne même si… cela peut encore arriver.

Parfois, je me demande pourquoi j'aime me mettre en danger. Pourquoi j'ai besoin de vivre à cent à l'heure, ce qui est plutôt amusant comme expression quand on sait à quel point j'aime la vitesse. Matt me dirait que si je cherche autant la mort, c'est justement pour me sentir vivant. C'est vrai que je ne me suis jamais senti aussi euphorique et aussi fort que lorsque j'ai risqué ma vie sur un circuit ou dans une bagarre.

Je jette un nouveau coup d'œil à Lexi mais elle a quitté l'endroit où nous discutions il y a quelques minutes.

Bon sang, où est-elle passée ?

Il me semblait pourtant lui avoir dit de ne pas bouger et je déteste qu'on me désobéisse. Mes hommes comme mes femmes. Ici, le boss, c'est moi et ça ne se discute pas. Je la cherche des yeux, de plus en plus nerveux, sans l'apercevoir. Qu'est-ce qu'elle fout ?

Malgré mon envie de retrouver ma furie, je ne peux pas me dérober, c'est mon devoir d'honorer mon rendez-vous. Dan m'attend un peu plus loin et, comme il s'agit d'un de mes indics les plus sûrs concernant les futures courses de voitures dans le secteur, je dois lui accorder quelques minutes. Il vient régulièrement à mes fêtes pour faire un point sur l'organisation, les participants et les voitures que je vais potentiellement devoir affronter lors de ces confrontations. Un homme averti en vaut deux et, vu le magot que l'on peut remporter, le jeu en vaut la chandelle.

J'avance encore de quelques pas, m'éloignant de Lexi un peu plus à chacun d'eux et passe ma langue sur mes lèvres. J'ai encore l'impression de la sentir contre ma bouche et ce simple souvenir m'excite.

J'ai envie de la rejoindre, j'ai envie de l'embrasser à nouveau, j'ai envie de la serrer contre moi, de la tenir fermement par la taille et de la sentir à moi. Si je m'autorisais cet écart, si je la mettais dans mon lit, si je la traitais comme toutes les autres qui sont passées avant elle, qu'est-ce que je risquerais après tout ? À part les remontrances de Matt, ce qui m'est bien égal.

À bien y réfléchir, j'ai un plan pour l'aider et une fois que ma mission sera terminée, je ne la reverrai plus jamais. Alors, pourquoi se priver ? Pourquoi ne pas céder à la tentation de ses courbes alléchantes ? Elle aussi est attirée par moi, je le sens dans son attitude, je le vois dans ses yeux. L'une contre l'autre, nos peaux font des étincelles et j'ai hâte de découvrir la sensation que me procurerait son corps contre le mien. Avec son tempérament de furie, elle doit savoir ce qu'elle veut.

Je rejoins mon contact, lui fais un check pour le saluer et le laisse me faire un point sur la prochaine course, j'ai besoin de savoir le montant que je pourrais toucher si je gagne et ce que Lexi peut espérer empocher en gérant son rôle durant toute une nuit.

***

Je me souviens avoir entendu Matt hurler. Moi, je n'ai fait aucun bruit. J'ai juste serré les poings si fort que mes jointures sont devenues blanches.

C'est marrant la foule de détails inutiles dont on se souvient quand la vie bascule. Il était tard et Maria, la fille de notre voisine, était rentrée chez elle après nous avoir gardés toute la soirée pour que nos parents puissent travailler. Ils n'arrêtaient jamais, décrochant des boulots de nuit pour servir de la nourriture bas de gamme dans des fast-foods ou nettoyer des bureaux en l'absence des employés. C'était le lot des Portoricains des quartiers pauvres, peu de chance de s'en sortir, peu d'argent et des enfants à nourrir et à élever.

Ce soir-là, grand-mère est arrivée, vêtue de l'une de ses éternelles robes à fleurs, et nous a réveillés pour nous installer au salon. Elle nous a offert des bâtonnets de glace. Comment une putain de glace aurait-elle pu faire passer le goût amer de l'annonce qu'elle s'apprêtait à partager avec nous ?

Ce n'était pas une annonce.

C'était une bombe.

— Mes petits chéris, quelque chose de terrible est arrivé cette nuit.

On aurait dit qu'elle n'arrivait pas à parler et qu'elle avait quelque chose qui était resté coincé dans sa gorge. Malgré sa détresse, j'étais content de manger ma glace. Je ne comprenais pas pourquoi elle pleurait. Matt était assis à côté de moi sur le vieux canapé du petit salon. Un canapé-lit qui servait de couche à nos parents, juste à côté de la chambre que je partageais avec mon frère. L'odeur d'humidité et les taches de moisi qui gangrenaient les murs sont restées à jamais ancrées dans ma mémoire.

Elle a dégluti, elle nous a tendu les mains pour que nous en serrions chacun une entre les nôtres, si petites encore, puis elle a relevé la tête.

— Vos parents… ils… ils ont eu un accident. Ils rentraient et… ils…

Nouvelle vague de sanglots. À ce moment-là, on a su. Elle n'avait plus besoin de parler.

Nous avions huit ans et nous étions devenus orphelins.

***

Je sens mon portable vibrer dans ma poche et le saisis pour savoir qui tente de me joindre à cette heure-ci.

Matt.

Je refuse l'appel, ce n'est pas le moment de m'embrouiller une nouvelle fois avec mon frère. Je connais sa position à propos de Lexi, je sais qu'il a peur pour elle et je le comprends mais après tout, c'est lui qui m'a demandé de l'aider et il sait pertinemment que je ne suis pas un enfant de chœur.

Matt et moi, c'est compliqué. Notre passé, nos combats clandestins, nos disputes incessantes, notre guerre d'ego rendent notre relation houleuse. Mais les nombreuses fois où nous avons dû faire front ensemble depuis la mort de nos parents pour survivre dans la rue ont soudé notre relation malgré tout. Malgré les désaccords. Malgré les tensions. Malgré nos différences.

Adolescents, à cause de notre réseau et de certaines mauvaises fréquentations, nous étions tombés dans les combats clandestins. Notre grand-mère était complètement dépassée par notre rébellion et faisait son possible pour nous élever dans la mesure de ses moyens.

Elle n'était pas dupe et nous avait surnommés « la tornade Ortega ». Mais la pauvreté vous pousse parfois à faire des choix discutables et l'argent facile ressemblait à une certaine forme de Nirvana pour nous. Il suffisait de taper fort, vite, là où ça fait mal. On s'en sortait avec des bleus mais surtout avec les poches pleines de tunes.

Jusqu'au combat de trop. Celui où Matt s'était fait défoncer par plus fort que nous, celui où j'avais eu peur de le perdre pour de bon. J'avais réussi à le convaincre d'arrêter après ce douloureux échec et il s'était rangé, s'investissant dans une salle de boxe tout ce qu'il y avait de plus légale. Aujourd'hui, il continue à se défouler sur le ring mais il ne prend plus les mêmes risques. Contrairement à moi…

Ce que j'ai compris de cette période ? Je serai toujours là pour mon frère. Comme il sera toujours là pour moi.

D'ailleurs, il y a plusieurs années de cela, quand il a perdu Lana, sa copine, j'ai eu peur pour lui. Comme jamais. Pas seulement pour les nombreux os qu'il s'était fracassés à moto et pour sa longue hospitalisation mais pour son âme dont il semblait avoir égaré un morceau.

Putain, j'avais jamais eu autant envie de le secouer, de le sortir de cette léthargie dans laquelle il était tombé. Il n'était plus que l'ombre de lui-même, à deux doigts de sombrer définitivement dans les abîmes.

En revanche, je ne pouvais pas comprendre sa douleur, ce qu'il ressentait. Je n'avais jamais perdu celle que j'aimais plus que tout au monde.

Ce qu'il ne savait pas, c'est que je l'enviais parce que lui, au moins, avait eu la chance d'aimer vraiment.

Après avoir terminé de faire le point avec Dan, je le laisse profiter de la fête, prêt à rejoindre Lexi. Je me sers un autre verre, salue quelques personnes sur le chemin, écoute la musique qui me fait vibrer, du rap aux beats entraînants qui laisse exploser un flot de paroles rythmées. Je déambule parmi les invités, observe les groupes qui se sont formés, mon regard dérive vers les quelques femmes présentes, des bombes aux courbes toutes plus alléchantes les unes que les autres qui se déhanchent lascivement en me jetant des regards avides.

Mais la seule à qui je pense, c'est Lexi. D'habitude, j'aurais porté mon dévolu sur l'une d'elles et, à la fin de la soirée, je l'aurais invitée dans ma chambre pour passer une nuit torride.

Pas ce soir. J'ai d'autres plans en tête.

Je parcours la foule des yeux sans repérer la seule femme qui m'intéresse pour le moment.

Où est-elle passée ? Au fur et à mesure que je m'approche de l'endroit où je l'ai laissée, j'ai un mauvais pressentiment.

J'espère qu'elle a été sage. J'espère qu'elle a su se tenir et qu'elle ne me prépare pas un coup fourré comme elle sait si bien le faire.

Je ne supporterai pas une autre trahison…

Chapitre 7

Et maintenant, que vais-je faire ?

Dire qu'il y a encore quelques jours, je peignais dans mon appart avec mon chien qui bavait sur sa balle préférée, j'avais un job stable et des amis… aujourd'hui, je suis assise dans une voiture de luxe que je souhaite voler. Vie de merde !

J'ai l'impression de voir toute ma vie défiler devant mes yeux. J'ai cinq ans et je joue aux petites voitures dans ma chambre, j'ai dix ans et je monte Lolette, le poney de la voisine, j'ai quinze ans et je danse avec Carina, ma copine dans la salle de cours sous le regard sévère de la prof, madame Catbird, j'ai vingt ans et j'arrive à New York.

Je ferme les yeux, j'aimerais me trouver à des milliers de kilomètres, pourquoi pas dans les rues de Paris où je pourrais m'attabler à une terrasse de café, déguster un bon petit déjeuner avec de la baguette croustillante puis flâner sur les quais de Seine. La voix que j'entends n'a rien de celle chantante (et râleuse) des Français. La voix que j'entends me fait brutalement revenir à la réalité.

— On peut savoir ce que tu fais ?

Vite, trouver quelque chose à répondre. Le stress me fait réagir au quart de tour et je lève le visage en direction de l'intrus qui est en train de ruiner mon plan.

— Je profite de la vue. Et du siège qui est nettement plus confortable que l'assise du canapé qui se trouve à l'intérieur.

L'homme qui me fixe, bras croisés et mine sérieuse, n'a pas vraiment l'air convaincu par mes arguments. Je lève des yeux presque suppliants sur lui.

— Ne lui dis rien, Joe. S'il te plaît…

Je crois que j'ai fait une connerie. Si Joe explique à Daryl qu'il m'a trouvée au volant de sa voiture, prête à démarrer pour filer en douce, je risque de perdre le peu de crédit qu'il me reste auprès de lui.

Plus de mensonges? Promis, plus de mensonges.

Eh merde.

— Sors de là Lexi et donne-moi les clés…

Mes épaules s'affaissent et j'ai l'impression qu'un trente-cinq tonnes vient de me rouler dessus. Je m'extirpe de la voiture, pose le trousseau dans la main tendue de Joe et le dévisage en me demandant ce qu'il compte faire de moi. Je pars complètement en sucette à cause de cette histoire, je ne me reconnais plus.

Joe ne bouge pas, il me fixe lui aussi et me sonde comme s'il cherchait à comprendre mes motivations. D'ailleurs, il ne tarde pas à me poser la question:

— Tu m'expliques pourquoi tu voulais te faire la malle avec sa caisse?

Je jette un coup d'œil aux invités, à Daryl qui est en pleine conversation avec un groupe de femmes, à l'alcool qui coule à flots, à la musique d'ambiance… tout ça me semble tellement léger, si loin de la gravité de ce que je vis. Lasse, je soupire :

— À cause de tout ça. Regarde, il fait la fête, il passe du bon temps et moi, je me sens impuissante. Ça me rend dingue d'assister à ce spectacle. Qu'est-ce que je peux faire de plus ?

— Voler une voiture ?

Joe sourit et je lâche un petit rire à mon tour alors qu'il enchaîne :

— Fais-lui confiance. Daryl fonctionne en réseau, c'est sa force. Même si les apparences sont contre lui, il est en train de travailler en ce moment, il crée du lien, il négocie, il trouve des plans intéressants.

Toujours sceptique, je reconsidère ma position. Et si c'était vrai ? Si Daryl était réellement en train de trouver une solution à tout ce bordel ? Je ne sais plus où j'en suis, je ne sais plus qui croire, à qui faire confiance ou non.

Mes réflexions sont interrompues par le maître des lieux qui daigne enfin nous rejoindre dans le coin de jardin que nous occupons, légèrement à l'écart de la fête qui bat son plein. Son regard posé sur moi me donne des frissons. Il me perturbe. Me connaissant bien, j'ai l'impression d'être transparente et que mon méfait s'inscrit sur mon visage, je serais presque tentée de me toucher le front pour sentir si des lettres se sont formées sur ma peau.

Pourtant, la tension est palpable et le regard très légèrement désespéré que je lance à Joe ne joue pas en ma faveur. Daryl, pire qu'un chien policier, flaire quelque chose et fixe son pote puis moi plusieurs fois, comme s'il assistait à un match de tennis. Il fronce les sourcils, une réaction que j'interprète tout de suite comme un mauvais signe (évidemment, qui a déjà froncé les sourcils en disant « Hé hé, je suis trop content, tout va bien, j'adore ma vie » ?).

— On peut savoir ce qui se passe ?

— C'est qui « on » ? Parce que, jusqu'à preuve du contraire, tu es tout seul. À moins que vous ne soyez plusieurs dans ta tête… mais là, cela signifierait que tu aurais des problèmes. Genre un trouble de la personnalité multiple par exemple.

Quand je suis mal à l'aise, je raconte n'importe quoi. D'ailleurs, les deux hommes qui me font face me considèrent comme si j'étais folle. Ce qui n'est pas complètement faux compte tenu des circonstances.

— Bon, je vais vous laisser, je pense que vous avez des choses à régler tous les deux, annonce Joe en s'écartant de nous.

Je le vois serrer les clés entre ses doigts et j'ai soudain envie de le prendre dans mes bras pour le remercier. Je m'empêche de céder à cette pulsion mais lui jette un regard empli de reconnaissance. Son léger sourire me fait comprendre qu'il a saisi ma gratitude et je le regarde s'éloigner en me détendant enfin.

— Tout va bien ? demande Daryl.

Je hausse les épaules parce que je suis tout bonnement incapable de répondre à cette question en ce moment.

Un juron à quelques mètres derrière nous attire notre attention et nous tournons la tête dans un même mouvement pour apercevoir Joe se faire bousculer par un ivrogne.

La situation aurait pu paraître anodine s'il n'avait pas trébuché en laissant échapper… les clés de la Lamborghini.

Les yeux écarquillés, j'assiste à la scène comme si mon corps et mon esprit s'étaient dissociés. Oui, à cet instant, je comprends que je suis foutue. Daryl est loin d'être stupide et il n'est question que de quelques secondes avant qu'il assemble les éléments dans sa tête et qu'il comprenne ce que j'ai tenté de faire.

Voler sa voiture.

Lui mentir.

Encore.

Malgré ma promesse.

Un voile sombre passe devant ses yeux, il capte mon regard, je vois le doute qui l'habite s'imprimer dans son cœur, je perçois une pointe d'hésitation comme s'il refusait d'y croire mais c'est trop tard n'est-ce pas ? Trop tard pour y croire encore.

En quelques bonds, Daryl est près de Joe avec une folle sur ses talons qui agite frénétiquement les bras. Moi.

Dans un rapide mouvement, Joe a repris la clé mais je constate à la mine de Daryl qu'il n'est pas dupe. Il a tout vu. Il gronde, furieux :

— Ouvre ta main.

— Pourquoi ?

— Joe, ne joue pas au con avec moi, ouvre ta main.

Son ton est sec et autoritaire, il ne plaisante pas et un long frisson me parcourt le corps alors que Joe écarte les doigts, laissant apparaître les clés. Il tente de me sauver la mise mais je crois que ses efforts ne servent plus à rien maintenant :

— J'ai entendu du grabuge dans l'allée alors je voulais vérifier que tout allait bien pour ta caisse…

Le rictus de Daryl est équivoque. Il passe une main dans ses cheveux, ses yeux lancent des éclairs. Je déglutis. L'explosion ne tarde pas et le beau brun se tourne vers moi :

— Sérieusement, Lexi ?

Ce que je lis dans son expression me fend le cœur. La trahison. La déception.

— Qu'est-ce qu'on avait dit ? Plus de mensonges ? Et tu me fais *ça* ? Vraiment ? J'essaie de t'aider et c'est comme ça que tu me remercies ?

— Calme-toi mon pote, tente Joe en s'approchant.

— Me calmer ? Tu plaisantes ? Elle a encore essayé de m'avoir ! Putain !

Il me fixe d'un air dur, le visage contracté, la mâchoire serrée et hurle :

— Dehors. Va-t'en, je ne veux plus te voir ici. Sors !

Quelque chose se fracture en moi à ce moment.

Je revois Jason, il a quatre ans et il pleure, ses joues d'enfant sont pleines de larmes, il est inconsolable parce qu'il a perdu sa peluche préférée, un chien qu'il avait appelé Boubou. « Elle est juste partie en voyage, Jaz, elle va découvrir le monde alors ne sois pas triste. » Je lui avais tendu mon petit tigre et il l'avait serré contre lui. Moi, c'est lui que je serrais contre moi en lui promettant que je serais toujours là. On n'avait pas vraiment besoin de peluche, on était là l'un pour l'autre. « Pour toujours ? » m'avait-il demandé en levant son petit nez vers moi.

« Pour toujours » avais-je répondu en séchant ses joues mouillées.

Ce « toujours » aujourd'hui n'est plus d'actualité. J'essaie, je me démène mais je vais devoir déclarer forfait, j'ai épuisé toute mon énergie, toutes les solutions que j'avais imaginées.

Pendant un instant, je n'arrive plus à réfléchir, mes pensées sont comme anéanties, mon cerveau se retrouve sur pause, j'assiste à la scène. Daryl, hors de lui, Joe, qui gesticule. Je n'entends même plus les sons de leurs échanges, perdue dans un ailleurs qui me tétanise. Mon frère va mourir. Mon petit frère va crever. Jason va…

— Putain, la personne que j'aime le plus au monde va se faire assassiner !

J'ai hurlé. Mon esprit et mon corps se soudent à nouveau alors que les deux hommes tournent la tête vers moi. Je continue, après tout, je vais m'en vouloir si je ne joue pas ma dernière carte, si je ne lui dis pas ce qui est en train de trouer mon cœur. Je profite de leur effarement pour poursuivre :

— Mon frère s'est mis dans la merde. Et avec ce Maccini en plus ! Qu'est-ce que tu crois, Daryl ? Tu t'es mis à ma place ? Pourrais-tu pendant une seconde imaginer ce que je vis ? Je travaille dans un milieu conventionnel, je n'y connais rien à ces trafics et au danger. J'essaie de faire au mieux, de me débrouiller mais je suis complètement démunie OK ? Je…

Daryl a les poings serrés, la tension qui émane de lui est si forte que j'ai l'impression que son corps et en acier, sa mâchoire tressaute et son front se plisse encore un peu plus.

— On avait parlé de confiance, Lexi. Quand je ne fais plus confiance aux gens, je les éjecte de ma vie. Sans confiance, on ne fait rien dans le business.

— Alors tu ne comprends rien à ce que je viens de dire. Je préférerais mourir que de laisser mon frère crever.

Peut-être que Maccini accepterait ce deal ? Prendre ma vie au lieu de celle de Jason. Je m'apprête à quitter la villa quand Joe tente une dernière approche :

— Écoute mec, elle flippe. Tu sais très bien qu'on ne réfléchit plus quand on a peur.

— Pardon mais je réfléchis très bien ! je m'offusque.

Les deux hommes échangent un sourire que je perçois comme un nouvel affront. Ils se fichent de moi, de ma douleur, de mon désarroi. Je n'ai plus rien à faire ici, j'ai essayé d'accorder ma confiance à Daryl parce que je n'avais pas d'autre solution mais je me suis trompée. Cet homme est insensible, explosif sous ses airs de charmeur et buté comme un âne. Retour au basique, j'applique l'adage « on ne peut compter que sur soi-même ». Après tout, j'ai expliqué ce que je ressentais, ma peur viscérale et le pourquoi de mon geste et ça ne change rien à l'attitude de Daryl. Je vais trouver un autre moyen. Fièrement, j'inspire profondément, me tiens prête à tourner les talons dès que j'aurai proféré ma dernière tirade et gronde à l'attention du beau brun en le défiant du regard :

— J'abandonne. Fais ce que tu veux, j'ai bien compris que le sort de mon frère et mes problèmes ne te touchent pas. Après tout, pourquoi tu en aurais quelque chose à faire ? On ne se connaît même pas. Je vais me démerder. Bonne soirée.

Le seul souci qui empêche ma sortie théâtrale ? Ma voix qui se brise. Puis les larmes qui arrivent. Merde. Je fais volte-face et me dirige d'un pas rapide vers le portail. La sortie, vite. Fuir cet endroit. Fuir ce dernier espoir.

— Lexi, attends…

Je m'éloigne de cette voix qui résonne derrière moi. Je refuse d'accorder encore du temps à cette situation qui s'avère plus vaine encore que mes essais précédents. Évidemment, comme Daryl est plus rapide qu'un guépard shooté aux amphétamines, il arrive à ma hauteur en deux bonds et attrape mon bras pour me pousser doucement à lui faire face. Il m'étudie un court instant, penche la tête et prononce d'une voix chaude et lente :

— Arrête de pleurer… on va tenter le coup une dernière fois tous les deux, d'accord ? Mais seulement si tu me fais vraiment confiance. Je suis sérieux, Lexi. Soit on arrête, soit tu cesses de douter de moi en permanence. Et tu laisses ma voiture tranquille, définitivement.

J'essuie mes larmes et esquisse un léger sourire à l'évocation du véhicule.

— Le plan dont je te parlais est un bon début…

— Justement, c'est un début. Et on n'a pas le temps… ta course se déroule dans quatre jours. Maccini va régler son compte à mon frère avant que j'aie pu réunir la somme nécessaire. Ça ne suffira pas…

— Je comprends. Je n'ai pas oublié le délai mais malheureusement, il n'existe pas de solution miracle pour récolter autant d'argent.

— Je le sais bien mais Maccini s'en fiche de la manière dont j'obtiens cet argent.

Comme le sujet devient sensible, Joe nous suggère de nous isoler tous les deux pour en parler loin des oreilles curieuses et je suis Daryl à l'intérieur où nous regagnons le bureau. Nerveuse à l'idée de me retrouver soudain entre quatre murs (ou est-ce l'homme qui ne cesse de me fixer qui m'oppresse d'un coup ?), je me dirige vers le petit bar qui jouxte l'espace de travail et, après un coup d'œil à Daryl qui me confirme qu'il boirait bien un verre aussi, je nous sers du rhum.

J'avale d'une traite le liquide ambré et m'en verse une autre dose. Daryl s'approche de moi, saisit mon verre et murmure comme s'il voulait prendre soin de moi :

— Doucement, l'alcool n'a jamais résolu aucun problème.

— Je ne suis pas d'accord. Il peut les résoudre mais seulement pour un court laps de temps. Le temps d'oublier…

— Oui mais, au réveil, le problème est toujours là. Et avoir la gueule de bois n'a jamais aidé personne à réfléchir.

Je lui jette un regard mauvais alors qu'il éloigne mon verre de mes lèvres puis le pose sur le bureau. Dès qu'il détournera le regard, je le reprends ! Non mais, pour qui se prend-il ?

— Lexi, arrête de fixer ce verre comme si c'était la huitième merveille du monde !

C'est toujours mieux que si je le regardais, lui, de cette manière-là, je juge en me rapprochant de mon verre le plus discrètement possible. Le regard lointain, il contemple la vue par la fenêtre, le bruit de la musique emplit la pièce, l'odeur entêtante du rhum sature mes sens et je me sens coincée comme si j'étais dans une impasse. Daryl pousse un soupir.

— Pour le moment, à part la course dont je t'ai parlé, je n'ai pas d'autre plan. J'ai bien tenté de trouver autre chose mais jusque-là, ça ne donne rien.

Merci pour cette belle dose d'espoir, monsieur Ortega. L'air de rien, je saisis le verre et le porte à ma bouche pour en avaler une gorgée.

— À moins que…

C'est là qu'il se retourne vers moi. Il fronce les sourcils, l'air suspicieux, pose ses yeux sur ce que je tiens à la main.

— Lexi, gronde-t-il.

Mais son regard pétillant et le sourire qui s'étale sur ses lèvres me donnent une irrépressible envie de rire.

— Tu es vraiment incorrigible…

Il s'approche de moi pour récupérer avec son doigt le liquide qui a coulé sur ma peau, juste à côté de ma bouche, et le porte à ses lèvres en accrochant mon regard. Très lentement, il le suce puis murmure un « délicieux » qui me réchauffe le ventre.

Non, ce qui te réchauffe le ventre, c'est le rhum, Lexi. Le rhum !

Pour retrouver une contenance et faire taire ce « je-ne-sais-quoi » qu'il provoque en moi (en fait, je sais très bien ce qu'il provoque en moi), je me concentre sur ce qu'il vient de m'annoncer et complète :

— Et donc, que signifie ce « à moins que » ? Une fulgurance ?

— Maccini est un homme impitoyable mais intelligent. Ce qu'il veut, c'est son fric. Il n'a aucun intérêt à assassiner ton frère. Par conséquent, je pense que je pourrais négocier et obtenir un délai.

— Et comment comptes-tu t'y prendre ?

— Il suffit de trouver les bons arguments, je m'en charge. Promets-moi juste une chose.

Je lève un sourcil interrogateur alors qu'il s'approche de moi, il n'est plus qu'à quelques centimètres de mon visage, il se penche et parle tout bas :

— Plus de coups foireux entre nous, je t'en prie, Lexi. Ne me refais plus jamais ça. Ne trahis plus ma confiance.

La supplication légère dans son ton me porte un coup au cœur et me fait comprendre que je lui ai fait du mal avec mes conneries. Durant une fraction de seconde, j'ai l'impression d'apercevoir un autre homme, d'avoir accès à une partie de lui sensible, humaine, quelqu'un qui a souffert, quelqu'un qui a un cœur.

Un cœur que j'ai blessé.

J'acquiesce, les larmes menacent de revenir perler au coin de mes yeux. Je les ferme un instant et sens la main de Daryl caresser ma joue avant qu'il murmure.

— Très bien, je contacte Maccini et dès que j'ai des nouvelles, je t'appelle.

Incapable de prononcer un mot, je hoche la tête, émue, puis alors que je retiens mes pleurs de toutes mes forces, je perçois les doigts de Daryl qui glissent le long de mon bras pour venir serrer ma main et ajouter :

— Ça va aller, je te promets que ça va aller.

J'emporte avec moi ces mots qui me font l'effet d'un baume puis quitte la villa et gagne le jardin. L'air frais s'engouffre dans mes poumons et j'observe les invités qui semblent mener leur petite vie, une vie paisible où ils profitent de passer une agréable soirée. Je suis consciente qu'il pourrait très bien s'agir d'une façade, qu'un sourire cache parfois une incommensurable tristesse, qu'un verre de trop cache bien souvent une fuite et qu'une vie de rêve préservée de drames n'est qu'une chimère.

Avant de partir, j'aimerais remercier Joe pour sa gentillesse et pour sa bienveillance. J'ai eu très chaud à cause de cette histoire de clés et il a tout fait pour me venir en aide. Il possède cette douceur et cette tendresse dans le regard qui me poussent à lui faire confiance, à croire que c'est une belle personne, loyale et toujours là pour soutenir les gens qu'il aime.

Je l'aperçois enfin parmi la foule et lui fais comprendre que je m'apprête à partir. En quelques pas, il me rejoint. Posté devant moi, il me lance avec un sourire :

— Comment ça s'est passé avec Daryl ? Tu es entière à ce que je vois.

— En effet, le grand méchant loup a montré les dents mais il ne m'a pas dévorée tout entière. Non, à vrai dire, il va tenter de négocier avec Maccini alors je lui en suis vraiment reconnaissante. Et envers toi aussi, d'ailleurs. Merci pour tout à l'heure, Joe. Je n'oublierai pas le soutien que tu m'as témoigné.

— C'est rien…

— Au contraire, c'est tout.

Nous nous observons sous la lumière des guirlandes qui diffuse un éclat orangé et un silence s'installe. J'ai le sentiment qu'il souhaite parler, ses lèvres s'entrouvrent légèrement mais il ne prononce pas un mot. Finalement, quand il se décide c'est pour me dire :

— Tu rentres ? Tu veux que je te ramène ?

Je le regarde et je ne lis aucune ambiguïté dans ses yeux. Pourtant, j'ai besoin de me retrouver seule et de prendre un taxi sans avoir l'impression d'être dépendante de quelqu'un. Je décline son offre tout en le remerciant et me sens obligée de préciser en jetant un regard aux alentours :

— Avec tout ce qui se passe, je n'ai pas le cœur à faire la fête.

— Je comprends, quand les gens qu'on aime sont dans la merde, on ne pense qu'à ça. Il n'y a rien de plus important que la famille dans la vie.

Sans que je prenne conscience de la portée de mes mots, je lui confie :

— Vous êtes très différents, toi et Daryl. Je sens beaucoup d'empathie chez toi, on dirait que tu te préoccupes en permanence des gens qui t'entourent. C'est touchant et c'est une belle, d'autant qu'elle est rare, qualité.

— Le vécu peut laisser des traces indélébiles chez les gens…

Il m'intrigue et je le laisse poursuivre.

— Daryl n'a pas eu beaucoup de cadeaux de la part de la vie. Il s'est forgé une carapace mais crois-moi, il sait plus que n'importe qui ce que tu ressens, la peur que tu éprouves pour ton frère. Il connaît ça. Il a vécu la même chose que toi, Lexi…

— Avec Matt ? Qu'est-ce qui s'est passé ?

— Ils ont traversé beaucoup d'épreuves tous les deux. Un jour, Matt a failli y laisser sa peau et Daryl a vraiment souffert. Cette histoire l'a achevé. Enfin, c'est du passé tout ça…

Bouleversée par les confidences de Joe, je reste sans voix. Mon collègue ne m'a jamais parlé de ce drame. Qu'a-t-il bien pu se passer ? Qu'ont vécu ces frères de si dur ?

En remarquant la posture de Joe, les bras croisés, je devine que ce n'est pas le moment de poser des questions. Ce sentiment se confirme quand il relève les yeux sur moi pour terminer :

— Bon, tu dois être fatiguée, je vais te laisser rentrer. Fais attention à toi, Lexi.

Je le remercie encore une fois avant d'enfin quitter la villa.

Blanchette est ravi de me retrouver et tourne autour de mes jambes comme un fou. Jamais je n'aurais pensé qu'avoir un animal m'apporterait autant de joie et de d'amour. Malgré l'heure tardive, je passe un survêtement, attrape sa balle préférée puis sa laisse et l'emmène gambader dans Central Park, des questions plein la tête à propos des frères Ortega.

De retour à la maison, je me prépare un énorme sandwich à la dinde avec de la mayonnaise et quelques tomates, m'installe sur mon canapé pour le dévorer et profite de cette pause pour appeler Lisa. Ma copine me manque. Peut-être que le fait de creuser le sujet sur le passé de Matt et de Daryl m'apporterait un peu d'apaisement ? Je pourrais lui poser quelques questions l'air de rien.

Après quelques sonneries, elle décroche, l'air catastrophée :

— Lexi ? Tout va bien ? Je t'ai envoyé au moins un million de messages. J'ai cru que tu avais disparu de la surface de la terre.

— Salut la plus belle, excuse-moi, j'ai été très occupée avec mon frère à l'hôpital.

— J'imagine. Comment va-t-il ?

— Il tient le coup mais c'est dur de le voir dans cet état.

Le silence de mon amie m'alarme, je la sens préoccupée.

— Lisa, qu'est-ce qui se passe ? Tu as l'air ailleurs.

— En fait, je ne sais pas trop comment te le dire et je ne suis sûre de rien mais j'ai vu Cassidy rôder dans les couloirs avec sa mine des mauvais jours. Je suis certaine qu'elle prépare un sale coup. Et Matt m'a dit qu'elle passait régulièrement au quarante-deuxième étage pour errer dans l'open space. Il avait l'air d'être inquiet… Il essaie de te couvrir au mieux mais il a épuisé toutes les excuses, il faudra donc que tu fasses attention à être à l'heure ces prochains jours, histoire de laisser les choses se tasser.

— Oh merde, c'est vrai qu'avec l'accident de Jason, j'ai dû m'arranger pour le boulot.

Le fait d'évoquer mon collègue me donne l'opportunité de creuser le sujet (tout en subtilité, n'est-ce pas ?) :

— En parlant de Matt… vous vous connaissez depuis longtemps ?

Comme Lisa est ma copine, Lisa me connaît bien et Lisa ne se laisse pas duper :

— Elle est bizarre ta question. Tu ne voudrais pas me dire ce qui te tracasse au lieu de tourner autour du pot avec ton manque de tact légendaire ?

— Mon manque de tact légendaire te remercie !

On éclate de rire.

— Alors justement, quelle est ta question à propos de Matt ?

— D'après certaines rumeurs, il aurait vécu un événement dramatique il y a quelques années. Toi qui es la plaque tournante en matière de ragots d'entreprise, tu n'en saurais pas plus par hasard ?

Je peux l'entendre respirer à l'autre bout du fil ce qui me pousse à déduire qu'elle fouille dans ses souvenirs.

— Non… ça ne me dit rien. En même temps, tu connais Matt. C'est le premier mec présent pour déconner, faire des blagues et boire des verres mais il est plutôt discret sur sa vie privée.

Elle a raison et je suis déçue de ne pas en apprendre plus sur cette triste partie de l'histoire des deux frères. Je n'aurais jamais imaginé que Matt, lui si rieur, si lumineux et si prompt à profiter de la vie, ait vécu un drame. Et que ce drame ait également anéanti son frère jumeau.

Après avoir remercié Lisa pour son soutien des derniers jours, je raccroche et écris un message à Jason pour lui souhaiter bonne nuit puis j'enfile ma tenue tachée de bleu et sélectionne une grande toile que j'installe sur mon petit bar. J'aime de plus en plus la liberté que m'offrent ces grands formats. Juste à côté, un petit chariot à roulettes contient mes tubes de peinture, mes sprays et mes pinceaux. Je le tire à moi, étale un bleu profond puis du blanc sur le futur tableau et me sers de mes doigts pour disperser la matière. En fond sonore, j'ai choisi de la musique classique, plus particulièrement *La Chevauchée des Walkyries* de Wagner qui m'émeut profondément.

Les notes de la mélodie m'emportent vers un autre monde, les couches de peinture se succèdent en même temps que l'opéra s'accélère. Mes mains me servent de pinceaux, je trace de grands cercles, je m'emballe, je ressens, je vibre, je meurs et je ressuscite un millier de fois. Je peins avec la pulpe de mes doigts, je peins avec mon cœur. Je peins avec toute mon âme.

Et je revis.

Chapitre 8

Ça chauffe au bureau !

Alors que je me dirige vers le siège de Carter Corp., j'ai l'impression d'être dans un univers parallèle. Suis-je toujours la même Lexi ? Non, bien sûr que non. J'essaie de me reprendre alors que je pénètre dans la tour…

Je tente de repérer Lisa à son poste mais aucune trace de la belle blonde. En revanche, dans un angle, je remarque Cassidy, chignon et tailleur strict, escarpins noirs, yeux d'aigle, seins en avant, qui semble faire sa tournée matinale et son inspection des troupes. Un radar s'allume dans ma tête quand je repense à la conversation d'hier avec ma copine.

Il est neuf heures passées, j'ai intérêt à accélérer le mouvement si je veux gagner mon bureau avant qu'elle m'aperçoive. Je gagne les ascenseurs, vérifie, suspicieuse, qu'il n'y a pas de Ryan Carter à l'intérieur puis grimpe dans la cabine en poussant un soupir de soulagement. À peine arrivée, je suis déjà dans tous mes états, ça promet !

J'ai hâte de voir Matt pour éclaircir la situation avec lui, même si j'imagine bien que notre lieu de travail n'est pas l'endroit le plus propice aux discussions intimes, à moins que je dégotte une bouteille de vodka et que j'en verse quelques gouttes dans son café ni vu ni connu pour délier sa langue. Arrivée dans l'open space, il me suffit d'un regard vers notre box pour que je m'aperçoive avec une pointe de déception qu'il n'est pas encore arrivé. Je m'installe, allume mon ordinateur et lance ma session. Un sentiment de stress mêlé à une appréhension dont j'ai dû mal à identifier la source m'envahit.

Alors que je m'apprête à vérifier les visuels pour notre campagne humanitaire, je suis tirée de mes réflexions par un bruit de pas qui approchent. Je redresse la tête et me retrouve face à mon supérieur, Gabriel. Vu sa tête, il y a quelque chose qui cloche. Mon rythme cardiaque s'accélère et l'air se raréfie dans mes poumons alors que je m'interroge sur la prochaine tuile qui va me tomber dessus. Que se passe-t-il encore ?

— Lexi, comment vas-tu aujourd'hui ?

N'étant pas du genre à tergiverser et détestant les marques de politesse inutiles, le tout cumulé à un instinct qui me trahit rarement, je lui jette un coup d'œil équivoque.

— Bien, merci, j'espère que toi aussi. Tu souhaites me parler ?

Surpris, il se pince néanmoins la lèvre ce qui ne fait que renforcer mon pressentiment.

— Il y a un souci Gabriel ?

— Pour être honnête, je ne connais pas encore l'ampleur du problème mais je tenais à te dire que j'apprécie ton travail et que je t'assure de mon soutien inconditionnel.

C'est quoi cette histoire ? La désagréable sensation d'être le dindon de la farce me rattrape.

— Tu me fais peur, là… pourrais-tu m'expliquer de quoi il retourne ?

— Tu veux bien m'accompagner dans mon bureau pour qu'on en discute ?

Ça sent le roussi et ma nervosité grimpe encore d'un niveau. Je serais bien incapable de gravir l'Everest avec ma condition physique actuelle mais je suis persuadée que ma nervosité ne ferait qu'une bouchée des 8 848 mètres de la montagne là, tout de suite.

Je me lève pour suivre mon manager qui referme la porte de son bureau une fois que j'y suis entrée. Il se retourne vers moi, prend un air sérieux que je ne lui ai encore jamais vu et ne tarde pas à balancer une bombe qui me glace de l'intérieur :

— Écoute, en raison de tes retards et absences répétés ces derniers temps, certaines personnes en ont profité pour remettre en question ta productivité et la qualité de ton travail.

Choquée, je plisse le front. Certes, avec l'hospitalisation de Jason, j'ai manqué quelques heures par-ci par-là mais j'ai confiance en mes idées et en ce que je propose. Je suis douée dans mon travail et les retours de mes clients ne font que renforcer ma certitude. Du coup, je ne comprends pas les reproches qui me sont faits.

— Des personnes ? Qu'est-ce que cela signifie ? Le seul avis qui m'importe est le tien, Gabriel.

— Et moi, je te confirme que je ne suis pas du même avis que ceux qui formulent des critiques à ton égard…

— Bien mais alors, quelle est la nature du problème exactement ? Je ne suis pas sûre de comprendre.

Mal à l'aise, il hausse les épaules et évite mon regard avant d'affronter la situation comme l'excellent manager qu'il reste malgré les complications du métier :

— Le problème, c'est que les remontrances ont été faites directement à l'échelon supérieur et ne sont donc pas de ma responsabilité. Pour être totalement transparent avec toi, Cassidy Sparke a émis des doutes quant à ton travail et elle a constitué un dossier qu'elle a transmis directement à mon supérieur.

Mon sang quitte mon cerveau et je me sens pâlir comme si tout s'effondrait autour de moi. Si je perds mon job, je perds le dernier fil qui me retient à ma vie actuelle, ce fil si fin qui me retient au monde que je connais. Une rage sourde secoue alors mon ventre et remonte à ma gorge. Je suis prête à affronter Cassidy, je vais m'expliquer avec elle, je veux comprendre pourquoi elle a une dent contre moi. Enfin, à ce stade-là, c'est une dentition de requin qu'elle a contre moi. Qu'est-ce que je lui ai fait à la fin ? Je visualise déjà notre confrontation et jette des coups d'œil pour trouver de quoi l'affronter mais tout ce que j'ai sous les yeux me semble bien inoffensif comparé au sort qu'elle mérite. Quelques papiers, des stylos et… une agrafeuse. Remarquez, on peut bien se défendre avec des stylos et une agrafeuse ! La voix de Gabriel me ramène à la réalité :

— Nous devons y aller, nous sommes convoqués par Mark Leviels en salle de réunion dans dix minutes pour évoquer notre affaire.

— Magnifique… j'ai vraiment hâte.

Il me jette un regard désolé et me rappelle qu'il sera à mes côtés pour me soutenir. De mon côté, je sens le vase des catastrophes se remplir… et cette dernière goutte risque fort de faire déborder l'ensemble. Qu'est-ce que je vais devenir si, en plus du reste, je me fais virer maintenant ?

Dépitée, j'emboîte le pas à Gabriel en traînant les pieds alors que nous nous dirigeons vers les ascenseurs puis vers la salle mentionnée.

Nous arrivons devant la salle de réunion bien trop vite à mon goût et j'hésite à faire machine arrière en courant vers les ascenseurs pour me carapater loin de tout ce merdier. Comme au ralenti, je vois Gabriel frapper à la porte, annoncer notre présence de sa voix grave et assurée puis m'inviter à entrer. Après un très court moment d'hésitation (j'ai encore le temps de bondir dans l'autre direction pour échapper au désagréable moment qui m'attend à coup sûr dans cette pièce), je pénètre à l'intérieur pour y découvrir Mark Leviels et le monstre sans cœur des RH assis à sa gauche. Le rictus de Cassidy ne me dit rien qui vaille. Mais Leviels est connu pour être très professionnel ainsi qu'un homme droit et franc. J'ai bon espoir que ces éléments jouent en ma faveur. Pour l'instant, j'ai plutôt la sensation d'entrer dans l'arène, il n'y a pas de fauves, pas de foules, pas d'empereur romain prêt à mettre son pouce en l'air pour annoncer mon sauvetage. Juste moi. Et mon cœur tambourinant contre ma cage thoracique.

Avant de me défendre, j'aimerais entendre leurs arguments. L'écoute est la meilleure des stratégies pour démonter un à un les griefs qu'ils vont présenter à mon encontre. Après m'avoir saluée, Leviels m'invite à m'asseoir et je prends place à sa droite avec Gabriel. L'angoisse qui m'étreint ne m'empêche pas de décocher un regard noir, un regard qui signifie « je n'ai pas dit mon dernier mot et tu vas prendre cher » à Cassidy-le-monstre. Si seulement je pouvais comprendre ses motivations, appréhender ce qui se cache derrière cette femme glaciale, morne et méchante, je pourrais la considérer comme un être humain. Pour moi, elle est juste un robot sans cœur.

— Tout d'abord, je tiens à vous informer que Lexi a toujours fourni un travail de qualité. Un travail qui a même toujours emporté l'adhésion totale et complète de tous ses clients. Je ne peux que louer ses compétences.

Cassidy lève les yeux au ciel après la tirade de Gabriel et je regrette de ne pas avoir pris l'agrafeuse avec moi pour lui clouer sa petite jupe à sa chaise. Puis balancer la chaise par la fenêtre. Elle déclenche les hostilités, pas décidée à abdiquer sans s'être battue comme une tigresse et sans avoir obtenu ce qu'elle désire : c'est-à-dire, ma peau.

— Avez-vous pu étudier le rapport que j'ai compilé puis envoyé à votre intention ? Mark ? Gabriel ?

Gabriel prend un air contrarié, ça se voit que lui aussi aimerait être partout ailleurs que dans ce bureau :

— Je réitère mes propos. Je suis en désaccord avec ces pratiques et avec ce rapport concernant Lexi.

— J'entends votre réprobation mais il s'avère que les faits sont les faits. Et mademoiselle Wright a fait preuve d'un laxisme évident ces derniers temps. Pourrions-nous savoir ce qui vous tient éloignée du bureau et donc de vos tâches, ou est-ce trop vous demander ?

Si je pars dans un débat sur l'usage du « mademoiselle », cela risque de me coûter ma place, je ravale donc mes arguments et tente de trouver une réponse adéquate. Malheureusement, ce n'est pas le lieu pour évoquer mon frère et cette sombre histoire de mafieux.

— Madame Wright a eu quelques… ennuis… d'ordre intime, tente Gabriel.

Je le regarde, mortifiée, et cet épisode malencontreux sur les menstruations me revient en tête. J'ajoute pour sauver la face :

— J'ai été malade, il me semble que ça peut arriver même aux meilleurs. Et cela ne signifie en aucun cas que je produis un travail médiocre.

— J'espère que vous n'êtes pas en train de vous comparer aux meilleurs, chère mademoiselle Wright, siffle Cassidy en me lançant un regard mauvais.

— Ce n'était évidemment pas mon propos, *madame* Sparke.

Je vois que l'usage du « madame » déclenche chez elle un tic nerveux et son œil droit cligne plusieurs fois. Elle renchérit :

— Outre le fait que vous auriez dû venir excuser vos absences auprès de *moi*, en ma qualité de directrice des ressources humaines, j'ai noté que votre poste de travail se retrouvait bien souvent… vide. Est-ce que vos « problèmes intimes » ont un rapport avec la station assise ? Ou avez-vous développé une allergie à l'écran de votre ordinateur ? Quoi qu'il en soit, je tiens à vous rappeler que les « problèmes intimes» d'une femme ne doivent en aucun cas interférer avec sa vie professionnelle.

Son cynisme et ses sarcasmes ne passent pas inaperçus et Leviels tente de calmer les esprits qui sont en train de s'échauffer. En tout cas le mien est au bord de l'explosion.

— Reprenons calmement, mesdames. Gabriel, avez-vous quelque chose à ajouter à propos de cette situation ?

— Comme je l'ai dit, je ne peux que louer le travail de madame Wright, je n'ai aucun reproche à formuler que ce soit sur sa qualité, sa productivité ou le retour que nous font les clients. De plus, elle a toujours mis un point d'honneur à respecter les délais qui lui étaient impartis et aucun projet n'a souffert de ses dernières absences.

— Et qu'allons-nous faire si cette situation devient récurrente ? Chaque mois par exemple ? Le travail de mademoiselle Wright va forcément en pâtir.

— Monsieur Simons semble avoir toute confiance en sa collaboratrice. Qu'est-ce qui vous fait douter ainsi ? s'enquiert Leviels en réajustant ses lunettes sur son nez.

L'air mauvais de Cassidy me fait tressaillir, qu'a-t-elle encore caché dans son chapeau maléfique ?

— J'ai moi-même constaté qu'elle passait davantage de temps en salle de pause qu'à son poste de travail. Peut-être le café de l'entreprise a-t-il un effet bénéfique sur vos problèmes mais ce que je sais, c'est que les dossiers n'avancent jamais tout seuls.

Je tente la tactique de tourner ma langue sept fois dans ma bouche avant de rétorquer. Je dois garder mon calme 1, 2, 3…

Garde ton calme.

4, 5…

— Et comment avez-vous le culot d'affirmer cette aberration ?

Flûte, raté. Je soutiens son regard, outrée par ses accusations. Elle persifle :

— Croyez-moi, je vous ai observée.

— Et pendant ce temps, j'imagine que vos dossiers, eux non plus, n'avançaient pas tout seuls ?

D'après ses joues qui virent au cramoisi, je suis allée trop loin sur ce coup-là, mais je ne pouvais décemment pas me laisser traîner dans la boue sans réagir. Je vais peut-être me faire virer mais au moins, ce sera dignement !

— Vous feriez mieux de changer de ton avec moi. Vous pouvez le constater, messieurs, ce n'est pas uniquement sa compétence que je remets en question mais son impertinence et sa capacité à insulter un supérieur.

Mark Leviels reprend le contrôle d'un ton légèrement plus sec et moins affable qu'au début, montrant par là son agacement :

— Madame Wright, je vous demanderai de faire preuve de respect envers vos supérieurs à l'avenir. Quant à vous, madame Sparke, je pense que vous avez légèrement exagéré la situation. Que suggérez-vous pour régler la situation ?

— J'avais dans l'idée de la changer de service. Je pense que nous avons surestimé ses compétences et que mademoiselle Wright devrait rejoindre un département moins important. Ou alors, à la lumière de ce qui vient de se passer, à la licencier pour insubordination…

Je réagis au quart de tour :

— Vous ne pouvez pas faire ça… je… c'est injuste !

— Je peux tout à fait le faire…

Leviels jette un coup d'œil à son téléphone et j'imagine qu'il a d'autres affaires bien plus importantes que la mienne à gérer dans l'immédiat.

— Nous allons régler cet incident par un avertissement. Suivant les dires de son manager, madame Wright n'a en aucun cas commis une faute grave, alors je m'oppose vivement à un licenciement.

— En tant que responsable des RH, je pense que nous donnons là un très mauvais exemple aux autres employés…

Leviels la coupe en se levant, mettant un terme à notre entretien pour mon plus grand soulagement :

— Et moi, en tant que supérieur, je pense que nous avons perdu assez de temps. Je suis persuadé que madame Wright va s'impliquer davantage et éviter d'être absente à l'avenir afin de donner le meilleur d'elle-même au sein de Carter Corp. N'est-ce pas ?

Il m'observe derrière ses lunettes et la lueur d'intelligence que j'y trouve me réconforte. J'acquiesce et confirme que je compte bien m'investir pour mes clients, ce qui semble contenter Leviels qui sourit puis prend congé.

Cassidy a l'air d'avoir bugué. Elle ne bouge plus de sa chaise, on dirait qu'elle se repasse la scène en boucle. Ce qui est certain, c'est qu'elle ne s'attendait pas à cette conclusion. Tant pis pour elle. Avant de quitter la salle, je profite de lui asséner une dernière remarque devant Gabriel :

— Dans tous les cas, je ne peux que remercier mes supérieurs pour leur soutien. C'est rare de nos jours d'avoir la chance de travailler avec des responsables qui nous font confiance.

Gabriel, qui connaît bien mon caractère, m'incite à sortir et à quitter l'espace, conscient que je risque encore de m'emporter et de balancer ses quatre vérités à Cassidy.

Une fois dans l'ascenseur, j'ai pourtant l'impression d'avoir réellement gravi l'Everest, je suis lessivée. Et l'interrogatoire n'est pourtant pas terminé. Gabriel me fixe comme s'il cherchait des réponses et son regard inquisiteur et profond me met mal à l'aise.

— Je ne vais pas poursuivre cette réunion dans mon bureau mais j'aimerais juste m'assurer de quelque chose…

Voilà, je repasse sur le gril. J'essaie de faire appel à mes dernières réserves d'énergie pour me concentrer à nouveau et inspire profondément, prête à entendre la suite.

— … tu me le dirais, si tu avais des problèmes ? Parce que je te sens préoccupée ces jours-ci et j'ai l'impression que, même si tu avances sur les projets, tu as la tête ailleurs.

S'il savait où est ma tête, il me virerait sur-le-champ.

— J'ai eu un petit passage compliqué, mon chien malade, mes parents qui vieillissent, mes règles, mon frère qui devient un homme… la vie, quoi !

Les problèmes d'argent, les mafieux, la menace de mort. La vie, quoi.

Je le rassure néanmoins en confirmant que tout est réglé. En le regardant s'éloigner une fois que nous sommes arrivés à notre étage, je me frappe le front : ai-je vraiment évoqué une nouvelle fois mes règles ?

Dépitée, je rejoins mon poste et aperçois avec un mélange de joie et de curiosité que Matt est derrière son ordinateur. Je vais pouvoir lui poser la question qui me brûle les lèvres.

— Hey, ce n'est pas encore Noël, alors pourquoi tu fais cette tête de gamine qui sourit ? Remarque, tu as aussi l'air crevée. C'est très curieux comme mélange.

— D'un, je souris parce que ça me fait plaisir de te voir. Et de deux, je suis crevée parce que je sors d'une réunion avec Miss Cassidy et Mark Leviels.

— Qu'est-ce que tu as encore fait, princesse ?

— Mais rien !

— C'est ça qu'ils te reprochent ? Que tu ne fasses rien justement ?

Le sourire et l'air coquin qu'il affiche me prouvent qu'il n'est évidemment pas sérieux. Je cherche un projectile à lui balancer, mets la main sur un reste de barre chocolatée à moitié grignotée et le lui jette dessus. Il éclate de rire, saisit la barre et croque dedans :

— C'est mal de jeter de la nourriture sur les gens. Tes parents ne t'ont pas appris ça ?

À l'évocation de mes parents, je me rembrunis et repense à Jason. À ce fameux soir où tout a basculé et à l'éclatement de notre famille. Puis, par analogie et association d'idées, j'en reviens à Daryl et à Matt, à ces deux frères si semblables et si différents. Et à ce passé trouble et difficile qu'ils ont dû traverser en se serrant les coudes malgré leurs désaccords.

— Youhou Lexi ? Allô Houston, on a un problème, la Lune a perdu toute connexion avec la Terre.

Je le fusille du regard, enfin je tente de le faire parce que son sourire vient toujours à bout de ma mauvaise humeur, et réplique à mon tour :

— De toute évidence, personne ne t'a appris qu'on ne parlait pas la bouche pleine ?

Il me tire la langue alors que mon portable se met à sonner sur le bureau.

Daryl.

Intriguée, je fronce les sourcils, ce qui fait instantanément réagir mon collègue.

— Un problème ? C'est qui ?

Avant même de lui répondre, je bondis de mon bureau et m'éloigne pour prendre l'appel loin des oreilles indiscrètes. La voix de Daryl ne tarde pas à s'élever du combiné alors que je fais les cent pas dans le couloir.

— Je suis au bureau, je souffle.

— Et moi dans mon fauteuil. Est-ce censé être une information primordiale pour la suite de nos échanges ?

— Qu'est-ce que tu veux ?

— Tu es de mauvaise humeur ?

J'hésite à lui rentrer dans le cadre. Entre ma réunion houleuse et mon inquiétude grandissante pour Jason, j'ai connu des jours meilleurs.

— Est-ce censé être une information primordiale pour la suite de nos échanges ?

Il émet un petit rire qui réchauffe mon ventre mais mon ton piquant ne semble pas le déstabiliser outre mesure.

— La furie est de retour. Très bien, je vais être concis. Je te donne rendez-vous ce soir. Vingt heures chez moi. Mets une tenue sexy.

— Pourqu… ?

Il a déjà raccroché. Je pousse un juron, trépigne, hésite à envoyer mon poing dans le mur mais me ravise à temps. Cela ne m'apportera rien d'avoir une main en moins. Il va me rendre folle. En retournant au bureau, je réfléchis à toutes les hypothèses. Qu'est-ce qui m'attend encore ?

Je tire d'un coup sec ma chaise pour me rasseoir, la mine renfrognée sous le regard inquisiteur de mon collègue qui a terminé la barre chocolatée pendant mon absence.

— Sache, princesse, que c'est impoli de partir comme ça, je ne suis pas un fantôme que je sache !

— En effet, je te rassure, tu n'es pas invisible ! On a encore du boulot pour les visuels, tu as pu jeter un œil à mes dernières propositions d'accroche ?

— Madame a jeté son humour par la fenêtre, à ce que je vois.

— Il faut juste qu'on assure sur l'affichage sinon, je risque d'avoir chaud aux fesses !

Matt semble avoir compris le message et le reste de l'après-midi se déroule dans une ambiance studieuse.

***

Le soir, après une rapide visite à l'hôpital – mon frère se remet gentiment mais son visage pâle comme la mort ne me rassure guère –, je trépigne dans le taxi qui m'emmène chez Daryl. Hors de question que je débarque habillée en Barbie. D'autant moins que je ne connais ni le pourquoi, ni le comment. J'ai donc opté pour un tailleur noir qui me donne une allure chic. Sexy, avait-il dit. Ce vêtement cintré à la coupe masculine est le summum du « sexy » pour moi. Il marque ma taille et j'ai choisi de porter la veste par-dessus un soutien-gorge noir afin d'amener une touche sexy mais subtile à l'ensemble.

Je doute bien que Daryl n'a pas du tout la même définition du mot « sexy » que moi au vu des filles qu'il a l'habitude de côtoyer dans son milieu… mais je m'en contrefiche. « *Less is more* », comme on dit.

Une fois le portail franchi, je me dirige vers l'entrée et sonne, légèrement mal à l'aise. Je ne sais jamais à quoi m'attendre avec Daryl. D'ailleurs, je n'entends aucun bruit provenant de l'intérieur. Je réitère, l'appelle plusieurs fois puis, voyant que la porte n'est pas verrouillée, je décide d'entrer. Je fais quelques pas dans le salon, admire toujours son intérieur puis m'arrête devant le mur qui fait face à l'entrée. Je n'arrive pas à croire ce que j'ai sous les yeux. Il l'a accrochée !

— Alors, elle te plaît ?

Je me retourne pour découvrir l'un des jumeaux Ortega. Les cheveux en bataille, l'air sombre et ses yeux perçants qui me fixent avec intensité… il est à tomber.

— Je…

Touchée par son initiative d'installer ma toile en pièce maîtresse de son salon, je ne trouve pas les mots pour exprimer à quel point son geste est important pour moi. C'est lui qui prend la parole :

— Elle me plaît beaucoup. Merci Lexi. Ton art est aussi beau que sa créatrice…

Un frisson me parcourt comme si ses mots me caressaient. Pour reprendre contenance, je me focalise sur la mission du soir. Mission dont j'ignore toujours la teneur.

— Et euh, qu'est-ce qu'on doit faire ? Où est-ce que tu m'emmènes ?

— Viens, je vais tout t'expliquer dans la voiture. Tu vas vraiment porter ce…

Il désigne ma tenue en s'attardant sur ma taille :

— J'imagine que le mot que tu cherches est vêtement ? Ou tailleur peut-être ? Et la réponse est oui. Ça te pose un problème ?

— Je ne m'attendais pas à ça, c'est tout.

— Pourquoi ? Pour toi, plus on voit de peau, plus c'est sexy ? J'aurais dû porter une robe courte, des talons et un push-up pour correspondre à ce que tu attendais ?

— Nos codes sont différents, Lexi. Mais j'aime que tu me déroutes de la sorte. Tu es étonnante…

Nous faisons quelques pas en direction de la porte et je l'entends murmurer dans ma nuque alors qu'il me suit de près :

— … étonnante et très sexy.

Son souffle sur ma peau provoque une réaction physique incontrôlable et ma respiration s'accélère en même temps que mon rythme cardiaque.

Arrête de penser à ses lèvres, bordel !

Je garde le silence pour reprendre le contrôle de mes émotions et grimpe dans la voiture, acceptant de m'en remettre à lui le temps de la soirée. Si j'avais su ce qui nous attendait, j'aurais peut-être tenté de prendre un cours spécial « gérer votre stress dans le monde criminel ».

Mais dans la voiture, Daryl ne m'explique rien, il a l'air si concentré que je n'ose briser le silence qui règne. C'est lorsque nous arrivons dans le quartier de Midtown West que je devine ce que nous allons faire. Et dire que je ne suis pas morte de trouille serait l'un des plus gros mensonges de ma vie.

Daryl laisse sa Lamborghini au voiturier du casino. Quant à moi, j'avale péniblement ma salive et observe la grande bâtisse lumineuse qui se dresse devant nous. Les visiteurs qui font la queue pour pénétrer dans l'antre du jeu sont tous vêtus élégamment, robes et costumes sont de mise. Souriants, insouciants, ils sont là pour passer un bon moment. Tout l'inverse de moi, en somme. Pour tenter de me rassurer, je demande dans un filet de voix :

— Dis-moi que nous sommes là parce que tu as envie de m'apprendre à jouer au blackjack ?

— J'aurais bien aimé…

— Au poker alors ?

— On va plutôt jouer à la roulette russe. Lexi, promets-moi de rester calme et de me laisser parler.

— Je… mais…

— Ce n'est pas le moment de protester. Promets-le-moi, c'est tout. Ces gars ne sont pas des enfants de chœur. C'est dangereux. Et je m'en voudrais toute ma vie s'il t'arrivait quelque chose…

J'acquiesce mais la perspective de me retrouver face à Maccini m'inquiète au plus haut point et pas seulement à cause de la terreur que m'inspire le personnage. Non, j'ai également peur de ne pas pouvoir me contrôler et de lui sauter à la gorge pour lui faire payer ce qu'il fait endurer à mon petit frère. Ce qui, vous en conviendrez, ne serait pas l'idée du siècle.

— Daryl ?

Il plante ses yeux dans les miens alors que je lui pose la question qui me brûle les lèvres :

— Qu'est-ce que tu attends de moi, alors ?

— La présence d'une femme est toujours une belle distraction et… ça adoucit les mœurs.

— Tu es en train de me traiter comme un appât, là ? Je rêve !

— On garde son calme, la furie. Maccini doit comprendre que ton frère et toi n'êtes pas de ce milieu mais qu'il doit composer avec moi dorénavant. Je vais simplement jouer sur les contrastes pour qu'il percute…

— Ce n'est pas un jeu. Toute cette histoire est très sérieuse, enfin !

Son expression change, il approche sa main de ma joue et effleure ma peau avec tendresse :

— Oh ça, crois-moi, je le sais…

Je me répète que je fais ça pour aider Jason, pour le sauver et cette idée m'insuffle le courage dont j'ai besoin pour décoller mon fessier du siège de la voiture et suivre Daryl jusqu'à l'entrée. Nous nous dirigeons vers une petite porte dérobée, éloignée de l'entrée principale, un accès gardé par deux armoires à glaces qui me dépassent de trois têtes. Leur air stoïque et leur mine sérieuse me décontenancent mais heureusement, la présence de Daryl à mes côtés me rassure.

Il fait à peine un signe de tête que les deux cerbères acquiescent à leur tour et s'écartent légèrement pour libérer le passage. J'imagine que dans leur langue de mafieux, cela signifie « Bonjour, votre patron m'attend, auriez-vous l'amabilité de nous laisser entrer afin de converser avec lui ? ». Daryl m'épate et je reprends confiance. Nous allons trouver un arrangement et régler enfin cette situation.

— Reste près de moi, murmure Daryl alors que, accompagnés de quelques hommes de main, nous grimpons un escalier qui nous mène dans une grande pièce presque vide à l'exception d'un imposant bureau un acajou et de deux fauteuils en cuir qui lui font face.

Dès que nous entrons, le siège principal pivote et Maccini nous accueille avec un rictus :

— Ortega… quel plaisir de te voir. On peut savoir ce qui t'amène ?

Loin de l'image du vieux mafieux que j'avais projetée, l'homme qui se tient fièrement devant nous doit avoir la trentaine, le regard vif et dur, les lèvres fines, le teint mat typique des Méditerranéens.

— Giorgio… ce qui m'amène ? Disons qu'une amie (il me désigne d'un geste de la tête), une amie très proche, rencontre quelques soucis. Et, tu n'es pas étranger aux difficultés qu'elle traverse.

L'impression qu'il veut me protéger me réchauffe le cœur.

— Et qu'est-ce que je peux faire pour ton amie ?

Maccini me dévisage et je sens que son regard glaçant s'insinue jusque dans mes os, qu'il perce mes défenses et mon âme. Cet homme, c'est le diable.

— Pour faire un point sur la situation, disons que tu cherches des problèmes à quelqu'un de très important pour elle.

— Je ne vois pas du tout de quoi tu parles. Soit tu accélères et tu vas droit au but, soit tu dégages, Ortega. Je n'ai pas de temps à perdre avec des histoires de midinettes.

J'avance instinctivement d'un pas et Daryl me saisit par le bras pour me ramener à l'ordre. Mais mon mouvement n'a pas échappé aux yeux scrutateurs du mafieux puisqu'il émet un grognement qui ressemble vaguement à un rire.

— Tiens-là, cette fille n'a pas l'air de savoir où elle a mis les pieds. Et je n'aime pas les grandes gueules, tu me connais.

— Un peu trop bien, oui. Pour en revenir à ce qui nous préoccupe, tu menaces son frère pour une triste histoire de voiture. Tu vois de quoi je parle maintenant ?

Il fronce les sourcils et avance son corps légèrement sur le bureau, comme pour prendre l'ascendant sur nous.

— Le gamin qui a piqué ma caisse et son chargement ? Il me doit un paquet de fric, d'ailleurs. Vous êtes venus payer sa dette ? C'est gentil.

Je fais une grimace et serre les poings. Ce mec a le culot de faire le malin et de jouir de son pouvoir, j'imagine que ça l'excite de lire le désespoir sur le visage des gens qu'il maltraite. Connard.

Là encore, je dois lutter pour me contenir. Daryl semble sentir la moindre de mes réactions et serre légèrement sa main sur mon bras pour m'empêcher de commettre l'irréparable. Moi, je fulmine devant tant de cruauté. Maccini a l'air de s'impatienter alors Daryl lance sur un ton froid et persuasif :

— Pas exactement. Je suis là pour te proposer un marché.

Les yeux de Maccini se durcissent et semblent s'enfoncer dans leurs orbites puis un rire démoniaque résonne dans la pièce et ricoche contre les murs, me donnant l'impression qu'un millier de couteaux percute ma chair.

— Ce petit con a fait foirer un coup important et toi, tu veux conclure un marché ? Tu n'es pas en position de marchander Ortega.

— Je te demande juste d'être un peu plus raisonnable au niveau de tes délais. Tu sais très bien que tu n'obtiendras rien d'un gars mort, Giorgio.

Je frissonne à l'évocation du mot « mort ». Hors de question que qui que ce soit meure dans l'affaire et surtout pas mon frère !

— Tu proposes quoi ? La fille ?

— Non mais je rêve !

Oups, je n'ai pas pu m'empêcher de réagir. Daryl me jette un regard noir et réplique fermement.

— Elle n'est pas à vendre…

Encore heureux. Cette fois, je me suis abstenue de parler à haute voix.

— Alors, nous sommes dans une impasse…

Maccini tourne légèrement la tête vers moi, l'air plus malveillant que jamais, et susurre dans un sifflement de serpent :

— Ma jolie, si ton frère ne me rembourse pas, je vais faire en sorte que sa tête ne soit plus attachée à son corps, si tu vois ce que je veux dire.

— Je vous interdis de faire ça !

J'ai hurlé.

— Tu… quoi ? Je ne suis pas certain d'avoir saisi.

Il plisse le front, se lève lentement et s'approche de moi. D'un geste rapide de la tête, il avertit ses hommes et l'un des molosses saisit Daryl et lui maintient fermement les mains derrière le dos. Les yeux écarquillés, il gesticule et tente de se dégager, sans succès. Les hommes ricanent. L'ambiance a changé, elle s'est alourdie. Je déglutis alors que le mafieux se plante devant moi, je peux sentir l'odeur de son eau de toilette mêlée au cigare froid. Il me jauge, les narines palpitantes.

— Je ne suis pas certain que tu saches exactement à qui tu t'adresses.

— Je suis désolée, mais… il s'agit de mon frère.

Il gronde entre ses dents, furieux, tandis qu'une veine frémit sur sa tempe :

— Personne ne me donne des ordres. Personne, tu entends ? Tu viens de me tenir tête devant mes hommes, crois-moi quand je te dis que ce n'est pas très malin.

Je détecte un mouvement. Maccini glisse sa main le long de sa ceinture, j'entends comme un cliquetis puis sens le métal froid contre ma gorge. Je ne bouge plus d'un millimètre, mon cerveau patine dans le vide et tente apparemment de comprendre et d'analyser la situation. Mais une fille comme moi ne vit pas ce genre de mésaventures. Une fille comme moi ne se retrouve pas avec un flingue pointé sur la gorge.

Putain, j'ai un flingue sur la gorge !

Chapitre 9

Daryl

J'assiste impuissant à la scène et tente une nouvelle fois de me dégager mais le cerbère de Maccini resserre sa prise autour de mes bras, m'empêchant de rejoindre Lexi. Ces mecs ne perdent rien pour attendre, tous des ordures. Mes poings me démangent et je rêve de refaire le portrait à ce connard qui me cisaille les membres.

Si Maccini ose lui faire du mal, s'il ose presser la détente, je le tue. Sans regret.

L'histoire ne peut pas se terminer là. Pas maintenant. Pas comme ça.

Voir le regard terrifié de Lexi me crève le cœur. Cette image d'elle, le canon d'une arme pointé sur la peau blanche de son cou, risque de me hanter pendant longtemps.

Je retiens mon souffle, le cœur battant la chamade alors que le clic caractéristique de la détente retentit dans la pièce. Il n'a tout de même pas… ?

Mon sang ne fait qu'un tour et même si je ne crois plus en rien, je me retrouve à prier je ne sais qui pour qu'elle ait la vie sauve. Je ne me pardonnerai jamais s'il lui arrivait quelque chose. Un silence de mort règne dans la pièce, je fixe Maccini puis reporte mon attention sur elle. Elle. Livide, elle est toujours debout, tremblante mais toujours en vie.

Un éclat de rire sadique résonne et remplit le vide. Lexi ouvre un œil. Maccini la dévisage, le chargeur était vide. Sur un ton sec et aussi claquant qu'un coup de feu, il siffle entre ses dents un ordre glacial :

— Dégage.

Il éloigne enfin l'arme d'elle, tout son corps est figé comme si ses cellules s'étaient transformées en béton, ses membres ne réagissent plus.

Maccini la pousse avec dédain et aboie l'ordre de me libérer.

Elle se précipite vers moi, comme poussée par son instinct et vient se réfugier dans mes bras, le corps tremblant. Je sais pertinemment qu'elle vient de vivre l'un des pires traumatismes de sa vie, qu'elle gardera cette peur de mourir au fond d'elle, qu'on ne sort pas indemne de s'être frotté à ce milieu.

Fou de rage à cause de ce que Maccini lui a fait, j'apostrophe le mafieux :

— Si tu t'en prends à ce gamin et à sa sœur, tu ne reverras jamais ton argent, alors réfléchis, Giorgio. Ce n'est qu'un gosse qui voulait s'amuser. Lexi souhaite juste trouver une solution à tout ce merdier…

— Ce n'est pas mon problème. Tu viens de commettre un faux pas, Ortega. Mais bon, peut-être que vous souhaitez juste rejoindre le paradis, toi et ta copine. Si c'est ce que tu veux, je peux certainement vous y aider. Même si je pense que ta place est plutôt en enfer…

Son sourire malveillant étire ses lèvres et laisse apparaître de petites dents carrées. Ce mec est un démon, le mal incarné.

J'ai l'impression d'avoir foiré mon coup. Au lieu de rassurer Lexi, ce rendez-vous l'a sûrement fait flipper encore plus pour la vie de son frère, pour la sienne et peut-être même pour la mienne. Fait chier.

Giorgio et moi avons déjà fait affaire ensemble et, même si nous ne nous apprécions pas beaucoup, nous sommes toujours parvenus à trouver des accords pour nos différents business. Je sais qu'il a confiance en moi, il connaît ma manière de bosser, il sait que je suis correct dans le commerce et il respecte ça.

Alors, je tente le tout pour le tout.

— Laisse-leur un délai plus long, Giorgio.

— Tu rêves, Ortega.

— Accorde-moi cinq minutes en tête à tête, juste toi et moi. Je crois que tu me dois bien cette petite faveur…

Maccini fulmine. Ce mec passe de la colère à l'amusement en un instant, je sais qu'il prend du plaisir à jouir de son pouvoir. Certains hommes sont comme ça, ont besoin de se sentir exister en écrasant les autres.

J'ai moi-même longtemps passé ma colère et ma rage sur mes adversaires pendant mes combats clandestins avec Matt. Cette haine de soi, je la connais, je la devine, coulant en moi en permanence, me poussant toujours à prendre des risques inconsidérés.

Il finit par incliner légèrement la tête, signe qu'il est prêt à discuter et avant de le rejoindre, j'ordonne à ma furie :

— Lexi, tu ne bouges pas d'ici et surtout, tu te tais.

Elle est tellement choquée par ce qu'elle vient de vivre qu'elle me jette à peine un regard, ce qui me donne envie de l'emmener le plus loin possible d'ici, loin de ce cauchemar.

Mais avant, je dois négocier et convaincre mon interlocuteur de revoir ses exigences. Je le rejoins dans un coin isolé de la pièce et argumente, du ton le plus convaincant dont je suis capable :

— On ne va pas perdre plus de temps. Qu'est-ce qui pourrait te faire changer d'avis, Giorgio ?

Il me toise et prend quelques secondes pour réfléchir.

— Si tu me montres ta motivation en m'apportant rapidement une partie de la somme, je pourrai éventuellement me montrer plus clément et établir un arrangement pour le paiement. Sinon, toi et ta petite reine, vous risquez bien de vous retrouver avec la cervelle cramée plus vite que prévu. Sans parler de son frère que je vais flinguer avant qu'il ait eu le temps de comprendre ce qui lui arrive.

— Marché conclu. Je vais me démerder et tu vas l'avoir, ta tune. Je te le garantis.

Il me tend la main pour sceller notre accord et j'observe ses doigts, des doigts secs qui, quelques instants auparavant, tenaient encore l'arme qui menaçait Lexi. Si je m'écoutais, je les lui briserais un à un et prendrais du plaisir à l'entendre hurler de douleur au fur et à mesure que ses phalanges craquent et se cassent. Mais les représailles risqueraient de ne pas se faire attendre et ce n'est pas la peine d'en rajouter.

Essayons de régler cette affaire une bonne fois pour toutes sans trop de dommages.

Une fois notre conciliabule terminé, je m'empresse de rejoindre ma furie et devine qu'elle brûle de m'interroger sur la teneur de nos échanges mais je lui fais comprendre d'un regard appuyé qu'elle n'a pas intérêt à ouvrir la bouche pour le moment. L'un des hommes de main nous raccompagne jusqu'à la sortie et la bouffée d'air que je la vois inspirer une fois à l'extérieur me confirme la rudesse du moment qu'elle vient de vivre.

La pression ressentie dans la pièce retombe soudainement et je la vois se remettre à trembler comme une feuille. Figée sur le parking, elle a soudain cessé de me suivre, les yeux dans le vague, comme si une partie de son insouciance était restée dans cette pièce du casino. Je m'approche d'elle, inquiet :

— Lexi ? Lexi, ça va ?

Son regard brouillé par les larmes répond à ma question. J'ai peur. Elle me fait peur. Putain, qu'est-ce que j'ai fait ?

— Lexi, bordel, réponds-moi. Eh merde… je suis désolé. Ce n'était pas une bonne idée de t'emmener. Je pensais que Giorgio aurait une prise de conscience mais je n'avais pas mesuré l'impact que ce rendez-vous aurait sur toi…

Sans réfléchir (mais putain, qu'est-ce qui me prend ?), je l'entoure de mes deux bras et la serre contre moi. Je n'aurais jamais dû. Je ne peux pas prendre ce risque. Je ne peux pas la laisser m'approcher. Mais, merde, je ne peux pas la laisser dans cet état. Je la sens se détendre légèrement contre moi et j'accentue mon étreinte, elle a son nez dans mon cou. Il faut que je m'éloigne. Je ne peux pas…

Mais elle a déjà redressé la tête, son visage est à quelques centimètres du mien, sa bouche est à la portée de mes lèvres.

Je dois garder le contrôle. Sa bouche effleure la mienne et nous restons ainsi sans bouger, nos souffles saccadés se mêlant dans la fraîcheur du soir.

Dans un mouvement vif, comme si toutes ses barrières tombaient, elle enserre mon visage entre ses mains et efface les derniers centimètres qui nous séparent.

Je suis foutu.

Je lui rends son baiser, je la presse contre moi, mes mains longent son flanc, mes doigts s'agrippent à elle, sa langue vient jouer avec la mienne et le désir qui nous emporte n'a d'égal que l'intensité de la rencontre que nous venons de vivre.

C'est comme un électrochoc pour moi et je m'éloigne brutalement. Son regard étonné me brise le cœur, mais je ne peux pas lui donner ce qu'elle veut. J'évite ses yeux, son air déçu, je gagne la voiture et lui ordonne d'un ton froid :

— Monte.

Je ne peux que constater qu'elle est déstabilisée par mon changement d'attitude, qu'elle ne comprend pas. Tout ce que je veux, c'est qu'elle reste loin de moi. Cette mascarade a assez duré. Je suis incapable d'aller plus loin. Je dois me sauver. Je dois surtout la sauver, elle. L'empêcher de m'approcher, l'empêcher d'avoir mal.

J'ai cru que je pouvais la sortir de ce mauvais pas et l'aider avec son frère mais ce rapprochement ne faisait pas partie du contrat tacite.

Je démarre en trombe pour quitter Midtown West et conduis nerveusement pour rejoindre son quartier. Elle garde le silence jusqu'à ce que je me gare devant son immeuble et je ne peux me retenir de pousser un soupir. Je la sens gênée, puis elle prend la parole :

— Daryl, ne t'en veux pas pour ce soir. J'ai envie de t'aider pour faire évoluer la situation…

Concentré sur le pare-brise, les dents serrées, je grogne :

— Alors, arrête d'en faire qu'à ta tête. Ça évitera qu'on se retrouve six pieds sous terre. Toi, je ne sais pas, mais moi, je n'ai pas envie de crever.

Piquée au vif par ma remarque, elle hausse le ton :

— On peut savoir pourquoi tu me parles comme à un chien tout à coup ?

Mon but ? L'éloigner, la faire réagir. Lui faire mal. Faire en sorte qu'elle me déteste. Qu'elle me fuie définitivement.

— Parce que malgré ton intelligence, tu ne sembles pas encore comprendre à qui tu as affaire. Tu n'as pas l'air de te rendre compte de la dangerosité de ton comportement. Ces mecs sont des tueurs, merde ! On est loin des petits employés de bureau que tu as l'habitude de côtoyer.

— J'ai parfaitement compris, je te remercie. J'ai commis une erreur et je m'en excuse mais cela ne te donne pas le droit d'être condescendant et imbuvable avec moi.

— Descends.

— Quoi ?

— Là non plus tu n'as pas compris ?

Touchée.

Je lui ai fait mal cette fois.

Elle quitte la voiture, non sans tenter d'accrocher une dernière fois mon regard mais c'est trop tard. Je fixe obstinément la route devant moi.

Pour moi, tout est fini.

Chapitre 10

Je ne sais plus où j'en suis !

J'ai l'impression de n'avoir rien compris. Ma tête me fait mal, mon cœur me brûle, tout mon être n'est que douleur.

Daryl. Daryl, Daryl, Daryl… son prénom tourne en boucle dans ma tête.

Sur le chemin du bureau, je me rends compte de ma fatigue : les yeux cernés, des courbatures comme si je sortais d'une grippe et une humeur qui menace de me faire exploser à la moindre contrariété. J'ai passé une partie de la nuit à cogiter : aurais-je dû me retenir ? Ai-je tout fait foirer ? Daryl va-t-il me laisser tomber définitivement ? Je m'en veux car, à cause de mon impulsivité, il est remonté contre moi. Et Jason risque de pâtir de mes erreurs. De mon désir.

Pour me défouler ce matin, j'ai peint une toile très sombre sur un air de métal alors que ce n'est pas du tout mon genre d'habitude. Des tons noirs, gris, rouges. Des mouvements qui évoquent la tempête. Aucune lumière. Juste des ombres. J'avais besoin d'extérioriser mais les sentiments que j'ai posés sur la toile semblent toujours m'habiter et me hanter.

À peine ai-je franchi la grande porte de Carter Corp. que je remarque que quelque chose cloche. Lisa, d'habitude toujours souriante à mon arrivée, me dévisage d'un air étrange et inquiet. Je n'ai pas la force de lui parler ce matin alors, pour éviter de débuter la journée par une discussion sur mes problèmes du moment, je bifurque en direction des ascenseurs. Je suis bloquée dans ma fuite par une silhouette musclée qui me barre le chemin. Matt. Qu'est-ce qu'ils ont aujourd'hui ?

L'interruption de Matt permet à Lisa de quitter son comptoir pour nous rejoindre. Et le regard qu'ils échangent quand elle arrive près de nous ne me dit rien qui vaille.

— Lexi, on doit te parler, c'est important…

— Tu as l'air beaucoup trop sérieuse pour être honnête ! Vous allez me dire pourquoi vous me fixez comme si j'étais la première femme à être allée sur Jupiter et à être revenue avec trois têtes ?

— Daryl m'a appelé cette nuit. Et j'ai parlé à Lisa parce que je pense que tu vas avoir besoin du soutien de tes amis, princesse.

Mon cœur bat à cent à l'heure. Je rêve, Daryl a parlé à Matt ? Vu les tensions qui règnent entre eux, je ne m'attendais pas à ce qu'ils se confient l'un à l'autre. Apparemment, les jumeaux Ortega me réservent encore bien des surprises. Sans me contrôler, je réagis au quart de tour.

— Qu'est-ce qu'il t'a dit ?

— Il m'a expliqué succinctement pour la visite au casino. Il m'a aussi dit que tu devrais trouver une autre solution et ne plus compter sur son aide. Qu'est-ce qui s'est passé ?

Je m'étrangle, entre la déception et une douleur intense à la poitrine qui pourrait me faire crever.

— Il… il me laisse tomber ? Je… ce n'est pas possible. Matt, dis-moi que ce n'est pas vrai ?

— Tant mieux, enfin, Lexi, il n'aurait jamais dû t'emmener là-bas ! Il m'a dit que tu aurais pu te prendre une balle. C'est un mec à problèmes, je t'avais prévenue.

— Une balle ? répète Lisa, horrifiée.

Je m'emporte :

— Ce n'était pas de sa faute, c'était de la mienne.

Mon pouls s'accélère encore en imaginant la perspective dramatique de l'annonce de Matt et l'impact qu'elle aura sur Jason. Tout s'écroule une nouvelle fois devant moi.

Il faut que je l'appelle sur-le-champ. Je jette un rapide coup d'œil à mes amis :

— Excusez-moi un instant.

Sous les vaines protestations de Matt et Lisa, je gagne l'extérieur et sélectionne le contact de Daryl. La tonalité me fait l'effet d'un coup de poignard à chaque fois qu'elle résonne.

Après trois tentatives infructueuses, je suis désespérée. Sans réfléchir davantage, j'ouvre l'onglet message et lui écris quelques mots :

Daryl, réponds.
Je t'en prie, on doit s'expliquer.

Je trépigne en faisant des allers-retours, les yeux scotchés à l'écran dans l'espoir qu'il réponde. Plusieurs secondes s'écoulent. Rien. Mon écran demeure désespérément vide.

Allez.

Je dois me résigner et retourner à l'intérieur où mes deux acolytes comptent continuer de faire mon procès. Dès que je les rejoins, Lisa suggère d'appeler la police mais Matt, qui sait très bien de quoi il retourne, la dissuade :

— Si on prévient les flics, ils sont tous les deux morts.

Nous nous dévisageons, l'air sérieux, et je ressens un grand vide en pensant au frère jumeau de Matt. Il a vraiment mis un terme à notre accord ? Mon collègue, toujours très attentif à mon attitude, a l'air de deviner les pensées noires qui me traversent l'esprit et tente de me remotiver :

— Ne t'en fais pas, on va t'aider. On va sortir ton frère de là.

— Mais comment ? Sans Daryl, je ne vois aucune solution.

Retour à la case départ. L'éclaircie aperçue grâce au frère de mon collègue s'est refermée et laisse toute la place à la tempête qui s'apprête à faire rage. Tout ce que je vois, surtout après avoir rencontré Maccini, c'est un cimetière avec Jason et moi sous un bon tas de terre.

— Alerte rouge, susurre Lisa en jetant un coup d'œil derrière nos épaules.

Nous tournons la tête et apercevons le profil caractéristique de Cassidy qui rôde près de la cafétéria.

— Dispersion, murmure Matt en saisissant mon bras pour m'entraîner vers l'ascenseur.

Une fois à mon poste de travail, j'ai du mal à me concentrer et ressasse encore une fois les derniers événements. Heureusement, le week-end qui se profile ne sera pas du luxe. J'ai besoin de prendre l'air et je sais exactement où aller pour se faire : chez mes parents. En plus, cela me permettra de récupérer Loulou, ma 2 CV turquoise, en prévision des futurs déplacements que je compte effectuer pour aider Jason. J'écris à ma mère pour la prévenir de mon arrivée ce soir, l'idée d'un autre plan germant dans ma tête au même moment.

C'est décidé, après ma visite à la campagne, dès demain soir, je rentre à New York et je passe chez Daryl Ortega.

***

En rentrant, je fais un câlin à Blanchette qui me regarde avec des yeux dépités qui me font culpabiliser, prépare mon sac de voyage et achète un billet de bus sur Internet. Je me suis arrangée avec Lisa pour qu'elle s'occupe de mon chien en mon absence et profite des quelques minutes qui me restent à le caresser en lui expliquant la situation. Je suis persuadée qu'il me comprend et, à voir ses grandes prunelles noires me fixer, j'ai une certitude : lui, il m'aimera toujours.

Je le quitte à regret pour rejoindre l'arrêt de bus situé à une centaine de mètres de mon appartement et, malgré le soulagement que je ressens à l'idée de m'éloigner de la ville, j'appréhende de revoir mes parents à cause de leur opinion sur Jason. Un mot de travers sur mon frère et je risque de m'emporter, surtout en sachant ce qu'il est en train de traverser à l'heure actuelle.

Le bus arrive, je grimpe à l'intérieur et m'affale sur un siège du fond en poussant un soupir. Les buildings gris défilent sous mes yeux et le poids que je ressens quitte peu à peu mes épaules à mesure que les bâtiments disparaissent au profit des champs.

J'ai besoin de m'éloigner de cette ambiance de dingue, de retrouver la campagne dans laquelle j'ai grandi, de voir mes parents. Au moins, si les plans changent et que je dois me résigner à devenir une fugitive avec Jason, j'aurai une voiture pour sillonner les États-Unis.

Quand j'arrive enfin avec le bus Greyhound chez mes parents, après trois heures de route, je pousse un râle de soulagement.

J'observe quelques instants la ferme, la grande porte en bois et les pierres apparentes. L'odeur du foin, de l'herbe coupée, de la terre et des vaches du paysan voisin me ramènent des années en arrière.

Jason se tient les deux mains sur les hanches, sur le sol de la grange et me nargue, un grand sourire aux lèvres.

— Allez, saute ! Tu verras, c'est marrant !

Sceptique, je fixe de mon perchoir les bottes de foin et la paille censées m'assurer un atterrissage moelleux.

— C'est trop haut, je vais me faire mal.

En quelques bonds agiles, il grimpe par l'échelle et revient à ma hauteur puis saisit ma main.

— Tu vas voir, tu peux le faire. Ensemble, on peut tout faire, tu sais. Tu es prête ?

Je fais oui de la tête et ferme les yeux alors que Jason m'entraîne vers le bord et commence son décompte.

— Un, deux, trois !

Nous nous lançons dans le vide et atterrissons quelques mètres plus bas dans un grand éclat de rire. Je suis submergée par un sentiment de fierté. Je l'ai fait, j'ai sauté !

— On recommence ? je lui demande.

— Le premier en haut a gagné !

Nous courons comme des dératés pour atteindre l'échelle, la saveur de l'enfance en tête et l'insouciance au corps.

J'entends à peine la porte s'ouvrir. Je me rends compte de la présence de ma mère quand ses deux bras se referment sur moi dans une étreinte chaleureuse.

— Tout va bien, ma chérie ?

— Je pensais à tout ce qu'on a vécu ici avec Jaz.

À l'évocation du nom de mon frère, elle porte son attention sur la grange, les yeux dans le vague. On dirait que son nom la fait souffrir, que son souvenir la brûle de l'intérieur. De mon côté, je ne renierai jamais mon frère pour leur faire plaisir et je compte bien l'évoquer aussi souvent que j'en aurai envie. Pas par provocation, non. Par amour.

— On rentre ? Il commence à faire frais, murmure-t-elle.

Je lui emboîte le pas et franchis la porte, la chaleur contraste agréablement avec la brume du soir. Les odeurs de ragoût chatouillent mes narines et je me surprends à avoir faim, avec tout ce qui s'est passé, j'ai l'impression d'avoir oublié de manger depuis des lustres.

Dans le salon, mon père, vêtu d'une chemise à carreaux, fume une pipe en buvant une bière. En me voyant arriver, il me lance un sourire jovial et sa moustache désormais blanche s'étire pour laisser entrevoir ses dents.

— Ma fille, comme ça fait plaisir de te voir. Rien de tel que d'avoir son trésor à la maison !

— Je te signale que tu as deux trésors dans ta vie, papa.

À peine cinq minutes que je suis là et je suis déjà incapable de tenir ma langue. Je ne lâcherai jamais l'idée de réconcilier ma famille. Jamais.

Mon père se renfrogne directement et bougonne en se resservant une bière :

— En ce qui me concerne, je n'ai plus qu'un seul enfant.

— Bon, et si on mangeait ? lance ma mère, faussement joyeuse, pour éviter la dispute qui se profile.

Je serre les dents et gagne la cuisine pour l'aider à servir les plats.

Dans mon ancienne chambre où rien n'a bougé depuis mon départ, contrairement à celle de Jas qui a été réhabilitée en débarras, je me tourne et me retourne dans mon lit. Mon téléphone, qui ne connaît plus le mode silencieux depuis l'accident de Jason, émet un bip dans l'obscurité. J'ai écrit à mon frère il y a une heure pour prendre de ses nouvelles mais il ne m'a pas encore répondu. Est-ce lui ?

Toujours sur le qui-vive, je me rue sur l'appareil posé sur ma table de nuit.

Daryl.

Les mots qui s'affichent sur l'écran me retournent le cœur.

C'est mieux qu'on ne se voie plus. Pour nous deux, crois-moi.

Qu'est-ce qu'il entend par là ? J'hésite à l'appeler mais connaissant le bonhomme, il va encore m'ignorer et ça risque de me rendre folle. Je fulmine et mets de côté mes questionnements pour le moment. Demain, je débarque chez lui et, qu'il le veuille ou non, il va bien être obligé de me parler. Au milieu de la nuit, je sombre enfin dans un sommeil agité, peuplé de cauchemars.

Le hall d'entrée. Jason a à peine franchi la porte que des hurlements me font descendre de ma chambre en courant. J'aperçois mon frère qui tient son copain par la main. J'ai juste le temps de voir mon père s'élancer sur eux comme un taureau.

Le coup part avant même que j'aie atteint la porte. Le bruit sourd du poing de mon père sur la mâchoire de Jas me transperce. Sonné et étonné par la violence de son géniteur, il écarquille les yeux. Terrifié. Le sang sur ses lèvres. Moi, je suis déjà en larmes et je me jette sur mon père mais le mal est fait et les mots qui sortent de sa bouche nous frappent tous une nouvelle fois.

— Pas de ça sous mon toit. Dégage, tapette.

Je me réveille en sursaut, les cris de ma mère, de mon père et de Jason résonnant encore dans ma tête. Les réminiscences de mon passé me frappent de plein fouet.

— Et ne remets plus jamais les pieds ici, tu m'entends !

J'ai mal au crâne. Mal à l'âme. La tête encore dans les choux, je descends pour prendre un café avec l'espoir illusoire qu'il fera passer le goût amer qui emplit ma bouche.

Je souffle sur ma première tasse de café, prépare une tartine avec la confiture maison que confectionnent mes parents (leur nouveau hobby commun) et laisse mon regard divaguer sur les photos de famille affichées sur le frigo. Toutes celles de Jason ont été retirées. J'ai la nausée. Mon père fait son apparition, vêtu de sa salopette bleue, celle qu'il porte systématiquement quand il bricole dans le garage. Il s'essuie les mains sur un chiffon taché d'huile de moteur tandis que je me sers une autre tasse, je vais avoir besoin d'énergie pour affronter cette journée. Il indique de la tête la direction du garage et prononce d'un ton un peu bourru :

— Quand j'ai su que tu allais venir, je lui ai fait une petite révision. Je nous ai laissé quelques réparations à faire sur le moteur, je me suis dit que ça te ferait plaisir de travailler dessus… avec moi.

J'esquisse un sourire et le suis au garage pour retrouver l'un de mes endroits les plus familiers de la maison. Tant de souvenirs imprègnent ce lieu, tant de fous rires, de moments de complicité et d'engueulades parfois aussi. Mon esprit retourne à mon petit frère. Comment l'orientation sexuelle peut-elle annihiler le passé ? Comment peut-elle effacer des années de vie ? Comment peut-elle faire mourir l'amour ?

Tandis que mon père vérifie la pression des pneus, je m'affaire à changer les bougies puis remets de l'huile dans le réservoir prévu à cet effet. Nous terminons notre besogne en lavant Loulou et en astiquant les moindres recoins de la carrosserie. Elle semble comme neuve !

Sur le chemin du retour, je n'arrête pas de penser à Daryl. J'avale les kilomètres avec la boule au ventre. Et s'il refusait de m'écouter ? S'il refusait de changer d'avis ?

Quand je me gare devant le portail de la villa, mon estomac est noué, mon cœur palpite et mes mains deviennent moites. Malgré les trois heures de route que je viens de parcourir, je n'ai toujours pas trouvé d'idée miraculeuse ou d'argument infaillible pour plaider ma cause. Peu importe, je tente de calmer ma respiration puis descends de la voiture, claque la portière et me dirige vers le portail. À mon grand soulagement, il est ouvert et je m'avance dans le jardin. La nuit vient de tomber et l'air frais déclenche un frisson qui parcourt mon dos et me glace de l'intérieur. Je remarque qu'il y a de la lumière. Daryl doit être chez lui.

C'est déjà ça.

Devant la porte, j'avance un doigt tremblant en direction de la sonnette, appuie dessus de toutes mes forces et patiente en tentant de capter un son provenant de la maison. J'entends des pas, un rap rythmé et agressif en fond sonore. J'avale ma salive.

Il ouvre et je ressens un coup au cœur. Le regard sombre, il me dévisage, une lueur insondable fait briller ses prunelles. Les notes en fond me poussent à dire :

— Tu as besoin de te défouler en écoutant un son bien violent ?

— Tu es venue parler musique ?

Je hoche la tête dans un signe de négation.

— Qu'est-ce que tu fais là, Lexi ?

Avec ces simples mots, il a fait sauter une digue en moi et je m'emporte :

— Je suis là parce que je n'accepte pas que tu me laisses tomber.

Il sourit à moitié et ce sourire fait immédiatement naître l'espoir mais son expression redevient sérieuse et il passe sa main sur sa mâchoire, semblant hésiter. Je vois ses tourments intérieurs, son hésitation, j'entrevois une brèche et m'y glisse avec l'énergie de celle qui n'a plus rien à perdre.

— Daryl, sans toi, il n'y a plus rien…

Est-ce que je parle toujours de Jason, là ? Ou de lui et moi ?

— Va-t'en Lexi. Tu n'as rien à faire ici. J'ai été suffisamment clair. Je ne peux plus rien faire pour toi.

— Pourquoi ? Pourquoi tu me dis ça ?

Il baisse la tête et murmure :

— Tu me fais peur, Lexi.

Et lui, évoque-t-il toujours mon frère en prononçant ces mots lourds de sens ?

Nos regards s'accrochent l'un à l'autre, j'ai envie de me serrer contre lui, d'attraper ses lèvres, encore, de ne plus laisser ce vide entre nous.

— Laisse-moi une autre chance. S'il te plaît.

— Je ne peux pas…

Sa voix se brise, mon cœur se fend. Je m'approche de lui mais il recule d'un pas, penche légèrement la tête, serre la mâchoire.

— Va-t'en, Lexi.

Pourquoi ai-je l'impression qu'il veut dire le contraire ?

Son regard devient suppliant. Je fais un nouveau pas vers lui mais cette fois, il ne bouge pas. Je pose ma main sur son torse et il ferme les yeux, il ne me repousse pas et j'en profite pour argumenter :

— J'ai besoin de toi. Mon frère a besoin de toi, ne nous laisse pas tomber. Aide-moi Daryl.

Il ouvre les yeux, saisit ma main et je sens une chaleur traverser mon corps tout entier, le contact est électrique. Pourtant, il détache ma paume de sa poitrine et me repousse d'un geste lent et réfléchi. Ce rejet me fait encore plus mal que ses mots.

— Très bien. Rendez-vous demain soir à vingt-deux heures au Half Five. C'est ta dernière chance. Et mets une tenue sexy, tu vas en avoir besoin pour le job que je t'ai trouvé. Si tu foires, tu disparais définitivement de ma vie et tu m'oublies. C'est clair ? Maintenant, tu t'en vas.

J'acquiesce mais je n'ai même pas le temps de réagir et de le remercier. Il a déjà refermé la porte.

***

Vêtue d'une combinaison noire qui laisse entrevoir mes jambes quand je marche, je me rends au point de rendez-vous, le cœur battant. Dans un savant mélange de transparence, ce vêtement laisse également entrevoir mon décolleté. Chic et classe. J'ai bouclé mes cheveux et porte un rouge à lèvres vermillon qui met en valeur ma bouche. J'attends Daryl devant le bar qu'il m'a indiqué, me demandant ce qu'il a prévu de faire et où il va m'emmener.

Quand il arrive, un sac dans les mains, il plisse les yeux et parcourt mon corps de haut en bas puis me tend le paquet.

— Crois-moi, j'apprécie ta…

— Tenue ?

— Oui mais ça ne va pas convenir pour mon plan. Je me doutais bien que ta garde-robe n'aurait pas ce genre de pièces alors j'ai pris les devants. Mets ça. Tu vas aller te changer dans les toilettes du bar…

Je croise les bras, refusant de saisir le sac.

— Je ne crois pas, non.

— Tu ne vas pas commencer à faire la difficile.

Il saisit mon poignet et m'entraîne à sa suite dans l'établissement qui grouille de monde. Il trace jusqu'aux toilettes des dames, entre sans gêne et, après avoir vérifié qu'il n'y a personne, ferme à clé derrière nous.

— Allez, change-toi, on n'a pas toute la soirée.

Par curiosité, je fourre ma main dans le sac et en retire son contenu. Contenu qui me laisse dubitative. Daryl ne me quitte pas des yeux.

Une minijupe en cuir et un crop top qui ressemble à un simple bandeau. Je suis incapable de me retenir plus longtemps, lui rends le sac et éclate de rire.

— On peut savoir ce qu'il y a de drôle ?

— Si tu crois que je vais porter une minijupe à ras la salle de jeu et ce crop top qui couvre à peine un téton, tu te fourres le doigt dans l'œil, mon joli !

— À ras la salle de jeu ?

Il a levé un sourcil. Mais il se reprend aussitôt. Apparemment, ce n'est pas le moment de plaisanter. Il me tend à nouveau le sac, l'air sérieux.

— Arrête de faire ta tête de mule, j'ai besoin de toi sur ce coup-là. Il y a des codes dans mon milieu et…

— Des codes qui impliquent que je m'habille avec ça ?

Je désigne avec une grimace de dégoût les vêtements que j'ai sortis du sac.

— Hors de question.

Dans la petite cabine, nous sommes à quelques centimètres l'un de l'autre et je sens que Daryl est gagné par l'agacement.

— Tu ne me facilites pas la tâche, Lexi. Mets ces vêtements et tirons-nous d'ici, on a un boulot à faire.

— Je te signale que j'ai un cerveau et que je peux m'en servir pour n'importe quel type de job. On ne t'a jamais dit que les compétences des femmes ne dépendaient pas de leur tenue ? Tu as encore tellement de choses à apprendre, Daryl Ortega.

— Et, si je comprends bien, c'est toi qui vas me les apprendre ?

— Tu n'imagines pas avec quel immense plaisir.

Sur ce, je lui fourre son sac dans les mains, le dépasse fièrement et ouvre la porte des toilettes pour quitter le bar.

C'est dans le silence que nous rejoignons la Lamborghini et que Daryl nous conduit à travers des ruelles sombres jusqu'à une zone industrielle. Un groupement de personnes discutent et boivent des bières dans une ambiance électrique. Plusieurs bolides sont garés çà et là et je crois deviner de quoi il s'agit.

De courses illégales.

Nous sortons de la voiture sous les yeux des personnes présentes et dès que Daryl avance dans la foule, il se fait aborder par l'un des organisateurs. Il ne tarde pas à me présenter :

— Voilà la main-d'œuvre dont je t'ai parlé.

J'hésite à réagir et à lui entrer dans le cadre mais je me ravise en me rappelant ses paroles d'hier soir. Je dois me tenir à carreau mais je me demande à quelle sauce je vais être mangée. L'autre me dévisage, jette un coup d'œil à ma combinaison et lance :

— C'est avec ça qu'elle compte donner le départ ?

— Ce soir, c'est la version luxe, je réplique. La minijupe et les seins à l'air, c'est dépassé.

— De toute façon, on n'a pas le temps de tergiverser, le premier départ est dans deux minutes. Viens par là, je vais t'expliquer ton taf.

Je le suis, étonnée par la capacité du mec à placer les mots « taf » et « tergiverser » dans la même phrase. Il m'indique l'endroit où je dois me placer et m'explique sérieusement :

— Je serai derrière les voitures pour te donner le signal. Quand je lève le bras, tu comptes jusqu'à cinq puis tu allumes cette lampe torche et tu la places au-dessus de ta tête. Ensuite, si tu ne veux pas te faire rouler dessus, tu ne bouges plus. Compris ?

— Jusqu'à combien je compte, déjà ?

Il me jette un coup d'œil apeuré. Ces gens n'ont vraiment aucun humour.

— Je plaisante, j'ajoute pour le rassurer tout en prenant place devant les deux voitures qui s'apprêtent à concourir.

Les deux participants font rugir leur moteur, les gaz d'échappement produisent un tel brouillard autour de nous que je dois me concentrer pour distinguer les voitures. Je cherche Daryl du regard parmi la foule qui s'est massée près des bolides et le repère, il a les yeux fixés sur moi.

Le mec lève le bras, je suis prête à tenir mon rôle, le décompte s'enclenche dans ma tête puis j'allume la lampe torche et lève le bras d'un geste assuré, donnant le signal du départ. Les voitures bondissent en avant dans un boucan d'enfer, le vent soulevé par la puissance des moteurs fait voler les voilages de ma combinaison, dévoilant mes jambes. J'ai l'impression de flotter, d'être forte, de maîtriser enfin une partie de ma vie et de participer à une véritable action pour aider mon frère.

Daryl me contemple, un petit sourire aux lèvres, il hoche la tête d'un air satisfait. Je gère plusieurs départs avant de faire une courte pause et de le rejoindre. Accoudé à la Lambo, il boit une gorgée d'eau en me fixant :

— Tu avais raison, la furie.

— À propos de quoi ?

— Tu es merveilleusement sexy dans cette combinaison.

Un instant de gêne suit son compliment. Cet homme me perturbe et me déstabilise en soufflant le chaud et le froid. Puis, il me fait un geste, m'informant qu'on m'attend pour continuer le job. À regret, je quitte Daryl pour poursuivre ma mission. Mais quand je vois arriver la Lambo sur la ligne de départ, je manque de faire une syncope. Qu'est-ce qu'il fabrique ? Il ne va pas se lancer sur cette piste ? C'est bien trop dangereux ! D'autant plus que la voiture qui lui fait face est une Porsche 918 Spyder. Près de neuf cents chevaux dans le moteur, c'est l'une des voitures les plus puissantes au monde.

J'écarquille les yeux mais Daryl semble trop concentré sur la route pour me prêter attention et mon petit doigt me dit que ce n'est pas la première fois qu'il se retrouve ici. Résignée et morte de peur, je donne une fois de plus le signal, lève le bras et ne peux qu'assister au départ en serrant les dents.

Les pneus crissent sur le bitume, patinent en raclant le sol puis les deux véhicules s'élancent comme deux fusées dans la nuit noire.

Chapitre 11

Une nouvelle mission périlleuse… et un paquet d'ennuis !

Je vais mourir d'un arrêt cardiaque. Les yeux rivés sur la route, je tente de suivre le ballet des voitures qui semblent voler sur l'asphalte.

Au coude à coude, les deux concurrents entament leur premier virage. Légèrement mené par la Porsche, Daryl tente une manœuvre dangereuse et se retrouve déporté sur le côté, me flanquant la trouille de ma vie. Daryl rattrape la voiture, fait vrombir son moteur, dévoilant toute la finesse de sa conduite mais se laisse à nouveau devancer dans le quart final.

Ces hommes sont complètement fous. Je retiens mon souffle alors que les voitures entament la dernière ligne droite.

Dans un élan, la Lambo colle au pare-chocs de la Spyder, puis remonte à sa hauteur. Mon cœur va décrocher. Silencieusement, j'encourage Daryl et prononce une prière muette pour qu'il s'en sorte vivant. La Porsche dérape tout à coup, frôle l'autre voiture et je retiens mon souffle. Soit elle part dans le décor, soit elle force le passage et c'est Daryl qui risque de se prendre un mur. Dans un chassé-croisé qui m'horrifie, les deux hommes manquent de peu de se crasher sous les yeux des spectateurs. Tout le monde retient son souffle, la tension grimpe encore d'un cran.

Daryl rétrograde tout à coup et déstabilise son adversaire qui dévie de la route, laissant le champ libre à l'Aventador qui en profite pour donner un dernier coup de gaz, prenant l'avantage dont elle avait besoin pour se placer en tête de la course.

Daryl se dégage et franchit la ligne d'arrivée sous la clameur de la foule. Soulagée, furieuse, je m'élance vers lui, joue des coudes pour arriver à sa hauteur et lui saute littéralement dessus dès qu'il sort de l'habitacle.

Je frappe son torse de toute la force de mes petits poings :

— Tu es complètement malade ! Tu m'as fait tellement peur, tu aurais pu te tuer !

— Doucement, la furie…

— Tais-toi !

Je le serre un peu plus fort, le souffle court, éreintée par mes émotions.

Dans un élan soudain, il agrippe ma nuque pour m'attirer à lui et colle ses lèvres contre les miennes. C'est quoi ça ? l'euphorie du moment ? Si ça se trouve, il va encore me faire payer d'avoir goûté à ses lèvres. Mes réflexions s'évanouissent alors que sa langue trouve la mienne et que notre baiser devient plus sauvage, je m'y perds et savoure un instant la saveur de cette victoire. Trop tôt à mon goût, il se décolle de moi, plante ses yeux dans les miens et m'avertit d'une voix rauque :

— Viens, on a fait ce qu'on avait à faire. Je vais récupérer notre dû et on se casse d'ici. Tu commences ta journée au bureau dans quelques heures…

Le trajet du retour chez moi se déroule dans un silence de plomb. J'hésite entre provoquer une confrontation, lui parler du baiser ou laisser exploser ma rage mais je me sens complètement perdue et désemparée face à lui.

Devant mon immeuble, Daryl coupe le moteur et me tend deux enveloppes :

— Tiens, ce n'est pas encore le Graal mais ça nous permettra de retourner vers Maccini avec un argument de poids pour négocier notre délai.

— Pourquoi deux enveloppes ?

C'est là que je percute. Non, il n'a tout de même pas fait ça ? Je réagis de manière un peu vive :

— Je ne peux pas accepter.

— Prends cet argent, Lexi et c'est tout.

— Je ne sais pas quoi dire…

— Ahhh enfin ! Eh bien tant mieux. Ça me fera des vacances !

Nous nous sourions.

— Allez, file et essaie de te reposer un peu, dit-il en se penchant par-dessus mon corps pour ouvrir ma portière.

Je le remercie et quitte la voiture, perturbée par la soirée, les courses, l'adrénaline et par son comportement.

En allant me coucher, un plan germe dans mon esprit tordu. Daryl risque de m'en vouloir à mort mais il s'est suffisamment impliqué pour me venir en aide, il est temps que je prenne les choses en main.

***

Après une journée passée au bureau, je suis épuisée. Peut-être que la fatigue m'empêche de m'angoisser et me pousse à prendre des décisions déraisonnables ? Peu importe l'excuse que je me trouve, je rejoins mon appartement puis fais démarrer Loulou pour me rendre à ma destination.

Une fois dans le parking désert, il est encore tôt pour les fêtards et les joueurs, je me dirige vers la petite porte dérobée du casino et me retrouve face à un molosse de deux mètres. Le contraire m'aurait étonnée. Il aboie :

— C'est pour quoi ?

— Une livraison spéciale pour Maccini. Il l'attend et j'aimerais régler cette histoire au plus vite. Dites-lui que c'est de la part de l'amie de monsieur Ortega.

J'hésite à ajouter un léger « je vous remercie de votre obligeance et de votre gentillesse » mais comme il n'est ni obligeant, ni gentil, je m'abstiens et patiente. L'homme fronce les sourcils et se détourne de moi pour faire passer le message à travers son oreillette.

— C'est bon, il vous attend.

Les souvenirs de ma dernière visite remontent et je prends sur moi pour éviter de paniquer alors que je grimpe l'escalier qui mène au bureau du mafieux.

— Tiens, tiens, tiens. Je ne pensais plus jamais te revoir ici.

Assis confortablement sur sa chaise princière, il me nargue.

— Pourtant, je suis de retour. Et j'ai quelque chose pour vous prouver ma bonne foi…

Maccini semble se désintéresser complètement de moi et pianote sur son téléphone d'un air détaché. J'hésite à lui lancer un « oh hé du bateau » pour attirer son attention. Mais je n'ai pas prévu de me faire sauter la cervelle ce soir. D'un geste que j'essaie de rendre le plus assuré possible, je sors l'enveloppe avec l'argent de mon sac et la fais glisser jusqu'à lui. Il l'attrape, jette un coup d'œil dedans puis plonge son regard malsain dans le mien :

— C'est une blague ?

— Sauf votre respect, je ne suis pas vraiment d'humeur à plaisanter.

— C'est bien loin d'être suffisant, ma beauté.

Je tourne ma langue dans ma bouche pour ne pas répondre ce qui me vient en tête à l'évocation de ce surnom et me contente d'un laconique.

— C'est un début.

Il se met à rire de manière sarcastique et je doute du bien-fondé de ma démarche. Ce n'était peut-être pas une bonne idée de venir. Et de venir seule de surcroît. Il grince des dents en se penchant en avant, menaçant.

— Je ne sais pas comment ça se passe dans ta vie, mais dans la mienne, on ne vient pas embêter un homme comme moi pour des broutilles.

J'avale péniblement ma salive :

— Le reste va arriver, je vous le promets.

— Des promesses, des promesses… je veux mon argent. Le reste, je m'en fous.

Des pas se font entendre derrière moi et me font tourner la tête. Merde ! Daryl débarque dans la pièce et il n'a pas l'air de bonne humeur. Moi, j'entre en décomposition.

— On peut savoir ce qui se passe, Giorgio ?

Le mafieux lève les mains d'un air innocent mais il semble se régaler du bordel dont il est l'instigateur. Évidemment, il lui a écrit pour le prévenir de ma présence. Je ne sais plus où me mettre, ni qui regarder. Mes mains, c'est ça, je vais regarder mes mains. Je me passionne pour mes doigts et compte un, deux, trois… dix. J'ai bien dix doigts ! Voilà, je suis contente. Si j'avais le pouvoir de disparaître à ce moment-là, je le ferais sans hésiter. Hop, plus de Lexi. Plus d'ennuis.

— Il se passe que ta copine veut la jouer solo. Maintenant que tu es là, la soirée risque de prendre un tournant encore plus amusant. Assieds-toi, Ortega, on va pouvoir discuter sérieusement.

Je ne suis pas certaine d'avoir envie de savoir ce qu'il entend par « amusant ». Je tente de reprendre le contrôle de la discussion.

— Donc, comme je le disais avant que nous soyons interrompus, monsieur Maccini, j'aimerais connaître vos intentions, rapport à notre affaire, enfin si c'est possible…

Je suis en train de perdre mes moyens et l'arrivée impromptue de Daryl ne m'aide pas à me concentrer. Il se racle la gorge. Quoi encore ? Daryl prend la parole, comme d'habitude, il est incapable de rester sans parler. Il est encore pire que moi, le bougre. Je lui jette un regard assassin.

— Quoi qu'il soit, on va arrêter là les négociations. Viens, Lexi, on s'en va.

On s'en va, on s'en va, c'est facile à dire. J'ai l'impression qu'il n'a que ces mots à la bouche ces derniers temps. Le mafieux nous coule un regard dans lequel on lit toute sa détermination.

— On n'en a pas fini, Ortega. Ta copine…

— Je ne suis pas sa copine.

— Ce n'est pas ma copine !

Nous avons parlé en même temps, Daryl et moi. Eh bien pour une fois, nous avons l'air d'accord sur un point.

— J'ai un marché à vous proposer. On pourrait appeler ça un tout petit service de rien du tout.

— Oublie les services, Giorgio. Allez Lexi, on décolle.

Je ne sais plus où donner de la tête mais je suis le mouvement et lève mes fesses de la chaise.

— Assis, tous les deux, ordonne Maccini.

Son injonction me percute de plein fouet, l'heure n'est plus à la rigolade. Nous obéissons. Il poursuit tout en saisissant un cigare qu'il coupe avant de le porter à ses lèvres.

— J'aimerais que vous récupériez un paquet pour moi, à Baltimore, ce week-end.

J'avance ma main vers le bras de Daryl et le supplie du regard d'accepter. *Dis oui, allez.* Un paquet contre un allègement de la menace qui pèse sur mon frère, cela me semble du domaine du possible.

— Avant d'accepter, dis-moi à qui appartient ce colis, exige Daryl sur un ton qui ne souffre aucun refus.

Maccini lève un œil sur Daryl. Quoi qu'il y ait dans ce paquet, je suis prête à prendre le risque. On le récupère, on le ramène et le tour est joué. Je suis consciente que nous commerçons avec des criminels et que ce milieu est un vrai champ de mines. Je ne suis pas armée pour l'affronter. Ce que j'ignore, en plus du chargement de ce mystérieux colis, c'est si Daryl va encore une fois faire fi du danger pour moi.

— Pour répondre à ta question Ortega, le paquet appartient à Rodriguez mais on va dire que je prends le droit de le récupérer à sa place si tu vois où je veux en venir.

Moi, je ne vois rien du tout mais je constate que Daryl comprend très bien de quoi il s'agit parce qu'il pousse un long soupir.

— Sérieusement, Giorgio ?

— Tu sais que je ne rigole jamais quand il s'agit de business. Alors, c'est d'accord ?

Le silence qui s'installe et dure plusieurs secondes me met mal à l'aise et mon regard oscille entre les deux hommes qui se jaugent en permanence.

— Et merde. C'est d'accord.

— Bien. C'est toujours un plaisir de faire affaire avec toi. La livraison est prévue pour ce samedi et le contact s'attend à voir un couple. C'est parfait, non ?

L'ironie ne m'échappe pas mais, vu la réaction de mon acolyte, je m'attends au pire. Maccini nous donne les détails qui lui semblent opportuns et la manière dont son plan devrait se dérouler. Dans quoi va-t-on encore s'embarquer ?

Quand nous quittons enfin les lieux, je sens la tension qui émane de mon compagnon de galère. Traits tendus, lèvres pincées, yeux plissés et regard fuyant. Autant vous dire que je commence à cerner le personnage et ce que je vois ne me plaît pas beaucoup, je m'attends à l'explosion. La tempête a l'air de se déchaîner dans la tête de Daryl. Sur le parking, alors que l'air frais nous enveloppe, il se plante devant moi.

— Putain, Lexi, on est dans la merde. Tu es fière de toi j'espère ?

— Je ne comprends pas un traître mot de tout ce charabia, tu pourrais m'expliquer ?

— Il n'y a décidément pas grand-chose que tu comprennes. Tu me rends fou… tu te rends compte de ce que tu risques en venant seule ici ?

— Seule ou avec toi, je ne vois pas la différence. Au moins, je n'ai pas fini avec un flingue pointé sur moi cette fois-ci. Je trouve que je ne m'en suis pas si mal sortie finalement !

— Tu viens de nous mettre dans de sales draps. J'accepte des trucs uniquement pour… toi. Mais je commence à être à bout de forces, là. Son deal à la con vient de nous propulser entre les deux gangs les plus dangereux de la région. Les Mexicains et les Italiens se font la guerre depuis toujours pour maîtriser le marché de la drogue et des armes. Et tu sais contre qui toute cette histoire va se retourner ? Quand Rodriguez va s'apercevoir du vol, il va nous traquer, nous. Pas Maccini, Lexi. *Nous !*

— Je suis désolée Daryl. Mais je ferai tout ce qu'il faut pour sauver mon frère.

— Je comprends, vraiment. Mais morte, tu ne lui seras plus d'aucune utilité à ton frangin. Ça, tu n'as pas l'air de le comprendre. Alors, arrête de faire le chien fou, compris ?

J'acquiesce tout en retenant mes larmes. Moi aussi, je suis à bout de forces. Je tente en vain d'arranger les choses mais j'ai l'impression que plus j'essaie, plus je nous mets dans la merde en prenant des risques inconsidérés. Je les assume et suis prête à tout pour Jason mais Daryl, lui, ne me doit rien. Et pourtant, il est toujours là. J'espère de tout mon cœur qu'il ne lui arrivera rien par ma faute…

— On se tient au courant pour samedi.

Sur ce, il tourne les talons, me laissant sur le parking avec des questions plein la tête.

***

La semaine au boulot aurait presque eu un petit air de normalité si je n'avais pas dépassé une nouvelle fois les bornes avec Cassidy-la-casse-couilles. De toute évidence, elle m'a toujours dans le viseur et notre petite réunion avec Leviels n'a pas semblé la calmer. Bien au contraire. Dès qu'elle me voit, elle sort les crocs, prête à mordre. Comme ce jeudi où je la croise à peine entrée dans le building. Enfin, croiser est un doux euphémisme. Elle m'est plutôt rentrée dedans. Fatiguée nerveusement, je pousse un petit cri de surprise puis m'agace avant de constater qui se trouve devant moi et me confonds en excuse. Il ne lui faut que ce prétexte pour contre-attaquer :

— Une personne aussi empotée, ça ne pouvait être que vous.

— Étant donné que vous venez de me percuter, je vous trouve bien culottée.

Oups, celle-là, j'aurais dû la garder pour moi. Cassidy vire au rouge pivoine avant de m'incendier dans le hall à la vue de tous :

— Votre impertinence n'a d'égal que votre incompétence.

La voilà qui remet notre différend sur le tapis. Ne peut-elle pas me laisser respirer ? Je sais que je devrais me taire, garder au fond de moi les mots qui me brûlent la gorge mais, au stade où j'en suis, je perds le contrôle. Hors de moi, je hausse le ton et faits des moulinets avec mes bras :

— Pour votre gouverne, l'humiliation n'a jamais aidé les employés à être plus productifs et motivés. On ne vous apprend pas ça pour le diplôme de RH ? Vous ne souhaitez certainement pas mon opinion mais sachez que je trouve ça regrettable !

— Comment osez-vous ?

— Je ne sais pas mais... j'ose !

Et je tourne les talons. Celle-là, elle ne l'a pas volée. Le soulagement que je ressens est de courte durée puisque j'entends une voix qui m'appelle au loin. Je crois que j'ai eu mon compte de contacts sociaux pour la journée et feins de n'avoir rien entendu en me dirigeant vers les ascenseurs.

La main qui me saisit le bras me fait sursauter et Matt apparaît dans mon champ de vision.

— On peut savoir ce qui te prend de hurler sur la responsable RH ? Ça ne te ressemble pas, princesse !

Il tente de faire de l'humour mais je ne suis pas d'humeur.

— Je ne hurlais pas, je m'exprimais.

— Eh bien tu devrais être plus prudente. On ne parle pas comme ça à Cassidy. Ni à personne d'ailleurs ! Qu'est-ce qui t'arrive, Lexi ?

— Rien du tout et j'en ai marre qu'on me fasse des leçons de morale à tout-va. Vous ne pouvez pas me laisser vivre ma vie ? Ça me ferait des vacances.

Son regard qui s'éteint et son sourire qui s'efface me font comprendre que je suis allée trop loin. Un vrai pitbull.

— Excuse-moi, Matt. Je ne sais pas ce qui me prend… je suis à bout de nerfs ces temps-ci.

— Essaie de te reprendre. Si tu continues à crier comme un goret, je vais croire que tu es passé du côté obscur de la force.

— Tu me fais des références à *Star Wars* maintenant ? Sérieusement ?

— J'ai hésité à te sortir la réplique « Lexi, je suis ton père » mais tu ne m'aurais certainement pas cru…

Je finis par éclater de rire et sens un relâchement bienvenu au creux de mon ventre. Mon collègue est vraiment irremplaçable. Pourtant, sous sa mine enjouée et ses yeux pétillants, il ne perd pas le nord puisqu'il ajoute :

— Tu sais que je suis là en cas de besoin, n'est-ce pas ? Et ton frère, comment va-t-il ?

— Son état est stationnaire mais il ne rêve que d'une chose : s'évader de sa chambre. On s'écrit beaucoup même si je n'ai pas le temps d'aller le voir à l'hôpital aussi souvent que je le souhaiterais.

— J'imagine que ce doit être pesant pour vous deux. Bon, on va se changer les idées grâce au merveilleux monde de la communication ?

— C'est parti ! Vive Carter Corp., je chantonne pour tenter de me motiver.

***

Samedi matin arrive beaucoup trop vite à mon goût et après une très courte visite à l'hôpital pour expliquer l'avancement de l'affaire à Jason, je suis de retour à l'appartement pour accueillir Lisa. Comme la merveilleuse amie qu'elle est, elle a accepté de s'occuper de Blanchette pendant ma petite escapade.

À peine est-elle arrivée que Daryl m'envoie un message pour me prévenir qu'il m'attend en bas de l'immeuble. Je saisis mon sac de voyage, fais un bisou aux deux compères qui sont déjà affalés sur le canapé et quitte mon douillet chez-moi pour accomplir ma périlleuse mission. Une mission qui, si j'y réfléchis bien, me fiche la trouille, mais à ce stade, je n'ai plus vraiment le choix. Heureusement, savoir que je peux compter sur Daryl a quelque chose de rassurant même si ses réactions sont parfois inattendues, et pas vraiment réconfortantes.

Je repère la voiture de Monsieur à l'angle de la rue et me glisse à l'intérieur en adoptant mon rôle de petite copine :

— Salut, chéri !

Daryl me jette un regard surpris avant de répliquer :

— Et alors, je n'ai pas le droit à un baiser de bonjour ? Je crois qu'il faut revoir tes basiques concernant le couple.

— « Chéri », ça fait très convenu, tu n'as pas autre chose ?

— « Mon cœur », peut-être ?

— C'est trop romantique.

— « Minou » ? « Mon lapin » ?

Il me regarde de travers et mon état nerveux déclenche un fou rire incontrôlable.

— C'est ça, marre-toi tant que tu peux. Une fois à Baltimore, ce sera une autre histoire.

— Je te promets que je ferai des efforts, mon chaton.

— Et arrête avec tes surnoms animaliers !

Le trajet se déroule en musique, et nous parlons peu. J'essaye de me concentrer : ce n'est pas le moment de douter ou d'avoir peur. Pourtant, je ne peux empêcher mon esprit d'émettre toutes les hypothèses les plus folles à propos de ce week-end. Comment récupère-t-on un colis destiné à un gang adverse ? Qui sera présent ? Quels sont les risques que nous devons anticiper ? Le rendez-vous est pris dans un hôtel de luxe et d'après les informations données par Maccini, le contact est déjà sur place. Et si cela tournait mal ? Et si je parvenais enfin à libérer Jason de tout cela ?

J'observe Daryl conduire et me surprends à admirer son profil déterminé, ses lèvres, son nez droit et ses avant-bras musclés. J'ai toujours trouvé cette partie du corps particulièrement sexy chez les hommes. D'ailleurs, allons-nous partager la même chambre[5] ?

Ne t'aventure pas sur ce terrain, Lexi. Ne pense pas à Daryl dans un lit… qui plus est dans le même lit que toi !

Après plus de trois heures de route, en ayant fait une courte halte à Philadelphie, je suis contente d'arriver à l'hôtel Willow High. Je ne sens plus mes jambes et j'ai mal aux fesses à force d'avoir été assise. Une fois à l'air libre, je m'étire comme un chat pendant que Daryl sort ses affaires du coffre.

---

5 Ça pourrait être sympa. Enfin, non. Enfin… si. Mourf.

— Tu es prête ? Ne t'inquiète pas, tu dois simplement agir comme si tu étais folle de moi. Je suis certain que ça ne te posera pas de difficulté.

Le clin d'œil qui accompagne sa réplique me réchauffe le ventre, même si son assurance m'agace.

— Je vais faire de mon mieux, mais uniquement pour mon frère, que ce soit clair.

Paf, prends ça dans les dents, « Monsieur je me crois irrésistible ». Comme pour se mettre dans la peau du personnage, Daryl attrape ma main et me tire à lui avant de passer un bras par-dessus mes épaules. C'est collés l'un à l'autre que nous arrivons dans le hall luxueux de l'établissement. Finalement, le sentir contre moi n'est pas si désagréable, je pourrais même m'y faire. Je réfléchis à cette dangereuse potentialité pendant que Daryl va récupérer la clé de notre chambre à la réception. J'en profite également pour observer la décoration chic et chaleureuse de l'entrée, les tapis colorés, le petit coin bibliothèque et les quelques canapés du lobby sur lesquels trônent des peaux de mouton.

Daryl revient et me fait un geste équivoque pour me signifier que nous pouvons rejoindre l'ascenseur et prendre possession de notre chambre. Dans la cabine exiguë, je me surprends à être troublée par la proximité du corps de mon complice. Sa présence m'affole, son parfum me hante et je fais tout pour éviter de le regarder. Je développe donc un intérêt sérieux pour les boutons de l'ascenseur mais le petit sourire malicieux de Daryl me pousse à croire qu'il a parfaitement compris mon manège. Est-ce qu'il ressent la même chose ? Les mêmes doutes ? La même attirance ? Les mêmes… sentiments ?

Il ouvre la porte et me laisse entrer dans la spacieuse chambre qui comprend une salle de bains sur la gauche, un grand dressing dans le couloir de l'entrée et un lit king size. Pendant qu'il déballe ses affaires, il me briefe sur la suite :

— Écoute-moi attentivement, Lexi. Nous sommes Gil et Dana Matthews. On se prépare rapidement et on descend au bar pour être vus et tenter de repérer notre contact. C'est OK pour toi ?

La seconde de trop que je prends pour répondre à son interrogation lui révèle que tout n'est pas si OK que ça. Il fait alors le tour du lit pour venir me rejoindre, il pose avec délicatesse ses deux mains sur mes épaules et me fait pivoter pour que je le regarde.

— Tu en es capable Lexi, j'ai confiance en toi. Je ne serais pas là si ce n'était pas le cas, d'accord ? Je ne mettrais pas ma vie entre tes mains…

Je me reprends, émue par ses paroles murmurées avec tendresse, et hoche la tête. Mais les doutes qui se sont emparés de moi persistent. Je nous mets en danger. Pas seulement moi, Daryl risque gros en m'offrant son aide et je ne sais pas comment le remercier. Mais à présent il est temps de passer à l'action et je fouille dans mon sac de week-end pour trouver ma petite robe noire et enfiler des collants. Il coule d'ailleurs un regard appréciateur vers moi et me fait un sourire qui me redonne du courage.

C'est parti.

Arrivés au bar de l'hôtel, nous observons les hommes et les femmes présents autour de nous, savourant pour la plupart des cocktails colorés. Daryl lève la main pour attirer le regard du barman et passe commande tandis que nous prenons place au comptoir :

— Un whisky et une grenadine pour la charmante dame, s'il vous plaît.

— Un mojito plutôt, merci !

Une grenadine, non mais quoi encore ? Je ne suis plus une gamine de sept ans. Une fois les verres en main, je sirote nerveusement le contenu du mien en jetant des coups d'œil furtifs derrière l'épaule de mon compagnon. J'ai du mal à contenir le tremblement de ma main et tente de me calmer en pensant à mon petit frère.

Daryl qui semble avoir un plan précis en tête me contourne et vient se positionner devant moi en tendant galamment sa main et propose d'une voix forte pour attirer l'attention sur nous :

— Aurais-je l'honneur de faire danser madame Matthews ce soir ?

Je me prête au jeu un peu à contrecœur et dépose ma main au creux de sa paume.

— Avec grand plaisir, *monsieur Matthews*.

Il m'entraîne sur la piste de danse où un autre couple profite de la musique et m'enlace, rapprochant soudainement mon corps du sien. Je déduis que cette tactique n'a pas pour seul but de me coller à lui mais d'observer les gens en me faisant tourner pour bénéficier d'un regard circulaire sur la pièce. Je lui murmure à l'oreille :

— Tu as repéré quelqu'un ?

— J'hésite. Je pense que nous allons poursuivre la stratégie de nous démarquer. Ce sera à lui de faire le premier pas dès qu'il aura pris confiance… et pour ce faire, nous allons lui montrer que nous sommes un joli petit couple.

— Et comment ?

— Embrasse-moi.

— Pardon ? Je…

Même si la situation est étrange, je me rappelle la dernière fois que j'ai goûté à ses lèvres. Les sensations que cela m'a procurées. La chaleur qui a envahi mon ventre. J'avance le visage vers lui, me hisse sur la pointe des pieds et dépose un baiser sur ses lèvres. Court, rapide, efficace !

— C'est quoi, ce baiser de moineau ?

À son tour, il glisse son nez dans mon cou et remonte pour attraper mes lèvres avec les siennes. Je sens son sourire s'élargir et ses bras se resserrent autour de ma taille dans une chaleur que je ne veux plus quitter. Portée par ce baiser qui devient de plus en plus passionné, j'agrippe sa nuque pour savourer davantage ce moment. De l'enfer au paradis. Il lui suffit de quelques secondes pour m'embraser de ce feu intérieur que je ne peux plus éteindre.

J'ai envie de lui. Une envie qui me brûle le ventre.

— Ça, c'est ce qu'on peut appeler un vrai baiser. Et si on remontait dans la chambre, maintenant ? Je crois qu'on a assuré concernant le spectacle qu'on vient de donner, ça devrait suffire pour ce soir, explique Daryl en se détachant de moi.

Et si, à moi, cela ne me suffisait pas ? J'en veux plus. Encore.

Avant de quitter le bar, j'entends Daryl commander une bouteille de champagne pour notre chambre, la chambre numéro 410, précision qu'il prononce distinctement, toujours dans le but de donner un maximum d'indices au contact mystère qui se cache parmi les clients.

Une fois là-haut, j'ai besoin de me calmer et j'effectue un repli stratégique en filant sous la douche, mal à l'aise. Le problème, c'est qu'une fois dehors, je me rends compte que j'ai oublié mes vêtements de rechange et sors donc emmitouflée dans une serviette. Les yeux de Daryl me scannent dès que j'arrive dans la pièce. Couché sur le lit, il me caresse du regard et je ne trouve rien de mieux que de l'interroger sur la suite du plan pour éviter de penser au fait que je suis presque nue.

— Que faisons-nous maintenant ?

— On laisse mijoter le tout en attendant patiemment et…

Pile à ce moment-là, un bruit provient du couloir et nous tournons la tête en même temps. On vient de glisser un message sous la porte.

Daryl bondit, saisit l'enveloppe et lit à haute voix : « Comme prévu, rendez-vous demain pour la livraison. » Dans un élan d'enthousiasme, il se rapproche de moi, me soulève et lance joyeusement :

— On a réussi ! Bravo.

Il me repose lentement et l'atmosphère change d'un coup. La proximité de nos corps, la tension qui redescend, l'adrénaline libérée tout au long de la soirée… le tout forme un cocktail explosif. Nos regards s'accrochent et nos respirations s'accélèrent alors que le temps se suspend.

Je n'ose plus bouger. Daryl me fixe intensément puis s'approche jusqu'à poser ses lèvres sur les miennes. Un délice.

— Lexi…

Sa voix est rauque et j'y décèle de l'envie, du désir et une forme de supplication. Il dépose une pluie de baisers le long de mon épaule dénudée puis s'arrête pour chercher mon regard comme s'il attendait mon approbation pour continuer. J'incline légèrement la tête dans un signe équivoque, nous libérant tous les deux de l'interdit que nous semblions avoir édicté entre nous.

Il dénoue ma serviette de bain, ses yeux rivés aux miens. Lentement. Elle tombe à terre dans un bruit léger et je me retrouve nue face à lui. Il lève alors la main et trace un sillon de la base de mon cou à mon ventre, me laissant pleinement profiter de la sensation de ses doigts sur ma peau. Ce simple geste me fait suffoquer tant le désir est intense, brûlant.

Daryl observe chaque centimètre carré de ma peau, ses prunelles deviennent plus sombres de désir à chaque seconde tandis que les battements de mon cœur s'emballent. Est-on toujours en train de jouer ? Sommes-nous toujours dans les peaux de Gil et Dana ? Ou avons-nous retrouvé Daryl et Lexi ?

Chapitre 12

Daryl

Impossible de résister. Ses courbes, le grain de sa peau, son sourire, la chair de poule que je provoque sur son corps en l'effleurant me font un effet dont j'ignorais même l'existence. Je suis en train de perdre le contrôle que j'ai tenté d'instaurer depuis notre rencontre. Je dépose les armes, je cesse cette lutte permanente.

Depuis qu'elle est venue chez moi pour me convaincre de ne pas la laisser tomber, j'ai senti quelque chose se fissurer en moi. Une part de ma carapace, peut-être. Impossible de lui dire non et de ne pas l'aider à sortir son frère de ce merdier. Pas en l'ayant devant moi avec cet air désespéré.

De mes doigts, je parcours son ventre, glisse sur ses hanches, frôle ses cuisses, je prends un plaisir intense à la découvrir, à la toucher. Enfin. Elle se cambre sous l'assaut de mes mains, prend confiance et déboutonne lentement ma chemise avant de laisser sa main se faufiler sous le vêtement pour caresser mes muscles. Ce soir, elle m'appartient. Ce soir, moi aussi, je suis tout à elle.

Elle explore mes pectoraux, prend son temps pour descendre sur mes abdominaux et écarquille les yeux en dévoilant mon tatouage de La Muerte tout en faisant glisser le vêtement qui ne tarde pas à se retrouver par terre. Entreprenante, elle passe ensuite sa main sur mon entrejambe et je sens mon sexe se tendre encore davantage contre le tissu. Nos respirations saccadées témoignent de notre désir et l'envie que j'ai de la serrer contre moi se fait plus pressante encore.

Je pousse un râle de désir et attrape sa bouche, d'un mouvement sec je la colle à moi et la fais basculer sur le lit. Mon corps pèse contre le sien, je sens ses seins pressés contre mon torse et délaisse ses lèvres pour descendre sur son cou et saisir un téton entre mes dents. Je le suce tout en poursuivant mes caresses, mes doigts glissent entre ses jambes. Son clitoris mouillé s'offre à moi, ce qui accentue encore mon excitation, j'appuie mon pouce dessus tout en décrivant des cercles, notre corps à corps gagnant encore en intensité.

Elle me rend fou.

Nos regards s'accrochent, je glisse un doigt en elle, lui arrachant un gémissement. Elle se laisse alors aller, rejette la tête en arrière pour profiter de ces sensations. J'aime la voir ainsi, offerte, confiante, excitée. Je prends du plaisir à l'observer réagir à ce que je lui fais, j'adore voir le bonheur que je lui procure.

D'une main experte, elle se met à longer mon pénis d'un geste lent et savoureux. Exquis. J'ai envie de la manger tout entière, de lécher chaque parcelle d'elle, de sentir ses doigts se resserrer sur mon membre encore et encore.

Putain. Des femmes, j'en ai connu. Beaucoup. Mais jamais je n'ai ressenti cette intensité, cette alchimie, cette attirance.

Elle me fait perdre le contrôle. Elle me fait perdre la tête.

— J'ai envie de toi, ma furie. J'ai tellement envie de toi…

Elle me sourit, son air mutin m'amuse et allume un feu encore plus brûlant en moi, elle m'embrasse avec fougue, me pousse à me décaler et à lui laisser de l'espace pour venir me chevaucher. Dressée fièrement, elle se retrouve au-dessus de moi, ses cuisses de part et d'autre de mon sexe, et prend un malin plaisir à jouer avec mes sensations. Je grogne en lui saisissant fermement les hanches, profite de la vue offerte sur ses seins et son ventre, plaque ma bouche contre son cou, lui arrache un râle quand mon sexe vient frotter le sien.

Ah tu veux jouer, ma furie ? Tu ne sais pas dans quoi tu t'engages.

À mon tour de m'amuser. Je m'empare de son oreille, plaque ma main sur ses cheveux pour l'attirer contre ma bouche, la mordille et approche doucement mon autre main de son intimité. Quand j'appuie mon pouce contre son clitoris, je sens le rythme de sa respiration s'accélérer encore, j'alterne caresses et pénétration avec mes doigts et je la sens monter, je la sens se tendre, je la sens proche de l'orgasme. Son plaisir m'excite davantage.

Elle s'éloigne ensuite légèrement de moi, attrape une protection dans la trousse qu'elle avait posée sur la table de chevet et déroule le préservatif sur ma verge après avoir déchiré l'emballage avec ses dents. Son envie, cette avidité dans ses gestes, cette précipitation, la rendent encore plus attirante à mes yeux. Mon sexe palpite, vibre à son contact, je n'en peux plus… je veux la sentir, je la veux. Tout de suite. J'attrape sa taille, nos yeux s'accrochent l'un à l'autre, et je la sens descendre lentement sur moi, centimètre par centimètre, je la pénètre, je profite de cette sensation de plénitude. C'est trop bon. Beaucoup trop bon. Je suis déjà accro à elle, à son corps.

Alors que je suis entièrement en elle, je me mets à accentuer mes coups de reins, à la prendre plus fort, plus vite. Ses gémissements me rendent fou. Je veux la faire jouir, je veux qu'elle lâche prise grâce à moi, je veux être le seul responsable de ce plaisir unique. Je reprends la stimulation de son clitoris tout en ralentissant mes mouvements.

Voilà, lentement, c'est ça ma furie, prends ton temps, nous avons toute la nuit devant nous.

Lexi ferme les yeux comme pour se concentrer et profiter davantage de mes mains sur elle, de mon sexe en elle. Elle ondule sur moi, ses mains plaquées sur mon torse, le plaisir monte encre d'un cran, nos souffles deviennent plus courts, je suis au bord du gouffre, au bord de la perdition.

Une délicieuse perdition.

En lui tenant fermement la nuque, je la fais à nouveau basculer pour me retrouver sur elle, pour m'insérer encore plus profondément dans son intimité. J'accélère encore. Plus fort. Plus vite. Plus intensément.

Quand elle jouit, je sens ses muscles se tendre, son corps tout entier vibrer et se raidir contre moi dans des spasmes puissants. Je me laisse alors aller à la jouissance et l'accompagne dans un dernier coup de reins qui me propulse, moi aussi, dans un monde où plus rien n'existe à part nous deux.

La réalité aura bien le temps de nous rattraper. Plus tard. Le plus tard possible.

Mais parfois, les problèmes surgissent bien trop tôt. Et je ne pensais pas si bien dire…

Chapitre 13

Ce matin, on met le paquet !

L'esprit embrumé, le corps alangui, une sensation de bien-être… un court instant, je ne sais plus très bien où je me trouve. Redescends sur terre, Lexi. Le paradis est un mirage… et l'enfer a encore besoin de toi.

Le lendemain matin, je me réveille en me demandant si mon esprit tordu n'a pas rêvé la scène d'hier soir. À force de fantasmer, mon cerveau s'est peut-être dissocié pour me faire croire à une vie plus agréable.

Soudain, je prends conscience que quelque chose m'entrave. C'est quoi ça ? Un bras musclé m'enserre la taille, me blottissant contre le corps d'un homme. Qu'est-ce que je fais, moi, maintenant ? Tout en me tortillant, je tente de sortir du lit pour gagner la salle de bains mais en me retournant, je me retrouve face à un Daryl qui me fixe avec un petit sourire. Il resserre sa prise autour de mon corps pour m'empêcher de fuir. Coucher avec lui est une chose mais se faire des câlins et dormir l'un contre l'autre en est une autre. Pour moi, le risque est là. Ce risque-là, il sent mauvais !

Le sexe, je peux le gérer et garder mes distances. La tendresse en revanche, c'est un jeu autrement plus dangereux.

J'ai toujours dit à Lisa que je pouvais coucher avec un mec que je connais très peu. Mais dormir avec un homme est, à mon sens, une preuve de confiance beaucoup plus grande. Je n'ai jamais dormi avec mes amants parce que c'est là que commence l'attachement. Et ce n'était pas ce dont j'avais envie.

Il lève un sourcil et je parviens à faire un piteux geste en direction de la douche.

— J'avais plutôt le sentiment que tu voulais me fuir…

— Je ne suis pas lâche, je ne fuis pas devant l'ennemi…

— Je suis ton ennemi ?

— Pour être honnête, je ne sais pas vraiment ce que tu es…

— Daryl, enchanté.

Son air coquin me fait sourire et sentir son corps chaud contre le mien ravive le désir si intense que j'ai ressenti la veille. Alors, je capitule en posant mon visage à quelques centimètres du sien. Il frôle mon nez dans un geste tendre puis pose ses lèvres sur les miennes.

— Bonjour madame Matthews…

La simple évocation de ce nom me porte un coup au cœur. Alors, finalement tout ça n'était qu'un jeu pour lui ? Dana et Gil. Ce que l'on vient de vivre et de partager ne se résume qu'à un rôle que l'on avait envie de jouer ? Une fois rentrés à New York, ne serons-nous *plus que* Daryl et Lexi ? Et donc plus rien l'un pour l'autre ?

Cette simple idée me donne envie de pleurer.

C'est n'importe quoi Lexi, reprends-toi !

Il remarque mon trouble et penche la tête. Je suis incapable de dissimuler la moindre émotion, quelle nulle ! D'un geste, je le repousse pour me lever et filer à la salle de bains pour reprendre mes esprits.

Quand je reviens dans la chambre, l'ambiance est glaciale. Daryl est habillé, il évite de me regarder et me jette d'un ton tout aussi froid que son attitude :

— On va descendre au bar pour prendre le petit déjeuner et retrouver notre contact. Le jeu est presque fini…

Qu'est-ce qu'il entend par là ? J'ai envie de me fustiger tellement je m'en veux de ne pas oser le confronter à voix haute. J'ai un vrai problème de communication, ma parole[6] !

Je m'habille rapidement et rejoins Daryl qui m'attend devant la porte de la chambre. Une fois en bas, il me saisit machinalement la main pour continuer ce jeu minable dans lequel nous nous sommes enfermés. Je pense à Jason de toutes mes forces pour tenir le coup, pour ne pas céder à la panique ou à la tristesse. Ce n'est pas le moment de flancher.

Dans la salle, mes yeux parcourent les clients attablés. Est-ce la fille là-bas ? Ou peut-être le mec à la carrure de Goldorak un peu plus loin ? Daryl me jette un regard trop sombre à mon goût et lâche d'un ton sec :

— Détends-toi, Lexi.

Il n'y a rien de pire pour augmenter le stress de quelqu'un que de lui dire de se détendre. Ça ne marche absolument pas.

Je grince entre mes dents :

6 Si ma parole voulait bien se manifester plus souvent, d'ailleurs, je lui en serais reconnaissante !

— Je suis très détendue.

— Tu es en train de me broyer les doigts.

J'essaie de lui lâcher la main mais il me fait comprendre que ce n'est pas le moment de jouer à la diva. Le moment est stratégique. Notre commande arrive mais mon estomac est si noué que je suis incapable d'avaler quoi que ce soit. Daryl, lui, n'a pas l'air de se poser autant de questions et dévore avec appétit ses œufs brouillés.

— Mange, m'exhorte-t-il. Tu dois prendre des forces…

Je grogne et pique avec dégoût quelques morceaux d'œufs que je porte à ma bouche. Mais, soudain, je capte un mouvement derrière Daryl et ma fourchette est stoppée net dans son élan, juste avant d'arriver à ma bouche. Un homme vient de se lever d'une table voisine. Il tient un paquet bien niché au creux de ses bras, légèrement caché par sa veste, et un signal d'alarme s'enclenche dans mon cerveau. Merde, c'est lui ! Daryl remarque mon trouble et fronce les sourcils, il faut que je lui parle mais ma gorge est sèche et mon cœur tambourine dans ma poitrine. Je me ressaisis pour ouvrir la bouche :

— Da… Gil !

— Quoi ?

Avant que je puisse lui répondre, l'homme est arrivé à notre hauteur. J'espère qu'il ne m'a pas entendue me tromper de prénom. J'espère qu'il n'a pas vu que je le dévisageais. J'espère que…

Il marque un arrêt à côté de Daryl et se penche comme s'il voulait ramasser quelque chose sur le sol avant de prononcer très distinctement.

— Dans cinq minutes. Dehors.

Je ressens immédiatement une décharge d'adrénaline. Le type se redresse et file vers la sortie. Dans un réflexe idiot, je me retourne pour le regarder et vois qu'il nous observe, posté près de la porte. Dès qu'il croise mon regard, il se détourne et quitte la salle. Merde, est-ce que je viens de faire une connerie ? Est-ce que je viens d'instiller le doute en lui ?

La voix de Daryl me ramène à la réalité et je le fixe, apeurée :

— Ne me lâche pas maintenant, Lexi. C'est un simple rendez-vous, OK ? On peut y aller ?

— On peut y aller.

Nous nous levons et je tente de réprimer l'angoisse qui monte en moi.

Jason, Jason, Jason.

Je pense à mon frère pour me donner du courage et suis Daryl à l'extérieur. Le mec est là, dans un coin du parking, à quelques dizaines de mètres de nous. Nous y sommes presque. Dans une minute, nous aurons récupéré ce fichu paquet, nous pourrons rentrer, remettre le colis à Maccini et mon frère sera définitivement sorti d'affaire. Daryl me pousse à m'arrêter (mais qu'est-ce qu'il fait enfin ?) et sort quelque chose de sa poche pour me le glisser dans les mains. Les clés de la Lamborghini.

— Si toute cette histoire tourne mal, tu te barres, tu as compris ?

— Je ne partirai pas sans toi.

— Oh que si, tu vas partir sans moi, je te le garantis. Je ne te laisse pas le choix. S'il arrive quoi que ce soit dans les prochaines minutes, tu quittes cet endroit et tu appelles Matt. D'accord ?

Quelques secondes s'écoulent sans que je lui réponde.

— Lexi ?

— Très bien.

— Promets-le-moi.

Je lève les yeux sur lui et retrouve, après la froideur affichée ce matin, une pointe d'inquiétude et de tendresse dans ses prunelles.

— Je te le promets.

— Bien. Maintenant, reste là, ne bouge pas. Je vais voir ce type et je reviens.

Je suis Daryl des yeux alors qu'il rejoint l'homme. J'essaie d'analyser leurs gestes, le mouvement de leurs lèvres pour tenter de comprendre ce qu'ils se disent mais tout ce que je parviens à déchiffrer, c'est « caramel ». Autant dire que je dois me tromper, à moins que « caramel » soit un nom de code en langage de criminels.

Le temps s'étire et les minutes s'égrènent plus lentement que jamais. Est-ce normal que ça prenne autant de temps ? Il s'agissait, au départ, d'une simple remise de paquet. Qu'est-ce qu'ils peuvent bien se raconter ?

Les battements de mon cœur s'accélèrent quand j'aperçois l'homme amorcer un geste pour saisir le paquet qu'il tient serré sous l'un de ses coudes. Je crois que c'est à cet instant que je cesse de respirer. Daryl, lui aussi, semble tendu. Je remarque ses mâchoires contractées, ses muscles prêts à se tendre, ses traits figés, dans l'attente.

Soudain, un vrombissement violent déchire le silence et la quiétude du parking. Nous tournons tous les trois la tête dans un même mouvement vers le bruit et ce que je vois me glace le sang.

Une moto noire surgit de nulle part et fonce à toute allure sur les deux hommes. Qu'est-ce que c'est que ce bordel ? Tout s'accélère en une fraction de seconde. L'homme recule, serrant à nouveau le colis contre lui, Daryl hurle « Donne-le-moi » mais c'est trop tard, le type s'est mis à courir vers une voiture. Je m'élance vers eux alors que Daryl course notre contact pour tenter de le rattraper. Il y est presque quand la moto lui barre la route.

J'ai envie de hurler mais aucun son ne sort de ma bouche. Je suis tétanisée.

Le mec sur la moto vient de crier « Daryl » et j'ai peur d'avoir reconnu sa voix.

Chapitre 14

Une mauvaise surprise

Tout s'est passé si vite. Peut-être suis-je sur le point de mourir ? Cela expliquerait cette étrange vision et cette sensation de plonger dans un trou noir encore plus profond…

Je suis en plein cauchemar.

Furieux, Daryl se retourne et empoigne le mec sur la moto, apparemment prêt à lui casser la gueule. Je cours vers eux en gesticulant, les deux bras en l'air[7].

— On peut savoir ce que tu fous ici ? grogne Daryl.

— Et Lexi, qu'est-ce qu'elle fiche avec toi ?

Hors de moi, je ne me contiens plus et explose, toujours en faisant de grands gestes.

— Non mais c'est quoi, ce bordel ?

Je crois que je leur fais peur mais, à ce stade, je m'en fiche. Les deux hommes me dévisagent, les yeux écarquillés.

— Je suis venu pour te sortir de là, espèce d'inconsciente ! vitupère le motard en me montrant du doigt.

---

7 Ce qui me donne l'air d'une petite pieuvre. Je parie que je suis ridicule mais ils vont s'étriper si je ne fais rien.

— Je n'ai pas besoin d'être sauvée !

Il retire alors son casque, laissant apparaître une touffe de cheveux que je connais bien puisqu'il s'agit de celle de Matt. Pas de « princesse » cette fois, je crois que je ne l'ai jamais vu autant en colère. La situation est à peine croyable. Et mon collègue vient, sans le savoir, de faire foirer notre plan.

Daryl est hors de lui, ses yeux lancent des éclairs et il maintient son poing en l'air comme si ce n'était qu'une question de secondes pour qu'il l'abatte sur son frère.

— C'est toi l'inconscient ici, Matt ! Et comment as-tu réussi à nous retrouver, d'abord ?

— Colin m'a filé un coup de main pour vous géolocaliser et j'ai eu peur pour vous…

Des clients faisant irruption sur le parking me poussent à leur suggérer l'idée d'aller discuter de tout ça à l'intérieur, à l'abri des oreilles indiscrètes. Nous montons donc dans notre chambre, et à peine la porte passée, les deux frères poussent des hurlements.

— Qu'est-ce que tu cherches à faire ? Tu veux la tuer ? Je t'avais prévenu Daryl, n'embarque pas Lexi dans tes sales affaires.

— Ce que je fais et avec qui, cela ne te regarde pas, Matt.

— Bien sûr que ça me regarde à partir du moment où je flippe tellement pour vous deux que je dois vous fliquer et venir sauver vos fesses ! Lexi n'a pas mérité ça.

Je sais qu'il faut que j'intervienne parce que, après tout, nous sommes venus ici à cause de moi. Tout est de ma faute et je ne peux pas laisser Daryl se faire accuser à ma place. Je m'apprête à prendre la parole mais le ton grimpe encore entre les deux frères et Matt crie de plus belle. D'autant plus que leur dispute ne changera rien au fait que nous n'avons pas pu récupérer ce fichu paquet. Pas de paquet, pas de négociation envisageable avec Maccini. Et pas de négociation…

— Ce mec aurait pu avoir un flingue. Il aurait pu la buter et toi avec…

— Ne raconte pas n'importe quoi, tu ne sais pas de quoi tu parles !

— Vous allez arrêter, tous les deux, oui ? D'un, c'est moi qui ai poussé Daryl a accepté cette mission, de deux… vous vous rendez compte de la situation ? Vous comprenez que mon frère risque toujours sa peau ? Et vous, vous vous disputez comme si votre seul problème, c'était votre ego ? Qui a tort ou raison ? On s'en fiche complètement ! Vous me rendez dingue !

Suite à ma tirade, je passe entre les deux hommes qui me regardent d'un air ahuri et quitte la pièce. Avant de claquer la porte de la chambre, j'ai juste le temps d'entendre Daryl demander « Lexi, qu'est-ce que tu fais ? ».

Ce que je fais ? Malgré l'heure matinale, je vais aller boire un verre, tiens.

D'un pas décidé, je gagne le bar et commande un shot de rhum que je descends d'un trait. Je reproduis le geste trois fois de suite pour tenter de calmer l'angoisse qui m'étreint, qui m'étouffe, qui me bouffe. Et maintenant ?

Je tiens mon quatrième verre dans la main quand je sens la présence de Daryl à côté de moi. Il s'assied et je sais qu'il me fixe avec insistance. Cependant je refuse de céder et de croiser son regard. Ces deux frères me perturbent. Pourquoi leur relation est-elle aussi compliquée ? Pourquoi ne parviennent-ils pas à s'entendre et à s'aimer, tout simplement ? Pourtant, si Matt est venu jusqu'ici pour nous retrouver, c'est bien parce qu'il tient à Daryl.

La bouche légèrement pâteuse, je rassemble mes esprits et demande d'un ton où pointe le cynisme :

— Alors, c'est toi qui as gagné le combat ?

— Un partout, la balle au centre. On peut savoir ce que tu bois ?

— Cela ne te regarde pas.

Il attrape mon verre et le porte à son nez pour en humer le contenu puis grimace.

— Tu ne devrais pas boire ça…

— Non mais je rêve, pour qui tu te prends ?

— Pour un mec qui connaît très bien les ravages que fait l'alcool sur une personne malheureuse…

Sur ce, il avale le contenu cul sec, me laissant dubitative.

— Non, mais, je… pour qui tu te prends ?

— Tu me l'as déjà servie, cette réplique. Allez, on va rentrer à New York, il faut qu'on aille expliquer à Maccini ce qui vient de se passer.

À l'évocation de son nom, un haut-le-cœur me saisit. Daryl me dévisage avec la même douceur que celle que je lui ai connue hier, quand nous étions enlacés, quand le plan n'avait pas encore foiré, quand tout n'était pas encore à recommencer.

Ce simple regard me réchauffe de l'intérieur[8] malgré le courant gelé qui parcourt mon corps.

---

8 Et non, ce n'est pas une sensation due uniquement à l'alcool, je vous vois venir !

— Qu'est-ce qu'on va faire maintenant, Daryl ?

— On va trouver une solution, comme on le fait toujours.

— J'ai l'impression de tourner en rond, de me trouver dans un cauchemar permanent. Un cauchemar dont je ne me réveillerai jamais…

Il me prend doucement par le bras pour me donner le courage de me lever, je vacille sur mes jambes, certainement à cause de l'alcool ingéré et des émotions de ces deux derniers jours où tout aurait dû changer. Mais la situation ne s'est pas arrangée. Bien au contraire.

Une fois dans la voiture, je laisse mon regard divaguer vers le bord de route, plongée dans mes doutes et dans mes craintes, où la peur de perdre Jason se conjugue dorénavant à celle de perdre Daryl. Qu'adviendra-t-il de nous une fois rentrés ? Je remarque l'air inquiet de celui qui m'accompagne quand il jette des coups d'œil sur moi mais je n'ai pas envie de parler, pas envie de lui confier ce que je ressens. Il n'est pas un homme avec qui l'on peut évoquer ce que l'on éprouve. Un instant, tout me donne à croire qu'il a, malgré tout, un cœur qui bat sous sa poitrine, mais il est tellement sur ses gardes, que celui d'après il me fuit et je fais face à un inconnu. Un pas en avant, trois en arrière.

Nous avons bel et bien couché ensemble dans cet hôtel. Ce ne sont pas seulement nos corps qui se sont rapprochés, ce sont aussi nos âmes, nos cœurs. Est-ce que je me fais des films ? Sa manière si délicate et si attentionnée de me toucher ne peut que trahir une certaine forme d'intérêt pour moi, non ?

Pourtant, nous avons rangé nos affaires et quitté l'hôtel dans un silence pesant, Matt suivant la Lambo à moto sur la route pour New York. J'ai l'impression d'être incapable de décrypter cet homme. Mon instinct me trahit en permanence, me faisant miroiter le fait de connaître le « vrai » Daryl. Mais dès qu'une porte s'ouvre, il la referme aussitôt pour replonger dans un mutisme inquiétant.

Je l'observe et délaisse un instant les paysages pour l'étudier. Il lui faut peu de temps pour capter mon mouvement et sa voix me sort de la torpeur dans laquelle j'étais plongée depuis notre départ :

— Qu'est-ce que tu as ?

Ce ton si froid et distant me noue la gorge.

— Je pense que tu le sais très bien.

— Il y a un double sens que je n'ai pas saisi ?

Il fronce les sourcils. Merde.

— Je sais que tu t'inquiètes pour ton frère et c'est normal mais je commence à te connaître et j'ai l'impression que ce n'est la seule chose qui trotte dans ta tête. Lexi ?

J'hésite mais la fatigue et les émotions si fortes de la journée me poussent à oublier mes filtres et à dire des choses que j'aurais préféré garder pour moi :

— Non, il n'y a pas que ça…

— Tu comptes m'en parler ? Ou il va falloir que je te tire les vers du nez ?

— Toute cette situation est compliquée mais en plus de tout ça… il y a… toi.

— Comment ça, « il y a moi » ?

J'aurais dû me douter qu'il n'allait pas me faciliter la tâche.

— Tu me… tu provoques des choses en moi… des sentiments que je ne devrais pas ressentir. Des sentiments que je ne devrais pas m'autoriser à éprouver…

Voilà, c'est dit.

— Ce n'est pas la première fois que j'entends ça… réplique-t-il avec un semblant de regret dans la voix.

J'ai l'impression de m'être pris un mur. Voilà, je suis comme toutes les autres. Ni plus, ni moins. Je ne suis plus capable de prononcer un mot, après tout quelle importance ?

Nous sommes finalement arrivés devant chez moi et Daryl se gare sans toutefois couper le moteur. J'ai le cœur en vrac, un sentiment de tristesse me colle à la peau. Le constat est amer : Daryl n'en a rien à faire, de ce qui s'est passé dans cet hôtel. Rien à faire de moi. Rien à faire de nous. La réalité me frappe de plein fouet. Je me suis attachée à lui. C'est mon problème, à moi de le gérer et de prendre mes distances par rapport à mes sentiments. Mais en suis-je seulement capable, alors que je n'ai qu'une envie, c'est de goûter à ses lèvres, ici, dans cette voiture ?

Je réagis en saisissant mon sac et en ouvrant la portière sans même me tourner vers lui. Je la claque d'un coup sec et hâte le pas en direction de l'entrée de mon immeuble, le bruit du moteur de la Lambo en fond sonore.

De retour chez moi, Lisa étant partie un peu plus tôt après avoir accepté une nouvelle fois de garder mon chien lors de mon absence, et malgré la présence réconfortante de Blanchette, je me sens seule, comme amputée d'une partie de moi-même. Je saisis mon portable, hésitant à prévenir Jason de l'échec de mon plan. Que va-t-il lui rester comme espoir après tout ça ? Et à moi, que me reste-t-il ? La maigre chance de convaincre Maccini demain ?

Je pousse un soupir en caressant mon chien et retiens des larmes de colère. Prise d'un élan, je me lève. Il faut que je me sauve, que je relègue ces idées noires qui me plongent dans l'abîme. La peinture a toujours été l'une de mes seules échappatoires alors, je rejoins ma cuisine, sors mes tubes d'acrylique, troque mon pull contre un tee-shirt taché et commence en disposant une grande toile à plat sur la table puis en répandant du vert dessus avec mes doigts. À peine ai-je débuté que la sonnette de la porte retentit.

Oh non. Au fond de moi, j'ai un doute. Et si… ?

Je m'essuie sur un torchon afin de ne pas laisser des traces de peinture verte sur la poignée et gagne l'entrée pour ouvrir.

Je le savais.

Il se tient là, imposant et sexy, devant moi.

Daryl.

— Mais, je…

Il ne me laisse pas terminer ma phrase et fond sur moi, attrape ma nuque et m'attire à lui pour m'embrasser. Entre deux baisers, il entre et referme la porte du pied. Ses mains parcourent mon corps, sa langue vient chercher la mienne et je me perds dans son odeur et dans les sensations qu'il fait naître en moi simplement en effleurant ma peau. D'une voix rauque, il murmure contre mes lèvres :

— J'ai…

Il m'embrasse.

— Très…

Il m'embrasse encore.

— Envie…

Un autre baiser vient interrompre sa tirade avant qu'il ne conclue :

— De toi, ma furie.

Il s'écarte pour me dévisager et remarque mon tee-shirt et mes doigts peinturlurés.

— Mais tu es toute verte…

— Je viens de commencer une toile.

— Montre-moi.

Je l'entraîne à la cuisine, saisis ses mains et lui dépose du bleu sur le bout des doigts, puis me place derrière lui pour le guider.

— Voilà, comme ça.

Suivant le mouvement de mes mains, il caresse la toile. Doucement, sensuellement, nos doigts se rejoignent puis s'écartent avant de revenir dans un même geste en traçant des cercles où le bleu et le vert s'entremêlent. Et je trouve ça beau, ce contraste de couleurs. Je trouve ça beau, de voir les autres teintes qui naissent de cette rencontre.

J'ajoute une touche de blanc, Daryl une pointe de noir. Lentement, il se retourne pour me faire face et caresse ma joue. Nos souffles s'accélèrent déjà et je saisis son visage entre mes doigts, laissant des traces de vert, de blanc, de bleu et de noir sur sa peau. Il est beau en couleurs. Il est beau en contraste.

Quand nos lèvres se rejoignent, nous savons tous les deux que la bataille est perdue. Nous sommes perdus. Il n'y a plus de retour en arrière possible ou même envisageable. Notre baiser gagne en intensité, nos lèvres se scellent, encore et encore, ses mains passent sous mon tee-shirt à la recherche du contact avec ma peau. Elles frôlent mon ventre, remontent sur ma poitrine, dénudent un téton puis redescendent pour passer sous mes fesses. Daryl me soulève d'un coup pour m'asseoir sur la toile, nos mains se rejoignent et nos corps dansent sur la peinture dans un tourbillon de teintes.

***

Quand je le rejoins le lendemain pour nous rendre chez Maccini, je suis au bord de la syncope. La nuit que nous avons passée ensemble a été une belle parenthèse mais malheureusement, le problème de Jason est plus présent que jamais et les hommes de main du mafieux rôdent toujours dans les couloirs de l'hôpital. Mon petit frère me l'a confirmé ce matin quand je lui ai demandé des nouvelles par texto. Je n'ai pas osé passer le voir pour lui raconter l'échec de notre dernière entreprise. Il est encore trop tôt. Je lui donnerai des nouvelles lorsque les perspectives d'avenir seront moins sombres. Ou dès que Daryl et moi aurons élaboré un plan suffisamment fiable. Ce qui est loin d'être gagné.

Mon boulot est passé au second plan depuis que mon frère est menacé. Et je dois avouer que je n'ai plus vraiment peur de me faire licencier parce que, tout ce qui importe aujourd'hui, c'est la vie de Jason. Si je le perds, je perds tout. Alors, j'ai servi une nouvelle excuse à Gabriel pour pouvoir m'éloigner du bureau quelques heures, pour tenter à nouveau de régler ce nœud de problèmes qui se densifie un peu plus chaque jour. À croire qu'il n'y a rien à faire, rien à sauver.

Je n'ai pas dit à Daryl à quel point je suis reconnaissante pour tout ce qu'il fait pour moi. Pour mon frère qu'il ne connaît même pas. Mais je n'en pense pas moins. Sans lui, j'aurais sans doute pété les plombs. Lui confier ce que j'ai sur le cœur, même s'il s'agit de remerciements, me semble trop difficile pour le moment. Je crains qu'il prenne peur et qu'il me fuie, qu'il disparaisse en prenant conscience de la place qu'il occupe à présent dans ma vie…

Malgré ce qui nous attend, je souris en le voyant arriver. Je grimpe dans la voiture et hésite sur la conduite à tenir. Lui dire « Salut » ? L'embrasser ? Je n'ai pas le temps de cogiter : déjà, il se penche vers moi, saisit ma nuque et s'approche pour déposer un baiser sur mes lèvres. Lorsqu'il me demande si je suis prête, je hausse les épaules. Avons-nous seulement le choix ?

***

« Pas de paquet, pas de délai. Le gosse doit régler sa dette maintenant. S'il ne le fait pas, demain, il est mort. »

Les explications de Daryl n'y ont rien fait. Maccini a énoncé son verdict et moi, je suis inconsolable. Depuis que nous sommes sortis du casino, je pleure à chaudes larmes. Il n'y a plus rien à faire. C'est foutu. Alors qu'il conduit, je lutte pour me reprendre alors qu'il tente de me rassurer :

— On doit mettre ton frère à l'abri.

— Comment ?

— J'ai une idée mais je dois m'organiser. En attendant, tu restes chez toi et tu ne bouges pas. Maccini ne va pas s'occuper de ton frère dans l'heure. Par contre, je dois m'assurer que toi, Lexi, tu ne coures aucun risque. Tu es en sécurité chez toi, alors n'en bouge pas. D'accord ? Laisse-moi gérer ça. Je vais appeler mes gars pour qu'ils gardent un œil sur Jason jusqu'à demain. Ils vont faire le pied de grue devant sa chambre et, crois-moi, ils ne vont pas quitter ton frère des yeux. D'accord ?

J'acquiesce, la mort dans l'âme, et, une fois devant chez moi, lui pose la question que je retiens depuis des jours. Peut-être même depuis notre premier baiser. Ou même avant ?

— Pourquoi t'impliques-tu autant ? Pourquoi prends-tu autant de risques pour nous ? Après tout, tu ne connais même pas mon frère…

— Je te connais, toi. Et ça me suffit. Allez, file ma furie.

Cette phrase, je décide de la garder précieusement au fond de mon cœur. Comme un trésor. Brillant. Imprenable. Immortel. Je me jette dans ses bras, passe ma main dans ses cheveux et l'attire à moi pour l'embrasser. Je m'attarde sur ses lèvres, tout contre lui puis m'éloigne à regret de sa bouche. Avant de quitter la voiture, je me penche pour lui murmurer à l'oreille, le cœur battant de trop d'émotions :

— Merci.

***

Sur le trajet pour Carter Corp., j'ai l'impression que tout mon corps n'est plus qu'une somme de souffrance. Me rendre au boulot n'a plus de sens aujourd'hui.

Pourtant, Dieu sait que j'aime ce que je fais, que le travail sur la relation entre l'image et les mots me passionne, que l'esthétisme et la communication sont des biais pour exprimer des valeurs, des missions… d'autant plus quand on peut s'en servir pour améliorer le monde. Mais mon monde n'existe plus sans Jason.

Mon monde n'a plus de sens.

En arrivant devant le building, j'appréhende de me retrouver face à Matt. J'ai peur que sa colère se mue en une confrontation stérile, je n'ai pas envie de me prendre la tête avec lui sur mes choix, sur les dangers que j'ai encourus ou sur ma relation avec Daryl. Du coup, dès qu'il arrive à son poste, je fais mine d'être très concentrée sur mon ordinateur mais à peine a-t-il posé ses affaires qu'il me propose d'aller en salle de pause pour discuter, et le ton qu'il emploie est un peu trop sérieux à mon goût.

— Non, merci. Je n'ai pas le temps. J'ai des e-mails urgents à traiter, je dois arroser ma plante… euh, et j'ai une barre de chocolat à avaler en guise de déjeuner.

— Je les ai toutes mangées, tes barres de chocolat, princesse. Normal, tu n'es plus jamais au bureau…

Juste pour vérifier, j'ouvre mon tiroir et constate avec effroi qu'il dit vrai.

Mais quand je lève les yeux vers Matt, il n'a pas l'air d'avoir envie de plaisanter et ma tentative d'évitement me semble tout à coup vaine et un peu idiote. Je me résigne et le suis dans un coin tranquille et isolé de la salle de pause où il ne tarde pas à lancer les hostilités :

— Tu prends des risques inconsidérés, princesse, on dirait que tu n'es plus toi-même. Et… tu peux me dire exactement ce qui se passe entre mon frère et toi ?

— Non.

En fait, je ne suis pas vraiment certaine de le savoir.

— Vous êtes ensemble ?

— Je comprends ta sollicitude et je te remercie de te soucier de mon sort mais ma vie amoureuse ne te regarde pas. On a du boulot, alors on devrait avancer au lieu d'évoquer des problématiques personnelles. Tu peux me faire un point sur le prochain dossier s'il te plaît, où en sommes-nous de la charte graphique ?

Je n'ai malheureusement pas dit ça et réponds un pauvre et misérable :

— Ensemble ? Je… mourf… m'enfin… peut-être… enfin pas vraiment mais oui peut-être. Je ne sais pas…

Il me jette un regard féroce, une ombre passe dans ses prunelles et je vois qu'il tente de maîtriser sa colère quand il grogne entre ses dents :

— Méfie-toi, parce que, quand il aura fini de t'aider, ce sera toi qu'on devra ramasser à la petite cuillère.

— On peut savoir ce que tu entends par là ? En attendant, il m'aide à sauver la peau de mon frère. Je me demande si tu arrives à comprendre à quel point je suis morte de peur pour lui.

— Ce que je crois, c'est que tu ne comprends pas à qui tu as affaire. Nous avons grandi dans un environnement difficile… On a dû se battre, Daryl et moi, pour survivre. Littéralement. Et il y a des blessures qui ne s'effacent jamais, des blessures qui abîment des hommes. Pour toujours. Qu'est-ce que tu crois ? Que ça me plaît de le voir souffrir ? Que j'aime quand il pisse le sang, la tête écrasée contre le bitume ? Malgré ses conneries, il reste ma putain de famille. Quand il se retrouve dans la merde à cause de ses magouilles, moi aussi, j'angoisse à mort. Alors, ne me dis pas que je ne peux pas comprendre ta situation.

D'un geste de rage, j'essuie la larme qui vient de couler sur ma joue, luttant pour refréner mon envie de pleurer. Tout ce que je souhaite, c'est me soustraire à ces confidences, à cette évidence. Alors, je fais ce que je n'aurais jamais osé faire avant : j'attrape mon sac et je me barre. C'en est trop pour moi. Gérer le passé de Daryl, mon présent avec lui, les sentiments que j'éprouve et les remontrances de Matt, ça me dépasse. Les bureaux deviennent flous, les murs s'effacent, les couloirs semblent se rétrécir au fur et à mesure que j'accélère le pas pour sortir d'ici. De l'air. Besoin d'ailleurs. Fuir l'entreprise, ma vie d'avant. Celle qui n'existe plus et dont les cendres me donnent envie de vomir. Fuir encore.

À l'extérieur, l'agitation de New York me laisse de marbre et j'inspire une grande bouffée d'air sans que la sensation d'oppression qui m'étreint disparaisse. J'ai l'impression d'avoir une locomotive de plusieurs tonnes posée sur le plexus.

Après avoir envoyé un texto à Gabriel avec une nouvelle excuse pour justifier mon absence, je prends la direction de mon appartement. Mon boss m'a toutefois informée qu'il devra avertir les RH et l'image de Cassidy passe fugacement dans mon esprit. Mais elle ne me fait plus peur. Cassidy, c'est un chaton à côté de Maccini.

Quelques heures plus tard, après avoir peint et pris un bain, je suis de nouveau tendue comme un élastique prêt à péter.

À la nuit tombée, j'écris un message à Daryl pour lui demander des nouvelles et attends, en tentant de ne pas devenir folle, qu'il me réponde. Les yeux rivés à l'écran depuis de longues minutes, j'entends enfin le bip libérateur résonner.

Je passe te prendre dans vingt minutes. Fais-toi belle, je t'emmène.

Rien d'autre. J'ai vingt minutes, et en l'état, une tête à faire peur et une mine de panda dépressif. Je rechigne toujours à obéir à ses injonctions mais je connais Daryl. Et malgré les paroles de Matt, j'ai confiance en lui.

Chapitre 15

Daryl

Une fois devant la porte de Lexi, je sonne et patiente quelques secondes. J'entends du boucan, un bruit sourd suivi d'un juron, comme si elle s'était cognée contre un meuble dans sa précipitation pour venir répondre. Je souris. Putain, cette fille me fait sourire !

J'essaie de prendre un air plus sévère et surtout pas attendri quand la porte s'ouvre sur elle. Facile puisque dès que je l'aperçois, mon désir et l'envie que j'ai d'elle me rattrapent. Elle porte un crop top blanc et un jean qui épouse ses formes, ses cheveux légèrement en bataille lui donnent un air mutin et ses lèvres s'étirent quand elle plonge ses yeux dans les miens. Elle est belle, et je vois qu'elle tente de garder son sérieux quand elle m'assène nonchalamment :

— Oui, c'est pour quoi ?

En quelques secondes, sans même lui laisser le temps de répondre, de contester ou de poursuivre son petit jeu, je fonds sur elle et attrape sa taille pour l'attirer à moi. Sans concession. Sans question. Une attirance fulgurante à laquelle on ne peut pas résister. À l'instant même où nos peaux se touchent, je sens ce désir puissant prendre possession de moi comme à chaque fois que sa bouche trouve la mienne, comme à chaque fois que je sens la chaleur de son corps contre le mien.

Lexi halète, m'entraîne à l'intérieur de l'appartement et glisse ses mains sous mon tee-shirt pour sentir mes abdos et parcourir mes muscles. À mon tour, j'explore son dos, frôle ses fesses, m'accroche à ses hanches tandis que je l'embrasse toujours avec fougue. Elle me rend fou, j'ai tellement envie d'elle que ça me fait mal. Je sens l'effet que lui procurent mes caresses, sa peau frisonne sous mes doigts… j'aimerais la prendre là, tout de suite, contre le mur mais je me rappelle que nous avons quelque chose d'important à faire ce soir. Elle s'apprête à déboutonner mon pantalon quand je mets, à regret, un terme à nos ébats :

— Désolé, mais il faut vraiment qu'on y aille.

Je me penche cependant tout contre son oreille et murmure :

— Je te promets que ce n'est que partie remise, je vais me rattraper et te faire jouir jusqu'à ce que tu me supplies d'arrêter.

— Et prétentieux avec ça ? Ce sera peut-être trop tard quand tu voudras remettre ça…

Elle me regarde, un sourire mutin sur les lèvres comme pour me faire comprendre qu'elle n'est pas à ma disposition. Bien compris ma belle, mais moi non plus je n'ai pas dit mon dernier mot :

— Attends d'avoir mes mains qui parcourent ton délicieux corps et on en reparle, d'accord ? En attendant, il faut vraiment qu'on file.

J'attrape sa main pour la guider à l'extérieur tandis qu'elle replace son petit haut, saisit son sac et caresse Blanchette avant de fermer la porte.

— Et où est-ce qu'on va ? demande-t-elle en me suivant.

Je lui réponds un laconique :

— On a rendez-vous avec quelqu'un qui pourrait mettre ton frère en sécurité.

Arrivé en bas de son immeuble, je me dirige vers l'endroit où j'ai garé la Lamborghini mais je remarque que Lexi s'est immobilisée. Qu'est-ce qu'elle fait ? Je fronce les sourcils, flairant un coup pas net, je commence à la connaître. D'un ton sec et directif, je lui fais comprendre que nous n'avons pas de temps à perdre.

— Viens et monte.

Elle se mord la lèvre mais n'hésite pas plus longtemps avant de rétorquer :

— Non, merci. Cette fois, on va faire à ma façon.

Je lève un sourcil alors qu'elle pointe du menton une voiture stationnée dans la rue. Je rêve.

— C'est une blague ?

— Absolument pas, je te présente Loulou, mon fidèle destrier.

J'aperçois une petite 2 CV turquoise.

— Loulou ?

— Tu comptes répéter tout ce que je te dis avec ces yeux ronds ? Allez, grimpe ! Et cette fois, c'est moi qui conduis.

Je grogne dans ma barbe mais me résigne en luttant de toutes mes forces pour rester poli. Qu'est-ce que Lexi ne me ferait pas faire ? Je bougonne toujours quand je m'installe dans le minuscule habitacle de la voiture, à moitié recroquevillé. Cette voiture n'est définitivement pas faite pour moi. Et c'est bien la première et dernière fois que je monte dans ce type de tacot, merde !

Je me renfrogne et lui adresse la parole uniquement pour la diriger hors de la ville. La découvrir dans sa voiture me démontre une nouvelle fois le décalage entre nos deux mondes. À part cette attirance physique, qu'est-ce qui nous lie ? Rien. Absolument rien. Elle roule en 2 CV, je suis féru de gros bolides, elle est diplômée d'une grande école tandis que je traîne encore dans la rue, elle a une vie rangée, proprette, sérieuse alors que moi… moi, je flirte sans cesse avec les limites.

Malgré mon raisonnement contradictoire, je ne peux m'empêcher de laisser mes yeux glisser sur ses cuisses, sur ses poignets fins et sur sa nuque. Un seul regard sur elle et mon désir me consume une nouvelle fois. J'aimerais qu'elle arrête la voiture pour pouvoir la toucher et la caresser. Je suis sûr que, malgré la petite taille de la caisse, je peux me montrer créatif pour la projeter au septième ciel.

Je commencerai par effleurer la peau de son visage, passer l'un de mes doigts sur ses lèvres, glisser mon pouce dans sa bouche avant d'embrasser son cou, de descendre vers ses clavicules. L'une de mes mains s'insinuerait entre ses cuisses tandis que l'autre viendrait titiller l'un de ses tétons. J'ouvrirais son jean, frôlerais sa culotte et la ferais gémir en touchant son clitoris… avant d'insérer un doigt en elle. Je poursuivrais mes mouvements jusqu'à sentir son cœur battre plus vite, plus fort, la chaleur l'envahir, ses muscles se tendre. Je la ferais jouir en quelques minutes.

Même si je fixe la route, je sens son regard posé sur moi. Je reviens à l'instant présent et tente de bouger mes épaules presque ankylosées par ma position avachie.

— Qu'est-ce que tu regardes comme ça ? Tu devrais te concentrer sur la route, à moins que tu veuilles que je prenne le volant ?

— Tu as des yeux sur le côté de la tête, c'est ça ? En fait, j'admire le paysage. Et je suis capable de conduire toute seule, merci !

Je souris et continue d'observer devant moi avant de tourner la tête vers elle :

— Je ne savais pas qu'on pouvait me considérer comme un paysage. Et tu apprécies ce que tu vois ?

— C'est pas mal... j'attends d'en découvrir plus pour me prononcer définitivement.

Nous avons quitté les buildings new-yorkais depuis un moment et je lui donne de temps en temps des indications pour se diriger dans les quartiers résidentiels que nous avons gagnés. Je connais l'endroit par cœur, j'y suis venu tant de fois que je pourrais presque lui indiquer le chemin à l'aveugle.

Quand Joe avait commencé à percer dans le milieu de la musique et que ses premiers cachets étaient tombés, il avait pu créer son label indépendant de rap et louait régulièrement une villa pour produire ses clips. Lexi ne sait pas encore qu'en plus de certains biens immobiliers, Joe possède une cachette, une sorte de petite maison située à quelques kilomètres de

New York, dans la forêt. J'y pense depuis un moment : son frère y serait en sécurité. Le but de la soirée ? Le convaincre de nous la prêter pour mettre Jason à l'abri et l'éloigner de Maccini et des menaces qui planent sur lui.

Maintenant, c'est à Lexi de jouer et de m'aider à le persuader de nous laisser nous installer là-bas le temps que tout ça se décante. Mais avec son tempérament de feu, elle pourrait bien se rebeller et refuser de jouer le rôle que j'aimerais qu'elle endosse ce soir.

Nous approchons de la villa et je lui indique une route, à un croisement, qui bifurque sur notre gauche :

— On arrive, c'est juste là-bas.

Chapitre 16

Une soirée mouvementée (si une soirée pouvait être calme avec Daryl, cela se saurait)

Comme d'habitude, je ne sais pas à quoi m'attendre avec lui et je prends sur moi pour me calmer. J'essaie de lui faire confiance mais mes nerfs sont soumis à rude épreuve.

Je remarque des caméras de surveillance et un grand portail blanc, je conduis jusqu'à lui et m'arrête devant selon les indications de Daryl. Après quelques secondes, le portail coulisse, libérant le passage et nous pénétrons dans un vaste parking souterrain où je gare ma petite 2 CV à côté des voitures de luxe déjà présentes. De ce que j'ai pu voir de l'extérieur, la villa, presque une sorte de petit immeuble, se dresse sur plusieurs étages. Carrée avec de grands balcons et des lumières qui éclairent l'extérieur, elle ressemble aux bâtisses de stars que l'on peut voir dans les magazines.

Je lance un regard interrogateur à Daryl auquel il ne répond pas. Nous quittons la voiture et arrivons devant un ascenseur, l'un de ceux qui permettent aux invités ou au propriétaire de gagner l'intérieur de l'appartement directement. Le comble du confort, en somme.

Il ne semble toujours pas décidé à parler. Nous grimpons dans la cabine et montons dans les étages tandis qu'une boule d'angoisse grandit dans mon ventre. Je suis sur les nerfs. Qu'est-ce qu'on fait là ?

Les portes s'ouvrent alors sur une immense terrasse, un rooftop géant, qui fourmille d'activité, et contrairement à ce que je pensais au premier coup d'œil, les gens semblent… travailler.

— Tu vas enfin me dire où nous sommes ? C'est quoi tout ça ? je demande en englobant la scène qui se déroule sous nos yeux.

— C'est une plongée dans le showbiz. Ça t'intéresse ?

— Daryl, honnêtement, tout ce qui m'intéresse, c'est de sauver la peau de mon frère. Les paillettes et les starlettes, ce n'est pas ma tasse de thé. Mais si quelqu'un ici peut nous aider, je veux bien faire un petit effort.

D'après les caméras, les câbles qui jonchent le sol, la table de mixage, les projecteurs et les spots, on doit se trouver sur un plateau de tournage. Toute la terrasse est éclairée, voire surexposée. On oublierait presque qu'il fait nuit par endroits. Daryl m'entraîne vers le lieu du tournage, où se trouve un groupe de personnes qu'il doit probablement connaître. Comme toujours, il semble savoir ce qu'il fait et être très à l'aise dans cet environnement que je trouve un peu intimidant. Tout en avançant, j'observe l'endroit plus en détail et remarque un peu plus loin deux groupes de filles : l'un d'eux se compose probablement de danseuses, aux tenues identiques et aux silhouettes sportives, l'autre ressemble plutôt à un rassemblement de groupies. En tout cas c'est ce que j'en déduis d'après leurs regards et leurs cris d'excitation.

Je m'éloigne pour observer tout ce petit monde pendant que Daryl discute avec des types qu'il a vraisemblablement déjà rencontrés. Je me poste près d'une table et parcours les lieux du regard, les gens qui nous entourent, l'ambiance professionnelle qui se dégage de leur travail. Tout a l'air bien organisé, tout le monde semble savoir exactement ce qu'il doit faire.

Ma main glisse sur du papier glacé et je reporte mon attention sur la table jonchée de paperasse, d'affiches de concert et de flyer que j'observe, intéressée. La publicité et l'image, c'est mon job et je m'y connais.

Avant que j'aie vraiment le temps de les analyser, j'entends mon prénom, me retourne, et vois Daryl me faire un signe pour que je le rejoigne.

— Alors, tu me délaisses déjà ? Je ne fais pas le poids face à ton instinct de communicante, j'ai l'impression.

Je lui souris, taquine :

— Je me sentais seule, abandonnée dans mon coin…

— Je ne t'abandonne pas, je te rappelle qu'on est là pour aider ton frère.

— Ça, tu me l'as déjà dit, mais sur le tournage d'un clip, je ne vois pas trop de quelle façon. Tu veux me dire qu'une armée de caméras, de câbles et de projecteurs vont tout à coup s'animer sous tes ordres et dégommer Maccini ?

Il éclate de rire :

— Ce ne sera peut-être pas exactement ce qui va se passer mais l'objectif est le même. Même si les moyens seront légèrement différents… regarde bien attentivement.

— Tu as des idées un peu tordues parfois.

— Surtout quand tu es près de moi.

— Très bien, Don Juan, mets ces idées-là bien au chaud, tu vas en avoir besoin pour honorer ta promesse.

— Tu me provoques là, ou je rêve ? Je sais que tu meurs d'envie de me sauter dessus.

— Tu rêves !

Une clameur s'élève tout à coup et l'excitation semble monter d'un cran sur la terrasse. Et je ne parle pas de mon corps qui réagit à nos échanges.

— Qu'est-ce qui se passe, encore ? je demande. Le Messie arrive ?

— Je ne sais pas si on peut l'appeler comme ça mais celui qui peut nous aider si tu parviens à le convaincre arrive, oui.

— Qu'est-ce que tu entends exactement par « si tu parviens à le convaincre » ? Tu me fais peur.

— Il faut seulement que tu lui parles et que tu lui expliques la situation. On a besoin de trouver une solution pour ton frère et ce mec peut certainement nous aider. Il faut juste le décider à nous prêter sa planque…

Bien, bien, bien.

J'y réfléchis, mais de toute évidence, « Mon frère est menacé de mort par le chef de la mafia, peux-tu m'aider à le cacher au péril de ta vie ? », ne me paraît pas la phrase la plus naturelle à introduire dans une conversation. Mes rêveries sont interrompues par l'arrivée d'un nouveau groupe sur le rooftop et, d'après les gloussements qui proviennent des admiratrices postées à quelques pas, ce doivent être des gens importants. L'ambiance soudain électrique retarde l'interrogatoire que je prévois de faire subir à Daryl sur cette fameuse cachette.

Je cherche à suivre l'homme du regard mais un spot m'arrive droit dans les yeux, ne me permettant de distinguer que la silhouette de celui qui semble provoquer toute cette excitation. Il se dirige vers le plateau de tournage et c'est en me décalant que je le reconnais enfin.

— C'est Joe ? J'y crois pas !

Daryl rit et m'explique :

— Joe est une star. C'est un chanteur célèbre dans le milieu, tu ne t'en étais peut-être pas rendu compte lorsque tu l'as rencontré. Prête pour le spectacle ?

Joe est maintenant entouré des danseuses qui portent toutes des tenues pour le moins suggestives. Pour dire la vérité, elles sont à moitié nues. Je crois que le second point que je vais aborder avec lui, après l'avoir convaincu de nous prêter la planque évoquée par Daryl, sera celui de l'objectification du corps des femmes. J'aimerais tellement lui faire comprendre que ce qui est sexy et sensuel, c'est ce que l'on suggère sans le montrer. Ce n'est pas la nudité. Si seulement la publicité et le marketing pouvaient évoluer et nous montrer autre chose que le corps d'une femme pour vendre un produit…

Si je parle à Joe, peut-être arriverai-je à lui faire saisir l'importance de modifier ses clips à l'avenir ? Un clip de rappeur peut avoir du sens sans montrer des danseuses à poil, non ?

Et si je faisais irruption sur la scène pour le prouver? *Arrête d'imaginer n'importe quoi, Lexi, tu te ferais virer avant d'avoir eu le temps de dire «Jason». Et, après tout, c'est pour lui que tu es là alors retiens-toi pour une fois.*

Tout le monde a rejoint son poste. Les cameramen et les photographes sont aux aguets et les techniciens du son, derrière leur table de mixage, attendent le feu vert pour lancer la musique.

Le réalisateur transmet ses dernières indications à Joe puis quitte le plateau et donne le signal en faisant de grands gestes à son équipe.

Joe est magnétique, grand, musclé, les épaules carrées et possède un charisme qui lui confère une aura lumineuse. Sa peau caramel ressort sous les projecteurs. Après tout, même si on adore le plat qu'on mange à la maison, on a toutes le droit de regarder le menu, n'est-ce pas?

— On se concentre, les gars, c'est la dernière ligne droite, OK? Je veux qu'on assure!

La voix du réalisateur me tire de mes pensées alors que la musique résonne sur le toit. Les danseuses commencent à bouger, lascives, autour du chanteur. Nan mais sérieux? Il n'a rien d'autre à proposer? Il faut vraiment que je lui parle, ce n'est pas possible! Au moment où je pense que le cliché est à son comble, une pluie de billets verts tombe sur Joe et sur les danseuses. Je me retiens de réagir, tentant de museler la colère qui m'envahit de plus en plus. Je suis persuadée qu'on peut proposer une autre image de la femme et que les arts, la musique comme le reste, peuvent contribuer fortement à faire évoluer la société patriarcale. Un rappeur célèbre comme Joe aurait certainement une influence positive dans le milieu pour faire changer les mentalités.

— Comment trouves-tu le spectacle ?

Daryl se trouve derrière moi et m'enlace par la taille. J'en profite pour poser ma tête contre son torse tout en continuant à savourer la scène qui se déroule devant nos yeux. Sentir le souffle chaud de Daryl dans mon cou provoque des frissons de désir, je tente de me concentrer pour lui répondre :

— Je n'aurais jamais imaginé Joe dans ce rôle lorsque je l'ai vu chez toi. J'ai l'impression de voir une autre version de lui. Il a l'air tellement sûr de lui, confiant… affirmé.

— À croire que nos premières impressions sont souvent fausses…

Son ton triste me pousse à penser qu'il sait de quoi il parle et j'ai envie d'en savoir plus sur ses blessures, sur son passé et sur les déceptions qui ont laissé des cicatrices dans sa tête et dans son cœur. Pas maintenant. Pas tout de suite mais le temps viendra.

La musique puissante emplit l'espace autour de nous, les basses font bouillir mon sang et je me laisse emporter par les paroles et le rythme de la chanson de Joe. Je ferme les yeux et commence à danser contre Daryl, profitant de son corps chaud contre le mien. Effleurant mon oreille, il murmure :

— J'adore ta manière de bouger contre moi, tu n'imagines même pas les pensées qui me traversent l'esprit en ce moment, je suis en train de réfléchir à tout ce que je vais te faire quand nous serons seuls tous les deux.

J'ouvre les yeux quand ses lèvres se posent dans mon cou et que sa langue vient lécher ma peau, provoquant un élan de désir au creux de mon estomac. Je continue mes mouvements en reportant mon attention sur la scène et croise le regard de Joe. J'ai du mal à avaler ma salive tant celui qu'il pose sur moi est intense. C'est quoi ce bordel ? Les mains de Daryl sont amarrées solidement à mes hanches, et le lien qui se tisse entre Joe et moi me perturbe.

Arrête de le fixer, Lexi ! Mais qu'est-ce que tu fais à la fin ?

Pour faire taire ce malaise, je me tourne vers Daryl et cherche ses lèvres pour me perdre dans ses baisers.

Étonné par cet assaut soudain, il me fixe et susurre :

— On peut savoir à quoi tu joues ?

— Je joue avec mon jouet préféré.

— Fais attention, tu ne sais pas dans quoi tu t'embarques, ma furie.

— Au contraire, je le sais très bien et je n'ai pas besoin qu'on me fasse la morale. Je suis une grande fille.

Notre baiser devient encore plus profond, sa langue s'insinue entre mes lèvres et je sens le désir m'envahir, lancinant, entre mes cuisses.

Quand la musique s'arrête subitement, nos corps se décollent et le froid m'enveloppe tout à coup. Je suis frappée par un éclair de lucidité. Je veux savoir ce qu'on fait ici pour enfin aider Jason et rentrer chez moi.

La voix de Joe interrompt le flux intense de mes pensées.

— Lexi, Daryl, ça me fait plaisir que vous soyez venus tous les deux.

La présence de Joe aussi près de moi me met mal à l'aise après les regards intenses que nous avons échangé. Je ne sais plus où me mettre. J'envisage un instant de me cacher sous le petit palmier en pot qui sert de décoration, mais je doute que ma tactique fonctionne.

— Vous avez l'air en forme…

Il n'a pas le temps de continuer sa phrase qu'un gars du staff l'interpelle et il s'éloigne de nous pour lui répondre.

Je profite de son absence pour cuisiner Daryl. J'ai l'impression qu'il me balade et ça me rend folle.

— Vas-tu me dire ce qu'on fait ici une bonne fois pour toutes ? C'est quoi cette histoire de planque exactement ?

— Et toi, vas-tu me dire à quoi tu penses ?

Je ne suis pas certaine de saisir ce qu'il veut dire et je fronce les sourcils, tentant de deviner ce qui se passe dans son cerveau.

— À part penser à notre présence ici, je ne vois pas ce qui pourrait me prendre la tête…

— Arrête, tu crois que je n'ai pas…

— Daryl !

Joe vient de réapparaître, et nous nous tournons en même temps pour l'observer. Il me fixe de son regard sombre et me fait un sourire à tomber. Merde ! *Vas-tu arrêter de lui sourire en retour comme une débile, oui !?*

Il s'approche de Daryl et lui demande d'un ton décidé :

— Dis-moi, ça t'embête si je t'emprunte ta poupée quelques minutes ?

Sauf erreur de ma part, Daryl n'a aucune poupée cachée sous son tee-shirt. C'est donc de moi qu'il parle ? Je rêve ! Je sens Daryl se crisper au fur et à mesure que Joe arrive à ma hauteur dans l'intention évidente de m'emmener.

Il a beau être canon, ça ne lui donne pas le droit d'être un mufle et je réplique, véhémente :

— C'est marrant, je ne vois aucune *poupée* aux alentours, c'est-à-dire un jouet, par définition inanimé. Alors, si tu m'appelles encore une fois poupée, je te fais avaler l'un de ces projecteurs, ampoule et trépied compris. Ai-je été suffisamment claire ?

Je vois une flamme s'allumer dans les prunelles de Joe et un petit sourire éclaire son visage. Il y a de l'électricité dans l'air, moi-même j'oscille entre excitation et envie de le pousser du toit de la terrasse.

— Je suis désolé, c'était maladroit. Mais j'ai une proposition à te faire. Je t'ai aperçue danser tout à l'heure et je suis certain d'une chose : la caméra va t'adorer.

Je ne suis pas sûre de comprendre ce qu'il sous-entend alors qu'il m'entraîne vers les projecteurs.

Il me fait un clin d'œil. J'imagine que Daryl a des envies de meurtre lui aussi.

Joe me regarde comme s'il attendait que je le suive…

Non.

Ah ah.

Il n'imagine tout de même pas que… ?

Je m'arrête net. J'ai compris ce qu'il veut que je fasse et j'émets un petit rire nerveux.

— Non, non, non… n'imagine pas une seule seconde que je vais monter sur ce plateau.

— Je veux que tu apparaisses dans mon clip, Lexi. En fait, je vais même te proposer un marché que tu ne pourras pas refuser. À la base, je n'étais pas très chaud parce que c'est un lieu qui compte beaucoup pour moi. Mais si tu le fais, je vous prête ma planque pour ton frère, Daryl m'a tout expliqué…

Instinctivement, je réponds sans réfléchir :

— Pour danser à moitié à poil sous une pluie de billets verts ? Non merci !

Il semble déstabilisé, comme s'il ne comprenait pas à quel point ces clichés sont dépassés et à quel point ils me font mal au cœur. Je pousse un soupir, il est absolument hors de question que j'accepte sa proposition ! Pour qui me prend-il ? Mais la perspective de sauver mon frère me pousse à cogiter.

Après tout, je peux peut-être tourner la situation à mon avantage… mais comment ?

Soudain, j'ai le déclic !

C'est peut-être une opportunité pour changer la mentalité de Joe et de son public sur leur vision de la femme ?

Je prends mon courage à deux mains et tente une ultime négociation :

— Je le fais à une condition : tu fermes ta chemise, tu demandes à tes danseuses de faire une pause et tu me trouves une robe noire longue et fluide. Et moi, je vais te montrer à quel point un clip peut être puissant et sensuel, sans que tout le monde soit presque nu. *Deal ?*

— *Deal !* Vous avez entendu les gars ? Trouvez-moi une robe pour la dame.

Quelques minutes plus tard, tout est prêt. Je retire mes chaussures pour être pieds nus et me plonge dans mes souvenirs pour me rappeler mes cours de danse classique et les spectacles auxquels je m'étais pliée étant plus jeune. Je me souviens de la discipline à laquelle je m'étais astreinte durant mon adolescence avant de me tourner vers la peinture et d'y trouver un apaisement que les longues heures de répétitions dans les studios de l'école ArtDance ne m'autorisaient pas. Daryl ne me quitte pas des yeux, je lis une pointe d'interrogation dans son regard et je tente d'y puiser la force qu'il me faut pour danser à nouveau, moi qui avais pris la décision d'arrêter après la dispute familiale qui avait marqué cette période de ma vie.

Après m'être fait maquiller par une professionnelle, je me retrouve sous les projecteurs, à côté de Joe. Mon cœur bat la chamade, ma gorge est sèche mais l'adrénaline qui coule dans mes veines déverse une énergie phénoménale dans mon corps et, quand la musique est lancée, je ferme les yeux pour sentir ses vibrations, pour me plonger dans ma bulle.

Je me laisse porter.

Bercée par le son, emportée par le rythme, je commence à me mouvoir autour de Joe dans une chorégraphie improvisée. Mêlant des mouvements de danse contemporaine et de danse classique, j'enchaîne quelques cabrioles, des pas chassés et des arabesques autour du rappeur, tentant de mêler des gestes doux et lents à des pas plus rapides quand le rythme de la musique s'accélère. Je m'approche parfois de lui, le frôle avant de me retourner dans une pirouette maîtrisée, joue avec sa présence, le délaisse et m'éloigne dans un ballet, utilise l'espace du plateau pour mes sauts, retrouvant le plaisir et l'euphorie de cet art qui m'avait apporté tant de joie à une époque de ma vie. Les voiles fluides de ma robe épousent à merveille ma silhouette, dévoilant mes jambes lors de certains enchaînements, me permettant de jouer avec cette transparence pour rendre ce moment sensuel et sexy, tout en douceur dans un jeu de séduction savoureux.

Chapitre 17

Daryl

Elle est incroyablement belle quand elle danse. Cette grâce, cette aisance, j'ai l'impression qu'elle vole au-dessus du sol. Sa présence est magnétique. Magnifique. Follement attirante.

J'ai terriblement envie d'elle, de sentir ses hanches contre mon bassin, comme lorsqu'elle dansait contre moi il y a quelques minutes à peine. J'ai froid depuis qu'elle n'est plus près de moi, je suis déjà en manque alors qu'elle virevolte à quelques mètres de moi. Quelques mètres, c'est déjà beaucoup trop loin…

Assister à cette proximité avec Joe provoque de curieuses sensations au fond de mon cœur et génère des pensées avec lesquelles je ne suis pas familier.

Je serre les dents.

Elle lui donne de l'attention, elle joue avec lui, il la frôle, la touche presque, l'effleure quand elle passe près de lui dans une pirouette.

Je déteste ça.

Non, je ne suis tout de même pas… ?

Et merde.
Je ne peux pas me l'avouer.
Je ne suis pas comme ça.
Je ne ressens pas ça. Pas moi. Jamais.
Pauvre mec, rends-toi à l'évidence… tu es jaloux.

Chapitre 18

La jalousie est un vilain défaut

Je me perds dans mes sensations, profite de cette liberté retrouvée, oublie où je suis, avec qui, le pourquoi et le comment des choses. Une pause bienfaisante au milieu du chaos. Est-ce qu'elle ne pourrait pas se poursuivre ? Me laisser encore un peu de répit ?

Je tente de rendre ma chorégraphie la plus poétique possible pour intensifier le contraste entre la dureté du rap et ce jeu de séduction entre Joe et moi.

Sa présence, le fait de retrouver la danse, le sourire et le regard du rappeur posé sur moi me transcendent.

— Coupez ! Superbe, on fait une pause et on reprend dans vingt minutes, propose le réalisateur.

La concentration de l'équipe et leurs yeux ahuris me galvanisent, ils ont tous l'air sous le charme, j'aperçois même une assistante essuyer discrètement une larme.

Joe me fixe et ses lèvres s'étirent dans un large sourire qui me fait craquer, un sourire où je lis une sincère satisfaction.

— Merci Lexi, c'était… magnifique. Je n'ai pas de mots. Tu viens ?

Nous rejoignons Daryl qui semble lutter entre admiration, étonnement et… colère. Il n'a apparemment pas apprécié notre rapprochement, à Joe et moi, ce que je peux comprendre, j'aurais rongé mon frein si les rôles avaient été inversés. À peine sommes-nous arrivés près de lui, Joe me lance, enthousiaste :

— Tu as assuré comme une pro. Si tu souhaites te reconvertir, fais-moi signe et je te prends directement dans mon équipe !

— Merci, j'y penserai. Je dois avouer que l'idée me tente bien…

Ai-je vraiment pensé ce que je viens de dire ? Ou ai-je juste envie de provoquer Daryl afin qu'il assume ses sentiments pour moi ? Je l'observe d'un œil, guettant sa réaction. Je vois son regard briller d'une lueur sombre et, même s'il garde le silence, je sens sa colère bouillonner en lui.

Je continue sur ma lancée, repensant au matériel de promotion que j'avais remarqué en arrivant :

— D'ailleurs, j'y pense… j'ai vu des flyers sur une table, s'il s'agit des tiens, j'aurais des propositions d'amélioration à te faire.

— Ils sont très bien mes flyers, enfin ! Qu'est-ce que tu leur reproches ?

— Le visuel n'est pas assez propre et la police de caractères n'est pas adaptée à l'image choisie, cela crée un trop gros contraste. Il n'y a aucune unité dans l'ensemble et c'est dommage, ça brouille le message que tu souhaites transmettre.

Daryl hausse un sourcil et je le vois esquisser son fameux « petit sourire en coin ». Joe m'observe, apparemment sceptique, les bras croisés sur le torse dans une position défensive.

— Très bien. Et qu'est-ce qui cloche d'autre avec ces bouts de papier ?

Pauvre Joe, il vient de m'encourager à parler du sujet qui me passionne le plus. Je m'emporte et continue :

— La photo choisie renforce les clichés. Et, pour être honnête, je trouve qu'elle ne reflète pas du tout ta personnalité…

Joe m'interrompt :

— Je rêve ou tu es en train de me dire comment je dois gérer ma com' ? Qu'est-ce que tu y connais, en marketing et en graphisme ?

Après un bachelor en marketing et une spécialisation en conception-rédaction publicitaire à Paris, j'ai décroché mon poste dans le département communication de Carter Corp. Je crois qu'on peut logiquement en déduire que je m'y connais quand il est question d'image de marque et que je possède un excellent sens de l'esthétique. Je réponds un laconique :

— Disons que j'ai quelques connaissances en la matière. Mais je ne voulais pas paraître condescendante, excuse-moi si je t'ai froissé. Je pensais juste que certaines améliorations pourraient t'aider…

— Je m'entoure toujours des meilleurs professionnels alors merci pour ton avis mais tant que tu n'as pas fait d'école de com', permets-moi de douter de tes compétences pour me donner des leçons.

Daryl qui s'était tenu tranquille jusque-là ne peut pas s'empêcher d'ajouter son grain de sel :

— C'est son job, si jamais.

Joe a l'air de réfléchir et son regard passe de Daryl à moi, cette nouvelle information semble le calmer et il hausse un sourcil avant de m'exhorter à poursuivre :

— C'est vrai ? Bon eh bien, je t'écoute… qu'est-ce que tu proposerais si rien ne semble aller ?

Je prends un instant pour réfléchir avant de répondre :

— Je vais être franche, je te dirais de tout recommencer avec un style épuré, classe et percutant.

— Rien que ça ? Je connais mon business, tu crois que ça marche comme ça, dans le milieu ? Les gens aiment ce qui brille, ce qui est voyant et bling-bling. Ils en veulent toujours plus.

— Rien ne t'empêche de te distinguer avec des codes plus subtils. Choisis un fond de couleur sombre avec un texte clair et lisible. Puis, tu sélectionnes un portrait de toi, par exemple en noir et blanc, quelque chose de simple et d'impactant. Tu pourrais également y glisser des extraits de tes chansons. Tu construiras ainsi une image de toi différente des autres rappeurs. Un rappeur élégant en quelque sorte, le dandy des rappeurs.

— Le dandy des rappeurs, j'aime bien.

Il réfléchit tout en me fixant puis appelle un gars du staff. L'homme en question ne tarde pas à nous rejoindre, il fait de toute évidence partie de l'équipe de communication de Joe.

Je me retrouve, gênée comme si j'avais oublié de mettre un pantalon dans une réunion de famille, à lui expliquer mes idées pour améliorer les affiches et les flyers qu'il a produits pour l'artiste.

— J'attends un nouveau projet avec les lignes directrices suggérées par Lexi pour approbation dans les prochains jours, ordonne Joe sur un ton qui ne laisse pas de place à la négociation.

L'homme acquiesce et repart un peu piteux, ce qui me fait culpabiliser. Je n'ai pas le temps d'analyser mes sentiments que Joe se tourne vers moi :

— Je te garde un poste bien au chaud dans mon équipe, Lexi. Alors si le cœur t'en dit, tu es la bienvenue.

Daryl n'a pas lâché Joe du regard et je crois qu'il serait capable de lui arracher la jugulaire tant sa proposition le met en colère. Je le vois déglutir et inspirer profondément pour garder son calme et dire :

— C'est bien gentil à toi, Joe, mais on n'est pas venus pour ça.

— On n'est pas venus pour ça, c'est évident, mais il se pourrait que j'aie besoin d'un job prochainement… j'ajoute afin de ne fermer aucune porte pour mon futur.

Je pense à mes collègues et à mes absences du bureau de ces derniers temps. Si Cassidy décide de m'en faire baver, voire de me renvoyer, ce serait toujours intéressant d'avoir une porte de sortie avant de trouver le boulot de mes rêves dans la communication humanitaire.

Daryl voit rouge et coupe court à la discussion :

— C'est bon, on a compris. On peut passer à ce qui nous préoccupe vraiment ? On a besoin de ton aide, Joe…

Le rappeur nous regarde, son visage est devenu grave tout à coup, comme s'il avait saisi l'importance de notre demande.

— Je vois. Il s'agit de ton frère, Lexi, c'est ça ?

J'acquiesce et une boule d'angoisse se loge dans ma gorge. Submergée par l'émotion, je cherche la main de Daryl. Il serre mes doigts entre les siens, comprenant que j'aie besoin de tout son soutien pour avoir la force de faire face à la situation. Daryl reprend la parole :

— On a besoin de la grange pour le mettre à l'abri, Maccini risque de mettre ses menaces à exécution prochainement alors on doit le planquer.

— Pas de problème, c'est bon pour moi.

Sans m'en rendre compte, j'avais retenu mon souffle tout le temps qu'a duré leur échange. J'inspire une grande bouffée d'air, soulagée d'avoir l'accord du rappeur malgré la crainte sourde qui s'insinue dans mon ventre. Maccini a le bras long et je reste persuadée qu'il peut nous retrouver… même dans les recoins les plus reculés de New York.

— C'est chaud comme situation, quand même. Il n'y a aucun moyen de discuter avec ce mec pour arranger les choses ? interroge Joe.

— On a comme qui dirait légèrement foiré l'étape de la discussion si tu vois ce que je veux dire, répond Daryl.

Joe coule un regard compatissant vers moi et me lance un sourire timide avant de me réconforter par ses paroles :

— Je vois. Ne vous inquiétez pas, il sera en sécurité là-bas. Je vais chercher les clés, tu viens avec moi Lexi ? Je souhaite te présenter rapidement à l'équipe de com'. Juste au cas où…

Je sens que Daryl se tend à côté de moi et je me détache de lui à regret pour suivre le rappeur qui ne tarde pas à m'introduire auprès de son staff.

— Tu sais, Lexi, j'étais vraiment sérieux quand je te parlais de nous rejoindre. Je sais que tu as déjà un travail mais ma porte te sera toujours ouverte.

Sa proposition, même si elle me fait plaisir, me paraît légèrement ambiguë. Son regard doux parcourt mon visage et sa manière de m'observer me procure la même sensation qu'une caresse.

Heureusement, il ne s'approche pas davantage, respectueux de ma situation et de ma relation avec son ami. Il s'éloigne pour aller récupérer les clés. J'en profite pour rejoindre Daryl qui trépigne et ne manque pas de grogner dès que j'arrive :

— C'était bien ?

— Oui, il tente toujours de me convaincre de travailler pour lui…

— Tu as déjà un job il me semble…

— Tu es jaloux ?

— Je ne vois pas du tout de quoi tu parles.

Épuisée par le stress, énervée par son petit jeu, j'explose :

— Si la situation te pose un problème, peut-être que tu pourrais réagir ! Peut-être qu'on pourrait enfin s'avouer qu'on est ensemble tous les deux, non ?

J'ai parlé bien plus fort que je ne l'aurais souhaité mais son attitude commence vraiment à me taper sur les nerfs.

— Je te conseille de baisser d'un ton, sinon…

— Sinon, quoi ? Tu vas te défiler, comme d'habitude ?

Il s'est rapproché et il est si près de moi que je peux sentir son souffle sur ma peau, je le vois serrer les dents pour contenir sa colère. Mais je n'en ai pas fini avec lui :

— Tu me fatigues Daryl, après tout, c'est toi qui m'as amenée ici alors arrête de réagir comme un gamin parce que ton pote m'apprécie.

Nous sommes interrompus par Joe qui revient avec les clés. À la vue de sa gêne évidente, il doit sentir que l'atmosphère est électrique :

— Oups, j'ai la vague impression de mal tomber…

Daryl ne me lâche pas des yeux et gronde entre ses dents :

— Non, pas de soucis, tu n'interromps rien du tout.

Je ne suis rien du tout ? Je me retiens de lui cracher ces mots au visage alors que Daryl récupère les clés et remercie Joe avant de conclure :

— On ne restera pas longtemps dans cette cachette, juste quelques jours le temps que la situation se tasse.

Dans une ambiance plus que glaciale, nous prenons congé de Joe et regagnons l'ascenseur par lequel nous étions arrivés en début de soirée. Une fois dans le parking, nous montons dans la 2 CV dans un silence aussi lourd que du béton.

Malgré ma colère, j'essaie de me contenir et de conduire tranquillement mais je n'y arrive pas. Je cogite beaucoup trop pour rester calme. Qu'est-ce que l'homme assis à côté de moi veut vraiment ? Qui suis-je pour lui ?

Le quartier résidentiel défile sous mes yeux, mes gestes sont saccadés et à l'intérieur de mon cœur bouillonne une rage sourde. L'ambiance est pesante et j'ai envie de faire réagir Daryl qui garde les yeux fixés sur la route, un air dur et buté peint sur le visage.

Pour combler notre manque flagrant de communication qui semble s'éterniser alors que je roule depuis plusieurs minutes déjà, j'allume la radio et monte le volume. Le son envahit l'habitacle. Daryl tend la main vers l'appareil et éteint la musique alors que je commençais à peine à me détendre un peu. Je crache :

— Non mais c'est quoi, ton problème ?

— C'est toi qui oses me poser cette question ?

Je fais un brusque écart et m'arrête sur le bas-côté, j'ai besoin de prendre l'air et de sortir de cette voiture. À peine garée, je détache ma ceinture et quitte cet espace confiné qui m'oppresse. Daryl me rattrape en quelques enjambées et se poste face à moi, m'empêchant de continuer ma route. À ce stade-là, je fulmine. Les yeux de celui qui me fait face lancent des éclairs :

— C'était quoi l'idée, avec Joe ? Ça t'amuse de jouer sur les deux tableaux ?

— Quoi ? Tu plaisantes j'espère ? Tu veux me dire que tu es l'un de ces tableaux ? Sérieusement ? Parce que, vu ton comportement, ça me semble plutôt surprenant que tu souhaites prendre cette place et devenir mon… euh… unique tableau !

— C'est une expression, Lexi ! C'est quoi, cette comparaison pourrie ? Je ne suis pas un foutu tableau !

— Mais merde, Daryl, avoue une bonne fois pour toutes que tu es jaloux…

— JE NE SUIS PAS JALOUX. Dis-moi juste qui de nous deux tu préfères ! Lui ou moi ? Lequel tu veux ? Puisque tu as le choix apparemment.

Je me détache de lui, fais demi-tour et retourne à la voiture, le cœur cognant dans ma poitrine. Je n'en peux plus. Il me devance encore une fois et saisit mon bras pour que je le regarde. Je plante mes yeux dans les siens, suppliante :

— Qu'est-ce que tu veux à la fin ?

Je ne reçois pas de réponse. À la place, Daryl m'attire contre lui et sa bouche s'empare de la mienne dans un baiser passionné. C'est ça, ma réponse ? Mais pendant un court instant, j'oublie tout, j'oublie sa jalousie, j'oublie ses problèmes d'engagement, j'oublie son sale caractère et son côté rebelle. Je n'ai jamais rien ressenti d'aussi intense. Aucun homme n'a jamais provoqué ce feu qu'il allume en moi, comme un million d'explosions qui éclatent dès qu'il me touche.

Ce baiser est divin et gourmand, intense et sauvage à la fois. J'en redemande et repars à l'assaut de ses lèvres, nos langues se cherchent dans une danse de plus en plus délicieuse. J'en veux plus, je veux le goûter jusqu'au bout de la nuit. Il s'écarte de quelques centimètres, me laissant pantelante, pour murmurer contre moi d'un ton doux et intransigeant à la fois :

— Je ne te laisserai pas t'enfuir, ma furie. Je serai ton seul et unique tableau…

Chapitre 19

Si on restait planqués ?

Habillée et prête à partir pour aller chercher Jason, je contemple Daryl qui organise les courses qu'il vient de faire pour la grange, accroupi dans ma cuisine. Comment parvient-il à être sexy en tenant une brosse à dents dans une main et du cheddar dans l'autre ?

Aujourd'hui est un grand jour. Nous allons enfin exfiltrer Jason de l'hôpital pour le mettre à l'abri, loin des mafieux et du danger. D'après ce que j'ai compris, la grange est un endroit reculé, bien caché dans la forêt dans la région de Finger Lakes, un lieu où Daryl et Joe ont l'habitude de se rendre quand ils souhaitent s'éloigner de la folie de leur vie.

Chargés de provisions, nous sortons dans la rue et je hoche la tête en émettant un petit claquement avec ma langue quand Daryl prend à droite pour gagner la Lambo. Il me regarde d'un air piteux :

— Tu plaisantes ?

Je désigne l'autre côté de la route, là où j'ai garé Loulou.

— Tu ne vas pas me faire monter dans ta voiture de Barbie encore une fois ?

— Voiture de Barbie ?

— Oui, elle est turquoise ! Et surtout toute petite !

Malgré le sérieux de la situation, j'éclate de rire devant la mine défaire de Daryl. J'argumente :

— Ta voiture n'a que deux places ! Moi, j'ai quatre places, et un coffre ! Où comptais-tu mettre tout ça ?

— Je te rappelle que Joe nous rejoint à l'hôpital, on aura largement assez d'espace pour y mettre ton frère.

Je lui balance une tape sur le bras :

— Allez, en route, dis-je en lui ouvrant la portière côté passager. Le carrosse de Monsieur est avancé !

Il grogne tout en se penchant pour faire entrer son corps musclé dans l'habitacle.

***

Mon cœur cogne dans ma poitrine quand nous arrivons devant la chambre de mon frère. Il faudra que je lui explique la situation, qu'il sache tout ce qui s'est passé depuis quelques jours, qu'il comprenne ce que nous avons tenté de faire pour lui, Daryl et moi. Si je choisis le mutisme la plupart du temps, c'est avant tout pour le protéger, pour éviter que la peur le ronge comme elle me ronge, moi.

Je pousse la porte et l'aperçois dans son fauteuil, devant la fenêtre. Il tourne la tête vers nous et me fait un léger sourire tandis que je m'avance vers lui pour le serrer dans mes bras. Ou l'étouffer d'après les remontrances qu'il me fait.

— Jason, je te présente Daryl. Il… il a été d'un grand soutien pour toi, moi… enfin, pour la situation.

Mon frère me dévisage comme si j'étais devenue une truite sans cervelle, je ne sais plus très bien où me mettre mais je crois qu'il devine très bien la raison de mon embarras.

Daryl en profite pour prendre la parole et balancer, fidèle à lui-même :

— Ravi de mettre enfin un visage sur celui qui nous a entraînés dans un sacré merdier.

J'écarquille les yeux, surprise par sa remarque même s'il n'a pas tort. Ce que je n'avais pas prévu, c'est que les blessures de mon petit frère ne lui enlevaient en rien sa verve :

— C'est qui ce rigolo ? Ne me dis pas que c'est ton nouveau mec, Lexi ?

— Je suis le mec qui essaie de sauver tes fesses. Ce n'est pas très malin de voler une caisse aussi précieuse…

— Tu ne sais pas de quoi tu parles, renchérit Jason.

Oups, ça sent le roussi, là. Les yeux de Daryl deviennent plus sombres, une petite veine sur son front se met à palpiter (la veine qui palpite, ce n'est jamais bon signe) et sa mâchoire est aussi contractée qu'un muscle qui subit une vilaine crampe. Il s'approche de mon frère, menaçant, et gronde à voix basse :

— Je te conseille de maîtriser ton insolence, *gamin*. Avec ta connerie, tu t'es propulsé dans un monde que tu ne connais pas. Je peux te dire que tu as une chance folle d'avoir une sœur comme Lexi… mais si tu la mets encore une fois en danger, c'est moi qui…

Il semble se rendre compte de la portée de ses paroles et s'arrête subitement. Ces confidences ne lui ressemblent pas, il a dû perdre son sang-froid, je n'en reviens pas. Pour dissiper le malaise, je reprends le fil de la conversation :

— On a tenté de trouver une solution pour rembourser Maccini pour…

— Pour éviter qu'il te tue, ajoute Daryl.

— Daryl !

— Il doit savoir la vérité.

— Il la connaît déjà ! Ça suffit, on a peu de temps.

J'explique à Jason qu'on doit le sortir de là pour le cacher dans un endroit sûr mais il n'a pas l'air soulagé et balbutie :

— Et euh… ça veut dire que vos plans ont foiré ? Et que je suis toujours en danger ?

— Bravo Sherlock, confirme Daryl.

Je lui jette un regard sombre. Peut-être que je devrais subtiliser quelques seringues avec des tranquillisants pour gérer ces deux-là, sinon le séjour à la grange promet d'être épique.

— Je vais checker le couloir, je reviens, annonce Daryl nerveusement.

Jason m'observe d'un air que j'interprète comme « Mais c'est qui ce mec ? » mais je lui lance un regard pour lui demander d'être indulgent : après tout, Daryl est venu pour l'aider.

Quelques secondes plus tard, Daryl revient, la mine sérieuse et l'air préoccupé. Je doute que le fait d'avoir été présenté à mon frère soit la cause de son tourment. Comme j'ai visiblement décidé de ne communiquer que par le regard, je l'interroge silencieusement, alors que Jason s'est replongé dans sa contemplation à travers la vitre.

Daryl me répond sans aucune discrétion et je regrette presque d'avoir demandé parce que ce que j'entends est loin de m'enchanter :

— Je n'ai pas vu mes gars… c'est louche.

La menace plane à nouveau mais nous nous promettons de rester prudents et aux aguets. Je règle quelques formalités administratives puis nous gagnons le parking où Joe nous attend avec son bolide, une Cadillac Escalade gris métallisé. Jason, le regard émerveillé, grimpe à l'intérieur mais c'est là que j'entends un bruit violent. Qu'est-ce que c'est ?

Des pneus qui crissent sur le bitume. Des accélérations. Effrayée, je tourne la tête pour apercevoir deux 4x4 noirs qui nous foncent dessus…

Mais, je… ? Je les observe approcher, tétanisée, comme si j'observais une scène de film.

Les hommes de Maccini. Merde !

Daryl me hurle de monter tout en faisant un signe à Joe de fuir et je reviens à moi juste à temps pour grimper dans la 2 CV et démarrer en trombe.

Mais, que peut faire une 2 CV contre leurs puissants 4x4 ?

Je fais de mon mieux pour semer nos poursuivants, zigzague entre les véhicules, adroitement, rapidement. Je profite de rejoindre la ville pour bénéficier d'un avantage stratégique : la petite taille de ma voiture. Les ruelles défilent sous nos yeux alors que je manœuvre entre les immeubles, les mains moites et la peur au ventre.

Daryl semble admirer mon agilité. Il ne l'avouera jamais, mais je le remarque au regard qu'il porte sur moi et à sa confiance. Il m'aide à me diriger en m'indiquant la direction à prendre, un œil sur la route et l'autre sur le rétroviseur extérieur pour surveiller nos assaillants.

Tout à coup, un hurlement me pousse à réagir au quart de tour :

— Là, prends à droite, grimpe sur le trottoir !

Je m'exécute et le grand corps de Daryl fait un bond dans l'habitacle au moment où Loulou bondit pour gagner une voie piétonne. Je roule comme une folle, évitant les arbres, les pigeons et les quelques badauds qui se promènent.

Quelques secondes après, je retrouve une route et m'insère comme si de rien n'était dans la circulation dense. Mais ce n'est pas fini. Les cerbères rôdent toujours et nous reprennent en chasse. Alors que l'un des 4X4 opère une remontée, j'en profite pour débrayer, dépasser habilement un camion et le semer suffisamment longtemps pour gagner une route secondaire puis une zone forestière.

Un regard dans mon rétroviseur me rassure quand j'y vois la voiture de Joe. Je pousse un soupir de soulagement. Ils sont là.

Mais, quand je m'apprête à sourire à Daryl, certaine d'avoir semé ces connards, je remarque un mouvement derrière nous. J'assiste, impuissante à l'arrivée des deux 4x4 qui nous dépassent en vrombissant puis nous barrent le chemin alors que nous sommes dans une rue calme. Merde ! Nous sommes faits comme des rats.

— Ne bouge pas de là Lexi, tu m'entends ?

— DARYL !

Je hurle mais c'est trop tard.

Il est sorti de la voiture et se dirige vers les deux colosses qui se sont extraits de l'un des véhicules. Je n'entends pas ce qu'ils se disent mais la situation est grave. Daryl est parti au casse-pipe tout seul et, à part un gratte givre défoncé, je n'ai pas d'arme sous la main.

Quand Daryl envoie un coup de boule à l'un des types, je sais qu'il va le regretter. Un premier coup de poing l'envoie valser au sol et je ne peux m'empêcher de crier, les entrailles et le cœur déchirés. Ils le martèlent de coups avec leurs pieds et leurs poings et je sens quelque chose se briser en moi.

Non, non, non, non, il faut que… je…

Quand je le vois s'écrouler au sol, c'en est trop pour moi. Ni une ni deux, je sors de la voiture pour me précipiter sur eux. Après tout, tout est de ma faute. Daryl va peut-être se faire tuer à cause de moi. Comme Joe. Lui aussi est sorti de sa voiture et tente de freiner ma course pour me protéger mais il est hors de question que j'assiste à ce triste spectacle sans réagir. Dans un élan de désespoir, nous nous retrouvons à tenter de sauver notre peau en nous battant comme nous le pouvons. Pieds, poings, dents, jambes, corps tout entier, nous fonçons dans la bataille.

Mon frère, toujours dans la voiture à cause de ses blessures, me hurle d'arrêter mais assister au massacre de Daryl me fait encore plus mal qu'un millier de coups de poing.

Alors que je fonce sur l'un des hommes de main, la tête en avant, il ne lui faut pas deux secondes pour m'attraper par le cou et le serrer de toutes ses forces. Je suffoque. L'air se raréfie dans mes poumons, je vais perdre connaissance. Hors de question que je meure de cette façon ! Mue par un élan de survie, je trouve la force de lui envoyer un coup de pied dans la poitrine, ce qui le pousse à me lâcher et je m'écrase lourdement sur le bitume à côté de Daryl. Paniquée, je m'approche de son visage couvert de sang et tente de lui parler mais il ne réagit pas.

— Oh non, pitié Daryl, pitié, réponds-moi. Fais-moi un signe, je t'en supplie…

Quand l'un des mecs aperçoit mon frère dans la voiture, il ricane, plonge sa main dans sa veste. Il va sortir un flingue, j'en suis sûre. Il va lui tirer une balle dans la tête, juste sous nos yeux. Je lui hurle de courir, de fuir mais il ne bouge pas.

Tout est fini. Alors, c'est ça, la fin de l'histoire ? Pas de *happy end* ? Après tout ce que nous avons fait pour survivre, nous ne méritons pas d'épilogue, ce sera un point final merdique.

Ce n'est pas juste.

J'entends un premier coup de feu partir et relève la tête.

Mais ce ne sont pas les hommes de Maccini qui tirent. Non. C'est Jason ! La diversion créée nous permet de réagir, Joe me hurle de regagner la voiture mais je lui fais comprendre que je n'y retournerai pas sans Daryl. Nous le traînons alors jusqu'à la 2 CV et l'installons tant bien que mal sur le siège passager. Joe se précipite ensuite au volant de sa voiture.

Apparemment, Jason a touché deux hommes avec une arme qu'il a dû trouver dans la voiture de Joe, ce qui nous permet de filer de ce lieu de cauchemar pendant que les deux autres malfrats tentent de s'organiser pour répliquer.

En quelques secondes, nous avons mis les voiles. Daryl a besoin de soins immédiats et Jason doit être mis à l'abri.

Devant nous, Joe nous conduit à travers la forêt puis bifurque après quelques minutes sur un chemin de terre qui se prolonge pendant plusieurs kilomètres.

Daryl n'a toujours pas bougé et mon cœur se serre de douleur. J'ai mal de le voir aussi amoché.

— Je suis tellement désolée, je murmure en lui caressant doucement la joue. Je n'ai jamais voulu que tout ça dérape à ce point-là…

Je me retiens de pleurer, l'adrénaline qui court dans mes veines produit toujours son effet et je me trouve encore en alerte maximale. La culpabilité se mêle à la douleur de le voir dans cet état. Est-on vraiment si mauvais l'un pour l'autre ? À part des emmerdes, nous sommes-nous apporté quelque chose de positif ?

Nous traversons une clairière et ralentissons à l'abord d'une maison devant laquelle la Cadillac s'arrête. Nous sommes arrivés à destination. Joe et Jason descendent rapidement et viennent m'aider à transporter Daryl à l'intérieur.

Je remarque à peine la décoration chaleureuse et le poêle à bois alors que nous le portons dans l'une des chambres de la maison. « La grange » ne ressemble pas exactement à ce que je m'étais imaginé. Joe apporte le nécessaire pour soigner ses plaies et je m'attelle à la tâche en prenant soin de les panser le plus délicatement possible pendant que Joe va s'occuper de mettre la maison en état de marche.

L'idée même de le perdre m'est insupportable.

Quand il ouvre un œil et murmure mon prénom, je ressens une vague de gratitude et le couve du regard.

— Qu'est-ce qui s'est passé ?

— Oh, disons que tu t'es légèrement fait refaire le portrait.

Il esquisse un sourire et tente de se redresser dans un grognement. J'en profite pour lui confier :

— J'ai eu sacrément peur pour toi, tu sais…

— Je te l'ai déjà dit, ma furie, je suis coriace. Et puis, j'aime bien quand tu t'occupes de moi. Je devrais me faire tabasser plus souvent.

— Ce n'est pas drôle.

Il m'attire à lui, grimace de douleur à cause de son geste, ce qui provoque un nouvel élan d'inquiétude au ceux de mon cœur. Je l'interroge du regard.

— Ça va, ne t'inquiète pas comme ça… viens là.

Il pose doucement ses lèvres sur les miennes puis m'enserre de ses bras. Sa respiration se calme et nous nous assoupissons l'un contre l'autre, fourbus par les émotions de la journée.

Quand j'ouvre à nouveau un œil, il doit être tard. La maison est silencieuse et l'envie de boire un verre d'eau me pousse à revenir au salon. Un feu crépite dans la cheminée et j'observe les flammes danser avant de capter un mouvement qui provient du canapé. La tête de Jason apparaît entre les coussins. Mon frère est en vie, Joe et Daryl aussi mais ça aurait pu être une véritable catastrophe. Jason passe une main dans ses cheveux, m'observe attentivement, l'air tiraillé par un questionnement douloureux, puis confie d'une petite voix :

— Je n'ai jamais eu aussi peur de toute ma vie… excuse-moi. Excuse-moi d'avoir foiré à ce point. Je te promets que je ne recommencerai plus jamais.

Je pousse un long soupir. Ce n'est pas la première fois qu'il me fait ce genre de promesse alors, malgré toute ma bonne volonté, j'ai du mal à le croire. Il remarque mon scepticisme et réplique :

— Cette fois, c'est vrai, Lexi. J'ai même pensé à un truc…

Quelques secondes s'écoulent avant qu'il poursuive :

— … je vais rentrer à la maison.

— Non, tu ne vas pas faire ça. Tu ne vas pas renier qui tu es Jason, tu seras malheureux…

— Je ne veux pas renier qui je suis mais plutôt… essayer de les faire évoluer. De l'eau a coulé sous les ponts, les parents sont peut-être moins radicaux sur leur position. On dit bien qu'il n'y a que les cons qui ne changent pas d'avis, non ? J'ai envie d'avoir confiance en eux et de croire qu'on peut se réconcilier. Mais… j'ai besoin de savoir que tu seras avec moi. Tu viendras, dis ?

— Tu pourras toujours compter sur moi, tu le sais. Maintenant, dors. Tu dois te reposer.

Je le laisse replonger la tête dans ses coussins et sors pour prendre l'air. À l'extérieur, l'air est frais, je resserre ma petite veste autour de moi et m'assieds sur le perron pour regarder le ciel. Le vent fait bruisser les feuilles autour de moi et je repense aux mots de Jason. Serais-je vraiment capable de le suivre ? De quitter New York, ma vie, mes amis, mon job et… Daryl ? Je suis consciente que mon travail chez Carter Corp. est compromis de toute manière mais pour le reste… il y a tellement de choses que j'aime et que j'ai mis du temps à construire. Vais-je y renoncer pour mon frère ?

Perdue dans mes réflexions, je n'entends pas la porte s'ouvrir et sens tout à coup une présence à mes côtés.

— Tout va bien ?

Joe s'assied à côté de moi et me tend une tasse de thé.

— Tu n'as rien de plus fort ? je demande en lui faisant un maigre sourire.

Il sourit et hoche de la tête pour me signifier que non avant de me questionner :

— Je t'ai entendu parler avec ton frère. Tu sais que ma proposition tient toujours. Toi, dans mon équipe. Tu n'auras qu'à travailler à distance puis me rejoindre ensuite, quand la situation se sera un peu tassée…

Je contemple la forêt qui s'étend devant moi, l'ambiguïté de ses paroles me met mal à l'aise. Il est trop près de moi, trop gentil, trop prévenant, trop arrangeant.

— Je ne sais pas, Joe…

Il me fixe intensément et se rapproche encore. Son visage est si près du mien que je sens son souffle sur ma peau. Il ne va tout de même pas ? Si ?

Soudain, je réagis, rompant le charme de l'instant et me détache de lui en bafouillant et en me levant d'un bond :

— Non, non, non… tu ne peux pas faire ça, on ne peut pas faire ça !

Avant de retourner à l'intérieur, je me retourne vers lui pour lui souffler, un doigt accusateur pointé sur lui :

— C'est… « ça », ce que tu voulais faire là, essayer de m'embrasser… c'est une très mauvaise idée. Très très mauvaise idée.

Je le laisse là, perplexe, assis dans l'obscurité. À l'intérieur, je file à la salle de bains pour me passer de l'eau sur la figure. C'était quoi, ce plan foireux ? Je n'ai pas rêvé, Joe a failli m'embrasser ! Je rejoins Daryl et m'allonge à ses côtés, approchant mon nez de son cou pour sentir son odeur familière, une pointe de culpabilité me vrillant l'estomac. Comment Joe a-t-il pu croire que j'allais le laisser faire ?

Daryl me fait sursauter quand il se tourne et se place d'un coup au-dessus de moi.

— Bonsoir ma furie…

— Tu m'as fait peur ! Tu ne dors pas ?

— Pas quand je sens ton corps sexy contre moi.

Il m'embrasse doucement d'abord puis de plus en plus intensément. Je murmure contre ses lèvres :

— Tu n'as plus mal ?

— Si, mais tu es le meilleur des médicaments. Et, je peux toujours faire ça…

Lentement, il dépose des baisers dans mon cou, descend sur ma poitrine, relève mon pull sur mon ventre et déboutonne mon pantalon. Un frisson me parcourt tout entière tandis qu'il baisse ma culotte et embrasse la fine peau de mes cuisses. Sa langue vient doucement caresser mon entrejambe, puis ses doigts glissent en moi avec un savoir-faire exquis et je me laisse aller en fermant les yeux.

Quand l'orgasme, violent, puissant, vient me cueillir, j'oublie tout. La requête de mon frère, Joe, les emmerdes, mon job.

Il n'y a plus que moi et Daryl. Et je savoure ce petit instant de paix car je sais, aujourd'hui plus que jamais, à quel point il est précieux.

Chapitre 20

Daryl

Le lendemain matin, après une nuit chaotique où mes blessures m'ont tenu éveillé une bonne partie de la nuit, je rejoins, avec Lexi, Joe et Jason dans le salon. Le miroir de la salle de bains m'a renvoyé la vision de ma mine affreuse, comme si mes tourments étaient inscrits sur mon visage, imprégnés dans mes traits. J'ai bien trop l'habitude de ces situations, ce n'est pas la première fois qu'on me casse la figure. Les côtes fracturées, les hématomes sur la peau, le goût de sang dans la bouche… je connais tout ça. Mais sentir Lexi contre moi, l'entendre respirer, la voir dormir à mes côtés a été plus bénéfique que le meilleur des calmants.

L'inquiétude qui déforme son expression et que je peux lire encore à cet instant dans ses yeux me tord le ventre. C'est de ma faute, tout ça. Ai-je manqué de jugement ? Manqué d'assurer nos arrières ? Je suis plutôt bien informé, je bosse avec des gens compétents mais personne n'avait vu venir ces racailles et l'idée même d'avoir pu mettre en danger Lexi me donne envie de vomir. Comment réagirais-je s'il lui arrivait quelque chose par ma faute ?

J'en crèverais.

Le silence qui règne dans la pièce quand nous y pénétrons est à couper au couteau. Pour tenter de le briser, Lexi joue la carte de la légèreté et demande à son frère avec une pointe de malice :

— Alors frérot, comment tu te sens ?

— Mieux que ton copain apparemment, répond-il en me désignant d'un mouvement de tête.

Petit malin, fais gaffe si tu veux garder toutes tes dents. Je ne suis pas d'humeur à plaisanter, surtout après ce que je me suis ramassé hier. Je me contente de lui lancer un regard venimeux mais la manière dont il me fixe avec dédain fait bouillir mon sang et la tension grimpe à nouveau entre nous. Ce petit con va me faire péter un câble en beauté.

Je vais me servir un verre d'eau pour tenter de m'apaiser mais grogne à son intention, incapable de me retenir plus longtemps :

— J'irais nettement mieux si tu arrêtais de faire des conneries…

Jason tente de riposter mais j'aperçois Lexi du coin de l'œil lui faire un geste équivoque pour qu'il la boucle et ses épaules s'affaissent. Il finit par lâcher dans un soupir :

— J'aimerais que tout ça soit finit et qu'on puisse rentrer chez nous tous les deux.

Tous les deux ? Qu'est-ce qu'il veut dire par là, ce morveux ? Je ne suis pas du genre à tergiverser, j'ai besoin de comprendre ce qu'il en est et balance, de plus en plus agressivement :

— Comment ça, rentrer chez vous ?

Il semble apeuré par mon ton et explique doucement avec une logique implacable :

— On sera certainement plus en sécurité avec ma sœur si on quittait New York. Elle m'a promis de venir avec moi.

Je hurle, hors de moi :

— Quoi ? C'est quoi ce bordel ? Lexi ?

Elle ne répond pas, ce qui accentue davantage ma colère et… ma déception. Il plaisante, elle ne va pas vraiment partir ? Ma tête pivote de Jason à Lexi, je fouille dans leur regard à la recherche d'une explication qui ne vient pas mais curieusement, c'est Joe qui prend la parole à ce moment-là.

— Pense à notre conversation d'hier Lexi, il y a une solution.

C'est quoi cette histoire encore ? Ils ont parlé tous les deux ? Décidément, ils se liguent contre moi pour me pousser à bout.

— Quelle conversation ? Il y a un truc que je devrais savoir ?

Lexi s'agite, elle s'approche de moi et tente de sauver la situation maladroitement :

— Je n'étais pas très en forme hier et Joe m'a rassurée…

— Il t'a rassurée, voyez-vous ça. Et on peut savoir comment ?

Je coule un regard suspicieux à mon pote. J'ai bien vu la manière dont il la regardait lors du tournage de son clip, j'ai remarqué la lueur d'envie dans ses yeux. Qu'il essaie seulement de l'approcher, de la toucher et je me chargerai de lui régler son compte.

Lexi a l'air au bout du rouleau. Mon attitude semble apparemment lui déplaire puisqu'elle explose et fait de grands gestes en criant :

— Vous savez quoi ? Vous me fatiguez tous les trois. Toi, Jason, tu fais n'importe quoi ! Daryl, tu juges mon frère alors que tu n'arrives même pas à t'entendre avec le tien. Et toi, Joe, tu as eu une attitude plus que déplacée hier !

Elle sort en claquant la porte. Quant à moi, je me jette sur Joe pour l'empoigner et le plaquer violemment contre le mur. Jason essaie de me tirer en arrière mais il ne fait pas le poids.

— Tu peux me dire à quoi tu joues avec elle ? Qu'est-ce que tu as fait hier ?

— Rien ! Rien, je t'assure.

— Et merde !

Comme une fusée, je fonce dans notre chambre, ramasse nos affaires à la va-vite, les fourre dans un sac et saisis les clés de voiture de Lexi. De retour au salon, j'ordonne à Joe :

— Reste avec lui, je me tire quelque temps.

Je sors en trombe de la maison, charge la caisse puis me dirige d'un pas rapide vers Lexi avant de lui asséner d'un ton autoritaire :

— Ton frère est en sécurité, Joe va rester avec lui quelques jours. Va lui dire au revoir, je t'emmène.

— Je… quoi ?

— Ne discute pas. Je dois te parler et j'ai envie de m'éloigner d'ici. On rentre chez moi.

Devant son air dubitatif, je m'adoucis et lui fournis une autre explication :

— S'il te plaît Lexi. J'ai besoin de me retrouver seul avec toi, loin d'ici. Juste pendant un moment.

— D'accord, très bien… tu m'assures qu'il ne risque rien ?

— Absolument rien.

Elle s'exécute puis me rejoint alors que je suis déjà au volant. La situation est clairement tendue entre nous et le trajet se déroule dans un silence quasi total. Je suis tellement énervé que je n'arrive pas à parler et préfère rester muet. Comment lui dire que je suis blessé par son attitude, comment lui dire que je ne supporte pas l'idée qu'elle puisse préférer Joe à moi ?

Ce n'est pas envisageable. C'est impossible.

Lexi n'arrête pas de me jeter des coups d'œil pour que je réagisse mais à part donner un coup de poing sur le volant, je n'ai envie de rien et je fulmine. Elle semble en avoir pris son parti et sort son téléphone pour pianoter dessus avant de s'endormir, la tête posée contre la vitre.

Elle se réveille quand je franchis le portail de chez moi, l'air épuisée. Nous descendons en silence et elle me suit alors que je longe la piscine. Mon silence semble lui faire du mal, elle ne peut apparemment plus attendre une minute de plus pour me confronter et pile devant moi avant de lancer sèchement :

— Alors, tu vas enfin me dire de quoi tu voulais me parler ?

Piqué au vif, je réplique, de mauvaise foi :

— Ce n'est pas de ma faute si tu as passé tout le trajet à dormir.

— C'est faux, j'ai attendu que tu me parles mais comme tu préfères le mutisme, j'ai fini par abandonner. Tu as un vrai problème avec la communication, ma parole !

— Ne me cherche pas, Lexi.

— Pourquoi tu m'as fait venir ici ?

— Qu'est-ce qui s'est passé avec Joe ?

Comme si elle avait besoin de me tester, de voir jusqu'où je suis capable d'aller, elle me balance :

— Qu'est-ce que ça peut bien te faire ?

— Tu me rends dingue…

— Idem !

Ses yeux lancent des éclairs. Je renchéris en m'approchant encore plus près d'elle, accentuant encore la tension qui règne entre nous.

— J'ai besoin de savoir.

— Pourquoi ?

— Parce que !

— C'est loin d'être suffisant comme argument.

Putain ! Je suis furieux et fais les cent pas, passe ma main sur ma mâchoire puis lui fais face à nouveau. Elle veut me forcer à parler, elle veut me forcer à lui dire ce qui se passe dans mon cœur, me pousser à lui dire la place qu'elle a prise dans ma vie. Cette fille aura ma peau.

Je plonge mon regard dans le sien, aux prises avec mes doutes et mes tourments.

— Il faut que tu saches, Lexi, des filles j'en ai connu beaucoup…

— Comme si j'avais besoin de le savoir, elle marmonne alors que je lui jette un regard qui signifie « Tais-toi un peu pour une fois ».

— … mais toi, toi tu es différente pour moi. Tu représentes un danger, tu érodes ma carapace. J'ai dû me blinder pour survivre dans la rue, sans parents, sans repère. Et, j'ai peur que tu deviennes… mon nouveau repère. Tu es ma faiblesse, ma faille. S'il t'arrivait quoi que ce soit, ça me… ficherait en l'air.

Voilà, c'est dit. Vais-je regretter mes aveux ? Va-t-elle, un jour, s'en servir contre moi ? De toute évidence, elle ne s'attendait pas à ma confidence et son air étonné en témoigne. Ce qu'elle ignore, c'est que la puissance des sentiments que nous partageons me fait peur à moi aussi.

Je la rejoins et l'enlace comme si je n'allais plus jamais la lâcher. Mes mains remontent vers sa nuque, mes yeux se rivent aux siens, ma bouche vient trouver la sienne et je l'embrasse doucement, avec tendresse. J'ai tellement besoin d'elle. Je finis par murmurer contre ses lèvres :

— S'il te plaît, dis-moi…

Dans un souffle, elle finit par avouer :

— Il ne s'est rien passé, Daryl. Joe a pensé qu'il avait une chance de se rapprocher de moi, mais je suis partie. Je suis partie parce qu'il n'y a qu'une seule personne qui compte. Il n'y a que toi qui comptes.

Soulagé, je la serre contre moi et notre étreinte devient plus intense, plus passionnée. Nos langues se cherchent dans un délicieux ballet, elle glisse alors ses mains sous mon pull pour toucher ma peau. Ce contact m'électrise et je l'embrasse avec plus d'ardeur. Sans détacher nos lèvres, je l'entraîne à l'intérieur, la plaque contre un mur et retire un à un tous ses vêtements. En quelques secondes, elle est nue contre moi, à ma merci. Elle m'enserre la taille de ses jambes et je la porte sur le canapé du salon pour l'y étendre avant de me détacher d'elle pour l'observer.

— Ma magnifique furie, tu me rends fou…

Elle se redresse pour me déshabiller à son tour, j'ai besoin de la sentir contre moi, j'ai envie de me brûler à cette flamme qui me dévore de l'intérieur. Nos caresses s'intensifient, nos respirations s'accélèrent, nos baisers nous font presque suffoquer. Son corps se presse contre le mien, je sens son désir, je sens ses muscles se tendre, je sens la chaleur se répandre dans mon ventre, mon érection devient douloureuse. Je la veux. Maintenant. Alors, dans un mouvement équivoque, je colle mon bassin au sien, grogne et introduis un doigt en elle.

Mes abdos pressés contre son ventre, mes pectoraux serrés sur ses seins me rendent fou. Je cesse de l'embrasser, quitte sa bouche et m'agenouille devant elle en l'entraînant au bord du canapé, mes mains ancrées à ses hanches la portent pour la positionner tout près du bord. Je lui ordonne :

— Écarte les jambes.

Elle ne tarde pas à m'obéir et je prends un malin plaisir à faire rôder ma bouche à l'intérieur de ses cuisses, me rapprochant lentement de son intimité. Ses gémissements me font comprendre que sa patience atteint ses limites alors je lui donne ce qu'elle attend et la lèche, alternant les coups lents et rapides puis la pénètre avec deux doigts pour décupler ses sensations. Elle gémit et agrippe mes cheveux, les serrant de plus en plus fort entre ses doigts.

Le désir est violent, mon ventre se réchauffe, elle se cambre contre mes lèvres tandis que j'accentue la force de mes caresses. Son souffle se fait haletant, elle rejette la tête en arrière, ouvre la bouche, suffoque, je la sens venir, je la sens se perdre. Elle jouit dans un mouvement qui n'appartient qu'à elle, en fermant les yeux, abandonnée à son bien-être, le corps luisant de sueur.

Ce n'est pas fini, ma furie.

J'enfile un préservatif puis l'attire à moi pour sceller nos deux corps dans un mouvement qui nous arrache un râle.

Sa bouche retrouve la mienne, ses yeux se sont ouverts à nouveau et ils me fixent tandis que je la pénètre, m'enfonçant en elle avec délice. J'empoigne ses fesses pour la prendre encore plus fermement, plus profondément et elle pousse un petit cri de plaisir, plaquant ses mains sur mon torse. À son tour, elle vient titiller mes tétons et les pince, une lueur maligne au fond des yeux. Comme si elle n'était pas rassasiée de nous, elle humidifie ensuite ses doigts et se caresse tandis que je poursuis mon va-et-vient. Cette vision d'elle, ouverte, libérée, intensifie mon envie et provoque un désir encore plus puissant.

Nous faisons l'amour comme des fous, comme si nous étions pressés par le temps, comme s'il s'agissait de la dernière fois, comme si nous allions mourir demain.

Nous jouissons de nos corps, unis, heureux, affamés.

Chapitre 21

Tout laisser et tout recommencer ?

Je devrais pourtant me méfier des accalmies. Depuis que ma vie a basculé, les moments doux et calmes ressemblent davantage à l'œil d'un cyclone. La tempête finit toujours par revenir…

Alors que nous reprenons nos esprits, collés l'un à l'autre sur le canapé, la sonnerie du téléphone de Daryl vient interrompre notre quiétude. Il dépose un petit baiser sur mes lèvres et s'éloigne pour prendre l'appel. Je m'étire de tout mon long, goûtant à cette pause bienvenue quand mon propre appareil se met à entonner sa mélodie.

Jason.

Je réponds d'un ton léger :

— Alors, comment vont les hommes des bois ?

Le son est mauvais, la ligne grésille et je sens une curieuse agitation comme des mouvements précipités derrière lui. Une panique sourde s'empare de moi. J'ai un mauvais pressentiment.

— Jason ? Jason ?

La voix de mon frère semble lointaine, effacée, mais je peux entendre la frayeur qui y perce :

— Lexi, ils sont là ! Ils sont là…

***

Pour une fois, j'ai lâché du lest et nous avons délaissé Loulou au profit de la Lambo. Daryl l'avait fait rapatrier chez lui par l'un de ses hommes au prétexte « qu'on ne laisse pas un bolide comme ça sans surveillance dans les rues de New York ». Pour une fois, je veux bien que Daryl conduise comme un fou. Pour une fois, je veux bien transgresser les interdits et prendre tous les risques nécessaires sur la route.

J'ai essayé de joindre Jason puis Joe et Jason encore mais je tombe systématiquement sur la messagerie. Ça sent mauvais. Très mauvais. Et mon impuissance me rend folle.

Pourquoi ai-je accepté de suivre Daryl ? Pourquoi les ai-je laissés ? Je peste contre moi-même, sachant pertinemment que ce n'est pas moi qui aurais pu les défendre. Qu'aurais-je fait, confrontée aux hommes de Maccini ?

La route qui sépare New York de la grange est beaucoup trop longue à mon goût. Le temps que nous gagnions l'endroit, Jason et Joe auront eu l'occasion de se faire tuer dix fois.

Daryl maîtrise parfaitement sa conduite, faisant vrombir le moteur et avalant les kilomètres aussi rapidement que le lui permet l'état de la route. Aux abords de la forêt, il est forcé de ralentir, les petits chemins en terre ne nous permettent pas de garder notre vitesse.

Je ronge mon frein (et c'est le cas de le dire), morte d'angoisse. Si mon frère perdait la vie, je m'en voudrais éternellement. Je n'aurais plus qu'à mourir, moi aussi.

Quand je reconnais enfin le sentier, je m'agite, mon pouls s'accélère, je ne réfléchis plus et sors de la voiture dès que Daryl s'arrête devant la maison. Celle-ci semble avoir été abandonnée et il règne, aux alentours, un silence de mort. Daryl gronde, plus sérieux que jamais :

— Retourne dans la voiture, ça peut être dangereux…

— Il n'est pas question que j'attende ici les bras croisés. Je… tu ne peux pas me demander ça.

— Qu'est-ce que tu cherches, Lexi, à te faire tuer, toi aussi ?

— Tu penses qu'ils ont été… ?

— À ce stade, je n'en sais rien.

Bien décidée à ne rien lâcher, je reste plantée devant lui.

— Très bien mais tu marches derrière moi et tu fais exactement ce que je te dis. D'accord ?

Je confirme d'un signe de tête et nous nous dirigeons discrètement vers la maison. À l'intérieur, il n'y a aucun bruit et rien n'a bougé. À part ce silence pesant et lourd que l'on retrouve à l'extérieur, rien ne laisse présager qu'il y ait des hommes tapis quelque part. Mais s'il y avait des cadavres ? Je lorgne le sol à la recherche d'indices ou de gouttes de sang mais ne repère rien de suspect.

— Où sont-ils passés ? je demande en vérifiant chaque pièce avec Daryl.

— Dans la forêt, je suppose.

— C'est quoi, ce regard ?

Ses yeux sombres ne me laissent que peu d'espoir quant à l'issue. Il tente néanmoins de se reprendre :

— Je veux juste que tu te prépares…

Ces quelques mots me percutent de plein fouet. Je sais qu'il a raison mais je refuse d'envisager l'idée que Joe et mon frère aient pu être abattus.

— Non, ah non, non, non.

Je hoche frénétiquement la tête, des larmes perlant au coin de mes yeux, mes « non » ressemblent à une supplication et Daryl me fixe avec tristesse. Il s'approche de moi et me serre contre lui. Moi, je suis incapable de faire face et je poursuis ma litanie de non, au creux de son cou.

— Non, non, non, non…

— Doucement, doucement…

Je tente d'écouter ses mots, de les laisser me calmer mais je suis bien trop agitée pour qu'ils aient l'effet escompté et je repousse Daryl pour que nous continuions nos recherches. Le doute est un poison. Cette torture doit cesser au plus vite.

Nous regagnons l'extérieur et commençons par étudier les alentours en faisant des cercles de plus en plus larges en partant de la bâtisse. Toujours rien.

L'angoisse sourde qui s'empare de moi grandit à chaque pas que j'effectue. Si je tombais sur le cadavre de Jason ? Ou de Joe ? Si les hommes de Maccini étaient toujours dans les parages ?

Daryl avance prudemment devant moi, aux aguets, prêt à réagir au moindre bruit. Nous nous enfonçons dans la forêt qui borde la maison, les arbres deviennent plus denses, rendant notre progression compliquée. Je meurs d'envie d'appeler mon frère à voix haute mais je sais que c'est la meilleure manière de nous faire repérer par les sbires de Maccini s'ils sont toujours là.

Je me retiens et poursuis mes recherches quand soudain, Daryl s'immobilise et me montre son oreille. Je coupe ma respiration et j'écoute attentivement les alentours. Plus loin, un bruit provient des bosquets, quelques chuchotements, des bribes de paroles. Je me concentre pour tenter de capter un son, pour essayer de reconnaître la voix de Jason, un fol espoir chevillé au corps.

Je veux m'élancer dans la direction pour voir de quoi il en retourne mais Daryl me retient en fronçant les sourcils, m'intimant l'ordre de garder le silence en posant un doigt sur ses lèvres. Je n'en peux plus, je suis à bout.

Lentement, en prenant garde de ne pas faire craquer de brindilles, nous avançons à petits pas. Je retiens mon souffle.

Nous y sommes presque. Daryl écarte quelques branches, ses épaules s'affaissent, il reste sur place. Qu'est-ce qu'il voit ? Que se passe-t-il ?

Oh mon Dieu !

Ils sont là. Joe et Jason. Je m'élance dans leur direction, saute sur mon frère, le serre si fort que j'ai l'impression de l'étouffer (mais je m'en fiche) puis me détache de lui pour le regarder :

— Jason, ça va ? J'ai eu tellement peur !

— Oui, ça va. Heureusement que Joe était là. Il nous a fait sortir par-derrière en voyant les voitures arriver et il m'a mis à l'abri dans les buissons mais on n'est pas passés loin d'une catastrophe… il a entraîné ces tarés de l'autre côté puis il est revenu me chercher. Je ne savais même pas que j'étais capable de courir aussi vite…

Émue, je remercie Joe. Sans lui, mon frère aurait certainement fini entre quatre planches.

Sur un ordre silencieux de Daryl, nous le suivons à travers bois pour retourner à l'intérieur. À peine arrivée au salon, je tourne en rond, inquiète, et demande :

— Qu'est-ce qu'on va faire maintenant que la planque a été débusquée ? Jason n'est plus en sécurité ici. Ni aucun d'entre nous d'ailleurs…

Savoir que Maccini a découvert notre cachette me terrorise. Je pensais que nous étions enfin tranquilles mais le cauchemar est encore loin d'être terminé.

Daryl et Joe se jaugent alors que Jason et moi attendons qu'ils formulent une proposition. Je déteste la position passive que la situation m'impose. Je n'ai pas de solution, je ne sais tout bonnement pas quoi faire pour nous sortir de là et je déteste ça. Daryl me fixe intensément puis assène sèchement :

— Vous allez venir chez moi. Je vais passer des coups de fil pour assurer la sécurité de la villa avec mes gars. Rassemblez vos affaires, on part dans cinq minutes.

***

De retour à la villa, je ne peux que constater l'efficacité de Daryl. Plusieurs hommes, postés à différents endroits stratégiques, montent la garde mais, malgré tout, je ne me sens pas complètement rassurée pour autant. À vrai dire, je suis épuisée.

Daryl installe Jason dans une chambre tandis que je prends congé de Joe en ne manquant pas de le remercier une fois de plus pour son aide précieuse. Quand Daryl me rejoint, il note ma mine fatiguée, m'attrape par la main et me guide dans l'escalier, puis dans un couloir qui mène à sa chambre.

À la lumière tamisée de la pièce, il commence à ôter mes vêtements les uns après les autres et me pousse à m'allonger sur le ventre. Assis sur mes fesses, tout en prenant garde de ne pas faire peser le poids de son corps sur le mien, il masse d'abord mes épaules doucement puis descend le long de mon dos. Ajustant sa position vers mes chevilles, il s'attarde sur mes fesses, glisse sur mes cuisses, palpant avec délicatesse mes muscles endoloris. Je pousse un gémissement de plaisir tant l'effet qu'il produit sur moi est divin. Lorsqu'il se met à déposer des baisers le long de ma colonne, je frémis, mon souffle s'accélère et une vague de désir naît déjà au creux de mon ventre. Son doigté ferme mais subtil, sa douceur et sa détermination produisent un cocktail détonant sur moi. Je pousse un petit cri quand il passe un bras sous mon ventre pour me faire basculer, d'un coup rapide, sur le dos.

Son sourire me fait fondre. Lui, c'est sur ma bouche qu'il fond avec appétit. Ses lèvres s'attardent sur les miennes dans un savoureux baiser tandis que ses mains continuent d'explorer mon corps, mes courbes, chaque parcelle de peau comme s'il n'en était jamais rassasié.

Il n'en faut pas plus pour que l'envie que j'ai de lui faire l'amour devienne impérieuse, pressante, impérative. J'ai besoin de le sentir contre moi, en moi. À moi.

Je me détache quelques secondes de lui pour le dévêtir à mon tour, en profite pour effleurer sa peau, son tatouage et ses muscles. Je ne me lasserai jamais de son corps. Jamais. Cette alchimie parfaite me procure des frissons. Comment est-ce possible ? D'où naît une telle attirance, une telle évidence entre deux personnes si différentes soient-elles ?

Peut-être que la complexité de son caractère, sa manière de me regarder, son côté doux-amer, sa repartie, l'éclat tour à tour vif et sombre de ses yeux, sa manière de prononcer « ma furie » font partie de ce mélange subtil qui me donne envie de l'aimer ?

Nos corps semblent partager le même tempo, le même rythme, nos mouvements s'adaptent les uns aux autres parce que nous sommes en permanence attentifs à nos réactions, nous guettons le souffle qui s'accélère, le frisson qui couvre la peau, le soupir d'aise quand la caresse frôle le bon endroit.

Je m'endors contre lui, pas tout à fait apaisée, mais heureuse de pouvoir profiter de la chaleur de ses bras.

Le lendemain matin, je suis étonnée de retrouver mon frère et Daryl plongés en pleine conversation sérieuse autour de la table du salon. Personne ne hausse le ton, personne ne se charrie… on dirait qu'ils sont devenus adultes, ma parole.

— Est-ce que vous êtes malades ? Est-ce que l'un de vous a drogué l'autre ? Vous êtes trop calmes pour être honnêtes. Qu'est-ce qui cloche ?

Les deux hommes me dévisagent mais gardent le silence et je sens l'entourloupe à plein nez. Mes yeux passent de l'un à l'autre d'un air suspicieux.

— Qu'est-ce qu'il y a ?

D'un air sérieux, Daryl se tourne vers Jason pour l'inciter à me parler :

— Je crois que tu devrais lui dire…

— Me dire quoi ? Ça suffit avec votre suspense pourri, on n'est pas dans un épisode de *24 Heures chrono* ! Alors ?

Jason jette un coup d'œil à Daryl et pousse un profond soupir avant d'oser me regarder :

— On a discuté pendant que tu dormais et on en est venus à la conclusion que Maccini ne lâchera pas l'affaire comme par magie…

— Ah ben bravo, vous êtes sacrément perspicaces.

Daryl braque ses yeux sombres sur moi et son air sérieux me refroidit immédiatement. Il ajoute :

— J'ai décidé de l'emmener loin d'ici, dans un coin reculé, un coin où personne ne pourra l'atteindre. La question qui demeure, c'est… est-ce que tu veux l'accompagner ? Je n'ai vraiment pas envie qu'il t'arrive quoi que ce soit alors… prends un moment pour y réfléchir, d'accord ?

Je peine à avaler ma salive. L'interrogation revient une fois encore : tout quitter pour soutenir mon frère ? Ma vie, mon job (même si je n'ai que peu d'espoirs de ce côté-là), mon appartement, mes amis et Daryl ? La première fois que nous avions évoqué cette option, il semblait plutôt réticent à l'idée que je suive mon frère, que je m'éloigne de lui… qu'est-ce qui a bien pu changer en si peu de temps ?

— Je vous laisse un moment en famille pour discuter de tout ça, annonce Daryl en quittant la pièce.

Je ne sais plus où j'en suis et mon frère n'a pas l'air de se trouver dans un état plus réjouissant. Il s'approche de moi, l'air désolé, et passe ses deux bras autour de mon cou pour me serrer contre lui. Il me murmure qu'il aimerait que je l'accompagne, que je sois près de lui, que je le soutienne car il ignore comment il pourrait s'en sortir sans moi, mais je me sens incapable de parler et de lui donner la réponse qu'il attend. Cette fois, je craque. Trop c'est trop, mon cerveau est en train de griller.

Dans la pièce d'à côté, j'entends Daryl dispenser des ordres puis le bruit de ses pas qui reviennent vers la cuisine.

— Départ prévu dans trente minutes. Va préparer tes affaires… Lexi, qu'est-ce que tu veux faire ?

— Je… je ne suis pas capable de prendre cette décision tout de suite…

La sonnerie de mon téléphone vient interrompre la conversation et, pour une fois, je suis plutôt contente d'avoir une échappatoire qui me laisse quelques minutes pour réfléchir et peser les « pour » et les « contre » d'une décision qui risque de changer ma vie à tout jamais. Je balbutie piteusement :

— Je dois prendre cet appel, c'est important.

J'en profite pour m'éloigner et glisse mon index sur la barre pour répondre. La voix chaleureuse de Joe s'élève du combiné mais je n'arrive pas à savoir si je suis contente de l'entendre ou non. Le lien qu'il tente de tisser entre nous a déjà suscité suffisamment de tension entre Daryl et moi. Il me questionne joyeusement, comme si ma seule préoccupation en ce moment était liée à mon avenir professionnel :

— Alors bella, as-tu pu réfléchir à ma proposition ? Tu viens rejoindre mon équipe ?

— Écoute Joe, avec tout ce qui se passe avec mon frère, prendre ce type de décision n'est pas ma priorité, tu comprends ?

Un silence m'informe que j'ai peut-être vexé mon interlocuteur.

— Bon, très bien. Tu sais, si tu n'es pas intéressée, autant me le dire tout de suite au lieu de te foutre de moi et de me faire attendre pour rien. Ma patience à des limites et je préfère la franchise aux non-dits. À plus.

Il raccroche. Merde ! Je me demande finalement s'il parlait bien de l'opportunité professionnelle qu'il m'offrait ou de… lui ? Ces hommes me fatiguent. Je rejoins la cuisine mais bute sur Daryl avant d'arriver à destination. Il a les yeux plissés et sa mine des mauvais jours, un vrai loup prêt à mordre. Je me méfie d'instinct et me rends compte que je n'ai pas tort quand il bougonne, impérieux, comme s'il exigeait que je lui rende des comptes :

— C'était qui ?

— Tu penses que ça te regarde ?

— Arrête de jouer avec moi Lexi, je peux flairer les entourloupes à trois kilomètres.

— Tu ne veux pas changer de stratégie et me faire confiance pour une fois ?

— J'aurais davantage confiance si tu répondais à mes questions.

Comme je n'ai pas envie de lui cacher quoi que ce soit et que le coup de fil concernait Joe, je finis par capituler :

— C'était Joe.

— Merveilleux, répond-il d'un ton si cynique qu'il me fait mal au cœur.

Le regard glacial qu'il pose alors sur moi finit de m'achever. Il me fixe presque avec dégoût et, malgré mes tentatives, je ne comprends pas son comportement. Tout ce que je sais, c'est que je souffre et que j'en ai marre. Je n'en peux plus de tout ça.

— Et qu'est-ce qu'il voulait ?

Son attitude déplacée, son rejet, sa froideur me poussent à le narguer :

— M'inviter chez lui pour une partie de jambes en l'air, quoi d'autre ?

Apparemment, Daryl n'est pas très réactif à ma provocation puisqu'il gronde :

— Lexi…

— Oh ça va, il voulait juste savoir si j'étais partante pour travailler avec lui.

— Tu penses vraiment que je suis aussi con ? Je vous ai vu vous tourner autour. Ça ne te tenterait pas, un petit plan avec Joe ? T'en as pas envie ? T'en es certaine ?

Je suis tellement choquée par ce qu'il me dit que je décide de le planter là. En réunissant toutes mes forces, je parviens à lui rétorquer avant de rejoindre mon frère :

— Là, tu vas trop loin, laisse tomber.

Le cœur lourd, je réunis les quelques affaires que j'ai rangées dans les tiroirs de Daryl, je dis au revoir à Jason et pars, en larmes, brisée et triste. La posture de Daryl, son indifférence, ses provocations, son manque de confiance en moi et en nous, je n'en peux plus. Je ne supporte plus sa manière d'agir avec moi. Et encore moins aujourd'hui où j'aurais eu besoin de son soutien face au départ de mon petit frère. Mais non. Apparemment, il est incapable de se montrer bienveillant, empathique et de penser à autre chose qu'à sa petite personne.

Je ne sais pas ce que j'avais espéré. Qu'il me console ? Qu'il montre de la compassion ? La blague ! Après tout, il a toujours réglé ses problèmes à l'aide d'arrangements douteux, de coups de poing ou de courses illégales.

Je me sens partagée entre des sentiments contradictoires. *Tu es hypocrite Lexi, cela t'arrangeait bien qu'il puisse te sortir de la merde et connaisse bien les bas-fonds new-yorkais quand il s'agissait de sauver ton frère.*

Daryl n'a jamais rien eu d'un gentil garçon. Et je l'ai toujours su… alors, quoi ? Pourquoi ai-je l'impression d'avoir été trahie ? Blessée ?

Je croyais qu'il tenait à moi. Voilà la vérité. Mais il n'est pas comme Matt, il est vraiment dur, intransigeant. Il ne montre rien, ne confie rien, ne laisse personne l'approcher, garde ses distances ou plutôt fait tout pour éloigner ceux qui gravitent trop près de son cœur.

Je saute dans un taxi pour rentrer chez moi. J'ai hâte de retrouver mon cocon et mon chien, soigné par Lisa durant mes absences répétées. Il est grand temps que je reprenne ma vie – et les responsabilités qui vont avec – en main.

Quelques heures plus tard, ma dispute avec Daryl tourne toujours dans ma tête, bientôt rejointe par les inquiétudes concernant Maccini. Et s'il s'en prenait à moi ? Ma paranoïa se dissipe quand la sonnette de la porte retentit. Je sursaute, toujours aux aguets, comme si j'avais développé de nouveaux réflexes pour me protéger. Méfiante, le pouls filant, je gagne l'entrée et demande d'une voix forte après avoir guetté dans l'œil-de-bœuf sans rien voir :

— Qui est là ?

Une voix que je connais me répond :

— Le livreur de pizzas.

Je rêve.

— Je n'ai rien commandé, vous pouvez rentrer chez vous.

— C'est curieux, je vous assure. J'ai bien une pizza XXL au nom de « furie, spécialiste des prises de tête et accro aux grosses voitures… et à un certain Daryl » entre les mains.

Il ne manque pas de culot et j'étouffe un rire nerveux tout en déverrouillant la porte. Face à moi, l'homme se tient appuyé d'un air négligé contre le mur du couloir. Je lève un sourcil, prête à en découdre :

— On peut savoir ce que tu fais là ?

— Mon lit est froid et je déteste dormir dans un lit froid. Je me suis dit que le tien serait plus accueillant.

D'un coup d'œil, je feins un air déçu en constatant que ses mains sont vides :

— Et ma pizza alors ?

— Je crois que nous pourrons nous sustenter de quelque chose de bien plus appétissant.

Il se détache du mur pour venir me rejoindre, son regard s'accroche au mien et il m'enlace avec une force et un désir qui me transcendent.

— J'ai faim de toi, glisse-t-il en resserrant sa poigne sur ma nuque.

Je le repousse néanmoins, toujours fâchée et le cœur lourd. Jouer avec des mots est une chose, lui offrir mon corps (sans parler de mon cœur) en est une autre.

— Non Daryl, c'est trop facile. Tu crois qu'il te suffit de débarquer avec ton petit air ténébreux pour que je remette les compteurs à zéro ? Pour qui tu te prends ? J'en ai marre que tu souffles le chaud et le froid en permanence.

Il incline la tête sur la gauche pour me dévisager et murmure, bien trop près de moi :

— Personnellement, je préfère le chaud.

Impossible de résister plus longtemps à ses avances, d'autant plus qu'il s'est encore approché de moi et que ses doigts caressent mes épaules d'abord puis mes clavicules. Il m'embrasse doucement, comme s'il testait ma réaction et ma peau se couvre de frissons.

Résiste Lexi, résiste.

Sa langue se fraie un passage entre mes lèvres et je me sens perdre le combat, mon ventre me fait mal tellement j'ai envie de lui.

Puis, je cède. Nos lèvres scellées, nos corps collés l'un à l'autre, nous nous dirigeons vers mon lit, poussés tous les deux par une envie qui nous dépasse. Une décharge électrique me traverse quand il effleure mon ventre et qu'il descend plus bas, effleurant avec doigté mon intimité. J'étouffe un râle de plaisir, me mords la lèvre et ferme les yeux avant de partir frénétiquement à la recherche des boutons de son pantalon. Je n'ai plus envie de réfléchir, sentir ses muscles contre moi représente la meilleure des perditions. Il me retire mon top puis dégrafe mon soutien-gorge, laissant ainsi ma peau nue, prête à accueillir l'assaut de ses baisers. Des frissons me parcourent tandis qu'il embrasse mon ventre, remonte pour attraper un téton et le mordille entre ses dents. J'ouvre les yeux et nos regards se croisent, je décèle une lueur sombre et ardente dans les siens, une lueur qui déclenche un frémissement qui parcourt toute ma colonne vertébrale et qui intensifie encore l'effet qu'il produit sur moi.

Sa bouche, sa langue, son nez parcourent mes côtes de mon sein à mon sexe où il s'arrête pour me lécher. Je. Perds. Le. Contrôle. Alors que l'orgasme me cueille, violent, délicieux, irréversible, une question s'insinue dans ma tête et ne me quitte plus, me rongeant le cœur : je me donne à un homme avec qui j'entretiens une relation compliquée, une relation dans laquelle nous sommes incapables de discuter. Daryl ne changera jamais et il ne laissera jamais tomber ses affaires douteuses pour retrouver le droit chemin.

Est-ce vraiment ce que je souhaite ?

***

La perspective de retourner au travail ce matin me révulse. J'ai mal au ventre et des nausées à l'idée de voir Gabriel et d'imaginer ce qui m'attend après mes absences répétées. Dois-je me préparer au pire ? Vais-je être renvoyée ?

Daryl apparaît, les cheveux mouillés après sa douche et remarque ma mine chiffonnée :

— Tout va bien ?

— Entre mon job où tout n'est pas au beau fixe et mon inquiétude de voir un mafieux débarquer chez moi pour me trucider, je dois avouer que j'ai connu mieux…

— Pour ton job, je ne peux pas faire grand-chose mais concernant l'autre problème, sache que j'ai posté un de mes hommes devant chez toi. Je n'ai pas envie qu'il t'arrive quelque chose, Lexi, tu le sais… Tu ne crains rien, je prends soin de toi, d'accord ? Maintenant, il faut que j'y aille.

Après son départ, je rumine, je m'en veux, je me sens incapable de vivre sans Daryl… mais tout aussi inapte à vivre avec lui. Je ne sais pas où j'en suis, ni ce que je veux.

Plantée devant la façade de Carter Corp., j'observe le grand building gris avec appréhension puis prends mon courage à deux mains pour franchir la distance qui me sépare du hall. J'inspire de grandes bouffées d'air tout en avançant vers les ascenseurs puis me sens submergée par l'angoisse et me fige. Alors que je me retourne dans le but de faire machine arrière et de me sauver que j'entends une voix féminine hurler mon prénom. Le visage enjoué de Lisa se retrouve face à moi, puis avant que j'aie le temps de faire quoi que ce soit, ses bras m'enlacent.

— Matin caliiin, moi aussi j'en veux un !

Je me croyais déjà emprisonnée par ma copine, mais quand la grande carrure de Matt nous enlace à son tour, je ne peux même plus respirer. Comme ils m'ont manqué tous les deux !

— Je suis tellement contente que tu sois là, confie Lisa.

— Je savais que tu étais grave en manque de nous, enfin surtout de moi et que tu allais revenir, renchérit Matt.

Je retrouve enfin le sourire grâce à mes amis et mon appréhension me quitte quelques secondes. Mes deux compères s'écartent finalement de moi et, inquiète, Lisa s'enquiert de mon état :

— Et comment tu vas sinon ?

— Pour être honnête, j'ai peur des retrouvailles avec Gabriel…

Lorsque j'étais rentrée de la grange avec Daryl, Lisa m'avait prévenue que Cassidy avait fait des vagues en mon absence, réclamant de nouvelles sanctions à mon égard.

Nous prenons rendez-vous pour le déjeuner et je quitte le hall pour rejoindre le quarante-deuxième étage avec Matt. Malgré tout, l'ambiance familière du bureau me fait du bien, retrouver ce semblant de normalité me fait du bien.

Mon collègue me briefe sur les derniers projets et je jette un coup d'œil coupable à la pile de dossiers qui s'est amoncelée sur son bureau. Je m'excuse auprès de lui, consciente du boulot qu'il a dû gérer seul ces derniers temps. Malgré ma réticence et mon esprit pollué par des questionnements existentiels sur mon frère et sur Daryl, je tente de travailler sérieusement, plongeant la tête la première dans les dernières campagnes de communication.

Quand j'aperçois Matt lever les yeux et changer d'expression, je devine que ça va être ma fête. En effet, Gabriel vient de pénétrer dans l'open space et a tourné la tête dans ma direction. Je suis cuite. Comme dans un réflexe de survie, je fais tomber le dossier sur lequel je bosse par terre et, hop, me glisse sous mon bureau avec la ferme intention d'y rester planquée les prochaines heures. Ni vue, ni connue !

— Lexi ? Lexi, reviens à la lumière du jour, princesse. Il t'a vue de toute façon !

— Peut-être pas, je tente de me rassurer en parlant à Matt. Tant que je reste là, je ne risque rien !

Je crois l'entendre étouffer un rire. Mais, quelques secondes plus tard, son ton redevient sérieux :

— Lexi, ça sent mauvais, Mark Leviels vient de faire son apparition.

Flûte. Cette fois, le déni ne me sauvera pas. Je me réinstalle à mon poste, les yeux rivés à la porte du bureau de mon chef. Ça ne manque pas, il réapparaît, se dirige vers nous et m'ordonne de le suivre. Dépitée, je le suis avec la désagréable impression de me rendre à l'échafaud. Je liste mes dernières volontés dans ma tête et m'installe face aux deux hommes, prête à écouter leurs remontrances, à faire mes adieux à Carter Corp. Je me vois déjà partir devant tout l'open space, mes affaires dans un carton.

Les reproches ne tardent pas à fuser, avec justesse d'ailleurs, tout y passe : mes absences, mon silence, mon manque de résultat, les difficultés auxquelles Matt a dû faire face sans moi, Cassidy qui pense que je n'ai pas ma place dans l'équipe…

J'attends la sanction, sagement assise sur mon siège, légèrement déconnectée de tout ça. Je m'y attendais, je le sentais, alors quand Leviels prononce :

— Un avertissement. Ne me faites pas regretter notre choix.

— Un *quoi* ? je me redresse sur mon siège, pas certaine d'avoir tout compris.

— Nous vous donnons une dernière chance, madame Wright, avec cet ultime avertissement. Ne nous décevez pas cette fois-ci.

Je leur affirme que je vais me reprendre et détale comme un lapin pour retrouver le confort de ma chaise. Je n'arrive pas à y croire, j'ai survécu et je n'ai pas été virée. Un large sourire s'étale sur mon visage quand je me réinstalle face à Matt. Pour jouer avec ses nerfs, je reprends une mine sérieuse et me concentre sur mon écran, faisant de mon mieux pour l'ignorer. N'y tenant plus, il me fixe et chuchote :

— Alors ? Ils t'ont dit quoi ?

— Oh pas mal de choses…

— Arrête de te faire désirer, princesse ! Tu es virée ?

Je laisse passer quelques secondes pour faire durer le suspense :

— Tu connais mon talent, ils ne peuvent pas se passer de moi. Par conséquent, tu vas devoir me supporter encore quelque temps, désolée !

Un grand sourire éclaire son visage et réchauffe mon cœur.

— Merveilleux ! Du coup, j'ai un cadeau pour toi !

Et le voilà qui me balance un énorme dossier sur mon bureau. Je râle pour la forme mais me mets au travail jusqu'à l'heure du déjeuner. Quand sonne le moment de rejoindre Lisa, je descends et tente de repérer ma copine mais une haute silhouette que je connais se détache dans la lumière de l'entrée. Joe !

Que fait-il ici ?

Je me dirige vers lui mais suis interceptée par Lisa en chemin. M'ayant repérée, le rappeur se dirige d'un pas rapide vers nous, un grand sourire aux lèvres. Prise au dépourvu, je les présente l'un à l'autre en bafouillant légèrement et tente de le désigner comme un « ami », mais ce mot sonne presque louche dans ma bouche.

— J'aurais changé de carrière si j'avais su que cette entreprise était remplie de trésors comme vous deux… Lexi, je peux t'emmener déjeuner ?

Un *warning* s'allume dans ma tête, ce n'est pas une bonne idée. Vraiment pas une bonne idée. Mais Lisa, compréhensive, me pousse à accepter et c'est ainsi que je me retrouve à suivre Joe dans un petit restaurant situé à proximité.

Après avoir passé commande, Joe babille avec bonne humeur, joue parfaitement son rôle de boute-en-train sexy :

— Je suis preneur de tes conseils pour entrer dans le merveilleux monde de Carter Corp. ! Je comprends mieux pourquoi Matt y est depuis tant d'années.

— Je t'arrête tout de suite, il n'y a aucun poste de rappeur dans l'entreprise !

— Dommage, on aurait pu bosser ensemble…

Une lueur malicieuse passe dans son regard et je me sens mal à l'aise. Peut-être que je devrais mettre en terme à ce jeu ? Joe, sans le savoir, va d'ailleurs m'aider plus qu'il ne croit en venant frontalement sur le sujet :

— D'ailleurs, il y a une autre manière de régler ce problème. Quand est-ce que tu rejoins mon équipe ?

— Tu peux imaginer qu'avec tout ce qui s'est passé ces derniers temps, j'ai eu quelques soucis au taf…

— Justement ! Qu'est-ce que tu attends ?

— Joe, je viens à peine d'apaiser les tensions et de rassurer mes chefs, je ne compte pas partir maintenant.

— Je sais me montrer très patient quand je veux quelque chose. Et je te veux dans mon staff, alors je vais te laisser encore un peu de temps pour penser à ma proposition.

— Je comprends mais je ne crois pas que ce soit utile, Joe.

Entre Daryl et Joe, j'ai de toute évidence affaire à des hommes butés qui ne veulent bien comprendre que ce qui les arrange. Nous terminons le déjeuner dans une ambiance détendue malgré la conclusion en demi-teinte de sa proposition et il me raccompagne au bureau. C'est là qu'il se passe quelque chose d'étrange.

Joe s'approche dans un mouvement pour me faire la bise et je lui tends la joue mais, au dernier moment, il m'étreint et me serre contre lui durant de longues secondes. Quelques secondes de trop qui me mettent mal à l'aise.

Je retiens une remarque et avant que j'aie eu le temps de réagir et de lui demander ce qui lui prend, l'homme s'est éclipsé.

Peut-être qu'une mise au point s'impose non seulement à propos de cet enlacement impromptu mais également de ce petit jeu de séduction malsain que Joe entretien derrière le dos de son pote. Il est temps que cela cesse !

C'est à cet instant que je reçois un message de Daryl.

Rendez-vous chez moi ce soir, je t'attends ma furie.

Bon, malgré notre dispute, les choses ont l'air de s'arranger entre nous et je profiterai de l'occasion pour lui demander des nouvelles de Jason. Pour mieux le protéger, Daryl lui a interdit d'allumer son téléphone portable pour éviter qu'on le piste jusqu'à sa nouvelle planque.

Je termine la journée de boulot dans une ambiance studieuse et concentrée et prends conscience que je suis contente de pouvoir m'occuper l'esprit avec le métier que j'aime.

***

Le soir venu, je rejoins la maison de Daryl, heureuse de le retrouver. Je porte une robe légère qui dévoile mes jambes, un rouge à lèvres qui souligne le rose de ma bouche et mon parfum préféré. À l'instant où il m'ouvre, je me jette sur lui. Je l'attire à moi, presse mon corps contre le sien et l'embrasse avec fougue. Il me suffit de le voir, de plonger mes yeux dans son regard, de parcourir sa stature, de passer mes doigts dans ses cheveux pour que mes hormones se déchaînent. Mon ventre s'enflamme tandis que je capture sa langue et que je savoure ce baiser qui devient de plus en plus profond. Ses mains parcourent mes courbes, remontent sous ma robe pour saisir mes fesses tandis qu'il pousse un grognement de satisfaction. J'effleure la bosse que je sens sous son pantalon, comme si son érection enflait davantage à chaque seconde tandis que mes doigts glissent sous sa chemise et dessinent des cercles sur sa peau brûlante.

Il attrape mes jambes qui viennent encercler son bassin et me porte jusqu'au canapé avant de me déposer sur la banquette et de repartir à l'assaut de mes lèvres. Ses caresses s'accentuent, expertes, ses doigts frôlent l'intérieur de mes cuisses et je me cambre pour le sentir davantage contre moi. Puis, d'un coup, tout s'arrête. Daryl se redresse et m'observe d'un air mauvais. Je ne connais pas cette expression dédaigneuse, presque… dégoûtée qu'il affiche et ne comprends pas son attitude soudain hautaine et surtout terriblement froide.

Haletante, je l'observe, figée, interloquée. J'ai l'impression d'avoir été aspergée par un seau d'eau glacée. Et encore, je pense que cela m'aurait fait moins mal de sentir la piqûre du froid sur ma peau plutôt que d'être confrontée à sa violence calculée.

— Tu peux m'expliquer ce qui te prend ?

— Et toi, t'attends quoi comme ça ?

Je fronce les sourcils, alors qu'à l'intérieur j'ai mal à en crever. Je me relève, m'approche de lui, mais il fait un pas en arrière.

— Tu te moques de moi ? C'est ton nouveau petit jeu ? C'est quoi le but de tout ça ?

— T'as raison, c'est un jeu et, d'ailleurs, je m'amuse beaucoup là.

— Soit tu m'expliques le problème, soit je m'en vais !

— À ton avis, quel pourrait être mon problème, *poupée* ?

J'écarquille les yeux, sous le choc. Il sait très bien que je déteste qu'on me surnomme ainsi. Est-ce pour me ramener au statut d'objet, de jouet, qu'il m'insulte ainsi ?

— Tu délires ou quoi ? Mais qu'est-ce qui t'arrive à la fin ?

Le rictus qui déforme ses traits et ses yeux plissés me font peur. Pour la première fois, il m'effraie et je me sens en danger en sa présence.

— Très bien, Monsieur veut jouer à ça ? Eh bien, je me barre !

Je file en direction de la porte, mais il me rattrape avant que je l'atteigne. Il me retient par le poignet puis me pousse à le regarder en face et je dis très calmement :

— Soit tu me lâches, soit tu m'expliques, mais tu arrêtes tes conneries tout de suite.

Il siffle alors entre ses dents :

— Tu me parles de jeu mais c'est toi qui t'amuses à jouer avec moi. Et avec Joe apparemment. Comme tu sembles préférer l'enlacer lui plutôt que moi, je me suis dit que j'allais te faire profiter de mon corps une dernière fois…

— C'est une mauvaise blague ?

— Je vous ai vus ce midi, Lexi…

— Tu te fais des films pour rien, Daryl. Si tu nous as vraiment vus, tu as dû te rendre compte que ton pote m'a serrée contre lui un peu trop longtemps, certes, mais c'est tout…

— Ce que j'ai constaté, c'est que ça ne te dérange pas de courir après deux mecs en même temps. Je pensais que tu étais différente mais je me suis bien planté. Tu ne vaux pas mieux que toutes ces pu…

Il s'arrête de lui-même, interdit, tandis que mon cœur cogne si fort dans ma poitrine que j'ai l'impression qu'il ne va pas tarder à exploser dans ma cage thoracique.

Je me rends compte qu'il a tout calculé. Son message, la soirée, nos baisers, nos caresses pour tout stopper d'un coup et m'envoyer au tapis. Est-il conscient du mal qu'il me fait ?

Debout devant moi, Daryl fulmine, ses yeux lancent des éclairs, je ne l'ai jamais vu dans cet état-là. Quant à moi, il vient de me briser et je dois fuir au plus vite cette ambiance toxique. J'attrape mon sac et, d'une démarche décidée, quitte la villa avec la ferme attention de ne plus jamais y remettre les pieds.

Une fois dans la rue, j'entends le bruit caractéristique de la Lambo et de l'accélération des pneus sur le bitume. Apparemment, Daryl est parti faire un tour, furieux.

Dépitée, triste, choquée et en colère (ce qui fait un sacré paquet de sentiments pour un seul et même cœur), je sors mon téléphone pour appeler Matt et lui raconter la scène qui vient de se dérouler. Après m'avoir écoutée, il me dit de l'attendre devant mon immeuble. Il arrive, un casque sur le bras et me le tend, un air contrit sur le visage. Une fois que je suis installée derrière lui sur sa moto, il lève sa visière et, tournant légèrement la tête vers moi, me demande :

— Il était dans quel état quand tu es partie ?

— Méconnaissable. J'ai eu l'impression que tous ses démons étaient ressortis en même temps, comme si son côté sombre avait pris le dessus. Il ne m'avait jamais montré ce côté-là de sa personnalité…

— Je vois. Écoute, on va essayer de le retrouver pour lui éviter de faire des conneries. Quand il est dans cet état-là, il est capable de partir en vrille.

— Vraiment ? Parce que je n'ai pas super envie de partir à sa recherche, là tout de suite…

— Vraiment. S'il te plaît princesse, j'ai besoin de toi.

Moi, à ce stade, je me demande si c'est encore mon problème mais finis par céder en mesurant l'inquiétude de mon ami. Matt, lui, prend son rôle à cœur et enchaîne un à un les lieux préférés de son frère d'un bout à l'autre de la ville. La moto de Matt nous permet de nous faufiler dans la circulation dense de Manhattan. C'est ainsi que nous nous retrouvons devant le Starlite après avoir repéré la Lamborghini sur le parking.

Quand nous entrons, il ne nous faut pas plus d'une seconde pour l'observer en train de danser collé-serré avec une fille. Mon sang ne fait qu'un tour et Matt me retient de foncer dans le tas. Il me demande de l'attendre afin de lui parler « d'homme à homme ». Finalement, je bifurque vers le bar et avale trois shots à la suite. Ce n'est pas la meilleure tactique pour garder les idées claires, je le concède volontiers mais je me sens plutôt démunie. Je n'ai jamais reçu de mode d'emploi pour savoir comment fonctionne un « Daryl Ortega ».

Matt revient quelques minutes plus tard, la mine sombre.

— Apparemment, il n'est pas prêt à discuter. Viens, on s'en va.

— Hors de question. Merci Matt, mais je vais lui dire ma façon de penser.

Résigné, mon ami s'éloigne. Quant à moi, je me dirige vers Daryl, toujours en plein jeu de séduction avec la fille. Une fois à leur hauteur, je lui tapote l'épaule. Étonné, il tourne la tête vers moi avant de lever un sourcil :

— Tu ne vois pas que je suis occupé, là ?

— À quoi tu joues avec cette fille ?

— Si tu ne le vois pas, je te conseille d'ouvrir les yeux.

— Tu te fiches de moi ? Tu prends la mouche parce que tu crois m'avoir vue avec Joe et je te retrouve là, à draguer la première femme venue ? Je n'ai absolument rien fait avec Joe si ce n'est déjeuner avec lui alors que toi, tu te conduis comme un connard.

— Sérieux, tu en es encore là ? Je m'en fous, Lexi.

Vraiment ? Le pire quand il me balance cette phrase assassine ? Il a l'air si sincère que j'en viens à douter de ce que nous avons vécu, de ce que nous avons ressenti l'un pour l'autre. Et s'il s'en fichait vraiment de moi ? Et si notre histoire s'était déroulée uniquement dans ma tête ?

Piquée au vif, blessée, je tente une dernière réplique pour me rassurer :

— Cette fille, c'est pour te venger ?

Il me fixe avec le regard dur et froid que je lui ai vu il y a à peine quelques heures et m'achève en disant contre mon oreille :

— Écoute, je vais mettre les choses au clair avec toi. Mon frère m'a demandé de t'aider et c'est ce que j'ai fait. On a passé du bon temps ensemble, je le reconnais et c'était sympa. Maintenant, tu as choisi ton lièvre alors démerde-toi avec Joe pour régler tes dettes avec Maccini.

Je n'arrive pas à croire qu'il est sérieux. Sa manière si froide et détachée de s'adresser à moi me fend le cœur et je le détaille en cherchant à comprendre si tout est vraiment fini entre nous. Je ne peux retenir une dernière question :

— Qu'est-ce que tu veux dire exactement ?

— T'as pas l'air de comprendre, Lexi, ce truc entre nous deux… c'est fini.

Ce… *truc* ? J'ai l'impression qu'il me poignarde avec ce simple mot. Daryl se détourne de moi, rejoint sa conquête et l'attrape par les hanches pour l'attirer à lui et c'est sur cette vision que je quitte le Starlite.

J'aurais aimé ne l'avoir jamais rencontré, n'avoir jamais eu besoin de lui pour aider mon petit frère, n'avoir jamais succombé à ses avances.

Maintenant, il est trop tard.

Je suis tombée sous son charme.

Je suis tombée amoureuse.

Je suis tombée de haut.

Et la chute fait drôlement mal.

Chapitre 22

Ça devient chaud (mais pas comme je l'aimerais)

J'ai le cœur brisé, des larmes salées coulent dans ma bouche et m'écœurent. Envie de vomir. Envie de rien. Vide. Je me sens terriblement vide.

À l'extérieur, j'inspire une grande bouffée d'air pour me calmer mais la tempête qui fait rage en moi est en train de tout dévaster. Des vagues de colère me submergent, une profonde tristesse m'emporte et je lève les yeux vers le ciel clair où brillent quelques étoiles en me demandant ce que me réserve la suite de ma vie. À quoi bon continuer si c'est pour avoir aussi mal ?

Je fais quelques pas sur le parking, me concentre sur mes pieds mais je finis par me retrouver nez à capot avec la Lambo. Je grimace. Il ne manquait plus que ça.

Je lui lance un regard méchant et me mets à lui crier dessus comme une folle.

— Rien de cela ne serait arrivé si tu n'avais pas été là !

J'ai envie de faire mal à Daryl en abîmant sa précieuse voiture. Je sais que c'est puéril, que cela n'apaisera pas la profonde blessure qu'il a infligée à mon cœur mais c'est la seule solution que je trouve pour espérer libérer ma rage à cet instant. Je regarde mes pieds, hausse les épaules et, à défaut d'avoir mieux, me penche pour saisir l'une de mes ballerines.

Je prends de l'élan et, de toutes mes forces, balance ma petite chaussure sur le pare-brise de la voiture. Elle retombe dans un ridicule « plop » sur le sol sans même avoir laissé une marque sur la vitre ou sur la carrosserie. Je saisis alors celle de mon autre pied et lui réserve le même sort. Bam, prends ça !

Une voix retentit alors derrière moi et me fait sursauter. Je suis prise en flagrant délit en train de m'acharner sur une caisse de luxe, merde !

— Lexi arrête ! On peut savoir ce que tu fais, enfin ?

Je me retourne lentement et remarque que Matt se dirige vers moi à grandes enjambées. Il est encore là, lui et… il m'a vue ? Au point de désespoir où je me trouve, je ne suis pas à un problème près et je tente un merveilleux mensonge :

— Moi ? Rien, je profite de l'air frais de la soirée pour faire une petite balade.

Et j'apprends à voler à mes ballerines… mais ça, je n'ai pas osé le dire. Il louche sur mes pieds et je rétorque comme si c'était parfaitement normal :

— Oui, pieds nus, tel un fakir, ça me fait le plus grand bien.

— Comme un fakir ? Tu me baratines, je t'ai vu faire un concours de lancer de chaussures sur sa voiture.

— Je m'inquiète pour toi, de toute évidence tu as des hallucinations, tu devrais penser à aller consulter.

Matt fait le tour de la Lamborghini et ramasse mes deux ballerines avant de me les tendre en levant un sourcil pour me démontrer qu'il n'est pas dupe. Je grommelle un merci mais en réalité, je compte bien recommencer ma prestation ! Je lève le bras. À trois ! Un, deux…

Mon ami me retient de justesse alors que je m'étais lancé un nouveau défi : viser le rétroviseur. Je le sens se tendre derrière moi, un mauvais pressentiment soudain chevillé au corps, et jette un coup d'œil pour apercevoir Daryl s'avancer vers nous, seul.

Il s'adresse directement à moi, ses mots sont cassants, ses gestes, brusques :

— Qu'est-ce que tu fous encore dans le coin ?

— Oh, je drague ton frère. Apparemment, c'est mon trip ces temps-ci, de sauter sur tout ce qui bouge.

Les jumeaux ont l'air soufflés par ma réplique, l'un écarquille les yeux et l'autre me dévisage comme si j'étais devenue folle. Tant mieux. Je profite de cette petite diversion pour réitérer mon mouvement et ma chaussure effectue un magnifique vol avant d'atterrir sur le toit.

— Arf, flûte… raté ! Dommage.

— Elle est devenue dingue, gronde Daryl entre ses dents.

— Elle, elle a un nom. Lexi, pas enchantée du tout.

Il voit que j'ai encore ma seconde ballerine dans la main et devine sans doute ce que je compte en faire. D'un geste rapide, il m'attrape le poignet pour empêcher ma soulier d'accomplir son destin. Ses yeux noirs de colère se rivent aux miens et il susurre à quelques centimètres de mon visage :

— Évite de me chercher et de me pousser à bout, la furie.

— On se calme tous les deux. On dirait deux pitbulls ma parole ! s'interpose Matt. Calmez-vous chacun de votre côté, dormez, reposez-vous et demain on avisera.

— Je suis parfaitement calme en ce qui me concerne. Ton frère par contre semble un peu nerveux. Je pense que sa soirée de Casanova ne s'est pas terminée comme il l'espérait… Alors Don Juan, la belle a vu la bête derrière le masque ? Oh pardon, je dois faire trop de références culturelles que tu ne connais pas.

— Putain… gronde Daryl en me lançant un regard noir.

— C'est pas possible, vous allez arrêter vos conneries à la fin !? Lexi, attends-moi à côté de la moto, je te ramène ! Daryl, il faut qu'on parle, ordonne-t-il en lui saisissant fermement le bras.

Je m'éloigne de quelques pas et aperçois les deux frères s'agiter, gesticuler dans tous les sens et se faire face, comme s'ils étaient prêts à se taper dessus. La tension grimpe encore quand je remarque que Daryl bande ses muscles, prêt à sauter sur son frère qui semble s'être mis en position de combat, poings relevés. Nous ne sommes pas sur un ring de boxe ! Quand Daryl nargue Matt en s'approchant, menaçant, de lui, mon collègue réplique en le poussant violemment. Si je ne m'interpose pas, il risque d'y avoir des blessés.

Je cours vers eux, inspire profondément pour me donner le courage nécessaire et me poste devant Daryl.

— Laisse-le tranquille, si tu dois t'en prendre à quelqu'un, c'est à moi.

— Va-t'en Lexi, je n'ai pas besoin d'une sauveuse ! renchérit Matt.

— Tu es sûr ? provoque Daryl en recommençant à lui tourner autour.

Je n'en peux plus de leur petit jeu débile et explose :

— Je ne vous supporte plus, vous êtes deux idiots ! Tapez-vous dessus, entretuez-vous si vous en avez envie, moi… je me tire d'ici !

Je m'éloigne à grands pas et trace ma route pour sortir du parking, accompagnée durant quelques secondes par la voix de Matt qui tente de me retenir.

J'erre un moment dans la rue qui jouxte le Starlite, trop énervée pour savoir quoi faire. Marcher ? Commander un taxi ? Ces deux frangins ont vraiment le don de me rendre folle.

Quelques minutes plus tard, Matt me rejoint, essoufflé d'avoir couru dans tous les sens pour me retrouver, soulagé apparemment d'avoir mis la main sur moi.

— Alors, je te ramène, princesse ?

Il passe son bras sous le mien pour me ramener à sa moto et je le détaille de haut en bas mais il ne semble pas amoché :

— Tu as opté pour la fuite plutôt que pour le face-à-face ? Vous m'avez fichu la trouille ! Je le déteste et… je te déteste aussi !

— C'est vrai ça ? Je suis désolé Lexi, ça a toujours été notre manière de communiquer, on ne sait pas faire autrement. Tu sais, quand on était enfants, on s'est longtemps battus l'un contre l'autre. Et, plus tard, on affrontait les autres ensemble…

— Vous n'avez pas dû avoir une enfance facile. Comment vous en êtes arrivés à faire ça ?

Le voile de tristesse qui traverse son regard me fend le cœur mais j'ai besoin de savoir, de comprendre.

— On a beaucoup trop traîné dans la rue, on a rencontré les mauvaises personnes, on a fait les mauvais choix… on a participé à des courses illégales, à des combats clandestins. Contrairement à mon frère, j'ai eu envie de sortir de ce milieu…

— Pourquoi il ne t'a pas suivi ?

— Comme tu as pu le constater, on n'a pas le même caractère, lui et moi. Daryl est une tête brûlée. Il a en permanence besoin de tester ses limites, de se mettre en danger, de profiter de tout ce qu'on n'a jamais eu. L'argent, le luxe, le pouvoir…

Après une courte pause où il réfléchit, le regard dans le vague, il ajoute :

— J'imagine que ça lui donne l'impression d'avoir évolué. D'être sorti de ce rôle de pauvre petit orphelin du quartier…

L'aveu me frappe de plein fouet et j'ai l'impression d'avoir pris une claque. Orphelin ? Je n'imagine même pas à quel point leur enfance a été difficile, à quel point ils ont dû souffrir et à quel point cette épreuve a dû creuser un vide immense dans leur cœur.

— Je… excuse-moi d'être indiscrète mais qu'est ce qui s'est passé ?

Après m'avoir tendu le casque réservé au passager, Matt enjambe sa moto et me fait signe de monter derrière lui. Il démarre avant de reprendre son histoire, le bruit du vent m'obligeant à me concentrer sur sa voix :

— Nos parents sont décédés dans un accident de voiture. On avait huit ans et on a été recueillis par notre grand-mère. Elle en a tellement bavé à cause de nous…

Je ne parviens plus à retenir mes larmes et pleure doucement en imaginant ces deux gamins à l'abandon, sans argent et sans repères. Je ne suis pas mécontente que Matt ne puisse pas voir mon visage, ainsi derrière lui. Nous passons le reste du trajet dans le silence puis arrivons devant mon immeuble. Une fois stationnés devant, nous descendons de son bolide, Matt se penche vers moi, l'air désolé, puis murmure :

— Daryl a un sale caractère, c'est un fait. Mais je le connais bien, crois-moi, et il tiendra sa parole concernant ton frère, il va continuer à le protéger.

— Je n'en suis pas certaine…

— Fais-moi confiance. Ah et encore une chose. Il peut se montrer dur, mais sous ses airs de gars intransigeant et provocateur, il reste un homme. Il était malheureux ce soir. Et s'il était dans cet état, c'est parce qu'il tient vraiment à toi, Lexi.

Après lui avoir souhaité bonne nuit, je sors de la voiture et gagne mon appartement, la tête pleine de doutes.

Chapitre bonus par Claire Zamora

Daryl

Putain.

Il a encore joué au con.

Je lui tends la compresse imbibée avec humeur. Matt l'attrape par automatisme, sans sourciller. Ce geste, c'est notre quotidien.

— T'as eu raison.

J'observe la fine silhouette dont émane cette voix claire. Il y a deux choses qui sont dangereuses pour mon frère : son addiction aux emmerdes et sa petite amie. Loin de jouer le rôle de sa conscience, elle est toujours là pour lui souffler les pires idées.

— Raison ? Mais ferme ta gueule, Lana !

Elle ancre ses yeux sombres dans les miens. Je comprends pourquoi ce crétin est tombé amoureux. Cette fille-là est téméraire, sauvage et casse-pieds. Mais aussi atrayant que puisse être le fruit, il y a quelque chose de pourri à l'intérieur…

— Ton frère s'est bien battu ! Tu devrais le féliciter au lieu de lui prendre la tête ! Il était hors de question qu'il se couche !

J'esquisse un sourire mauvais en me massant les tempes.

— Pourquoi ? Pour que tu puisses désobéir à papa ?

J'insiste sur le dernier mot avec le ton de celui qui s'adresse à une enfant. Lana a beau être la fille du chef de notre gang, elle agit comme une sale gosse insolente. Ça peut être attirant au début, mais dangereux à long terme. Comme souvent, elle me décoche un regard noir et se tourne vers mon frère.

— Je me contrefous de mon père. Il n'a pas à contrôler ma vie.

Je ricane. Moi, je ne me contrefous pas des cinq types qui ont tabassé mon frère dans la ruelle.

— On ne parle pas de ta vie, Lana.

Matt soupire. Il prend la main de sa copine et relève ses yeux boursouflés vers moi.

— Daryl, ces combats clandestins, on y participe tous les deux pour se faire de la tune mais ça peut nous foutre dans la merde. Tu le sais autant que moi. Depuis quand ça te pose problème ?

Prendre des risques n'a jamais été un problème. Marcher au-dessus du vide sur une corde tendue, je fais ça tous les jours. Du moment que je m'assure d'avoir la maîtrise des deux extrémités du fil. Je suis celui qui voulait participer à ces combats. Matt a suivi. Dans les combats de rue, il n'y a pas de règles, pas de rediffusion. Tout se fait dans l'ombre et tous les coups sont permis. Mais rien à voir avec Fight club. Ici, on ne se bat pas pour le plaisir, un petit bourgeois ne tiendrait pas une minute. Dans notre arène, on se bat pour son clan et pour le pognon. Pour Matt et moi, c'était la panacée. Nous jouons de nos poings depuis notre enfance.

Les coups, on sait les prendre et on sait les donner. Le gang parie sur nous. Il se fait du blé. On s'en fait aussi. Jusque-là, tout le monde était content.

— Écoute-moi bien frérot. Que ta petite amie se rebelle contre son paternel, c'est une chose. Qu'elle t'embarque là-dedans, ça devient ton problème, donc, le mien. Tu crois qu'il va jeter l'éponge comme ça ? Je pense au contraire qu'il est en rogne concernant le fric que tu viens de faire perdre au gang…

— J'irai lui parler.

J'éclate de rire. Bordel, elle vit dans un autre monde ! Son père n'est pas un père. C'est un chef de gang. Pour un type comme lui, sa fille n'est pas la septième merveille du monde, c'est juste une brailleuse de plus.

— Oh, parce que ton père t'écoute maintenant ? Tu penses vraiment qu'il en a quelque chose à taper de ce que tu vas lui dire ? Tout ce qu'il voit, c'est Matt qui désobéit au gang. Et tu es bien placée pour savoir ce qui arrive à ceux qui se rebellent…

Généralement, on les retrouve agonisant dans le sang. Le leur s'ils ont de la chance. Celui de leur famille le plus souvent. Le gang ne fait pas dans l'empathie. Alors quand il y a une histoire de pari en jeu, que le chef nous demande de nous coucher parce qu'il a un arrangement qui conditionne un deal ou une prise de territoire, on met son ego de côté.

— Alors, tu dis qu'il aurait dû se coucher ?

— Ouais. Face au chef de l'une des plus grandes organisations criminelles de la ville, on évite de faire le clown. Même si le chef en question, c'est ton père.

Les Latinos n'ont rien à envier aux autres gangs de New York. Les Afro-américains en savent quelque chose et je ne parle pas des Italiens. Même Maccini se tient tranquille avec eux. Notre plus grande force et ce qui fait flipper nos ennemis? C'est simple: nous n'avons pas peur de mourir.

La mort, on la célèbre.

Matt se relève et vient se placer à quelques centimètres de mon visage.

— Oh la ferme! Je le rembourserai! Mais il faut qu'il comprenne… j'ai un honneur. Je ne vais pas me faire cogner juste parce qu'on me l'a demandé.

— Et toi, il faut que tu piges que tu dois arrêter de jouer le coq devant ta poulette si tu ne veux pas finir au fond d'un caniveau!

Un rictus déforme les lèvres de Matt. Nos fronts se touchent. Nous nous dévisageons. Lana ne dit rien, comme à chaque fois. Je la soupçonne d'aimer ça. Nous voir nous déchirer. Ça lui donne un petit pouvoir. Il faut croire que les chiens ne font pas des chats…

Je serre les poings, prêt à répliquer. Matt et moi, c'est notre fonctionnement. Soudés jusqu'à la moelle mais toujours prêts à nous écharper. Difficile de faire autrement.

Après la mort des parents, il fallait bien qu'on se démerde. Deux Portoricains de huit ans, orphelins, ça n'intéresse personne. Notre *abuelita* nous a recueillis mais sa retraite paye à peine sa bouffe mensuelle. Pour deux gosses paumés comme nous, rejoindre un clan, ça a été comme une révélation. On a enfin eu l'impression de faire partie d'une famille. De compter. D'être utiles. Toutes les merdes qu'on a pu faire, tout ce qu'on a appris dans la rue, nous avons pu le mettre à profit. Le gang nous a acceptés tels que nous sommes. Mais intégrer un groupe, c'est penser groupe. Et Matt l'oublie régulièrement. Alors je rattrape ses conneries. Souvent. Il n'en a pas conscience, mais je cumule tellement de dettes que je serai sans doute redevable au gang toute ma vie. De toute façon, je ne vois pas un autre avenir. Mon but est au moins de sauvegarder celui de mon frère. Ma liberté, je ne compte pas la retrouver un jour. La *Santa Muerte* sera ma dernière juge et décidera de mon sort… Je l'ai fraîchement fait tatouer sur mon corps, pour mes dix-huit ans.

— Qu'est-ce qu'il y a? Tu veux me cogner? Ben vas-y, champion!

Je sens qu'il hésite. Quelque chose le retient.

— Va te faire foutre, Daryl!

Matt fait volte-face. Lana pose une main sur son épaule et me lance son regard de vipère. Je déteste l'influence qu'elle a sur lui. Elle a déjà le panache de son père, ce truc qui lui donne de l'ascendant sur les gens. L'idée qu'un jour, je doive me plier à ses ordres me retourne le bide.

Plutôt crever.

Un bruit nous interrompt. Tout mon corps se tend. Quelqu'un est peut-être là pour Matt… J'attrape un couteau et le glisse derrière mon dos. Matt protège immédiatement Lana de son corps. Lorsque la porte s'ouvre lentement, je retiens ma respiration. Mais ce que je découvre me transperce le cœur.

— Qu'est-ce que vous faites?

— *Abuelita*…

La mine défaite, elle nous dévisage, hagarde. Tous les jours, je la trouve un peu plus fatiguée. La vie l'a usée à petit feu.

— Matt ! Mon garçon ! Que t'est-il arrivé ?! *Mira*, ton beau visage…

Elle s'avance vers mon frère et prend son visage en coupe.

— *Madre de dios*… Mais qui t'a fait ça…

— Ne t'inquiète pas, c'est rien.

Je pose une main sur son épaule pour la faire doucement pivoter vers moi. Je m'adresse à elle avec le ton le plus rassurant que je peux lui offrir.

— Va te recoucher, *abuelita*. Je m'occupe de Matt. Tout va s'arranger.

Elle me lance un regard rempli de lassitude. La « Tornade Ortega », comme elle nous appelle, n'en finit jamais de la surprendre. Et pas dans le bon sens.

— On s'est battus. Mais c'est rien.

Je ne compte plus le nombre de fois où nous lui avons dit ça.

— Mais…

Notre *abuelita* nous regarde tour à tour, visiblement dépassée. Elle sait très bien dans quoi nous traînons, comme elle connaît aussi son impuissance.

— Va.

Je la regarde tendrement et la raccompagne devant la porte. Lorsqu'elle referme derrière elle, il règne un silence de mort dans la petite cuisine. Je soupire.

— Tes conneries la mettent aussi en danger…

— Mes conneries ?

— Ouais ! TES conneries !

— Tu veux que je te rappelle qui a voulu commencer les combats clandestins ?!

— Laisse tomber, Matt… Viens. Partons d'ici.

Lana l'entraîne mais l'espace d'un instant, il me semble apercevoir une lueur de lucidité dans son regard. Mais elle s'éteint vite. J'ai l'impression d'avoir perdu mon frère.

Avant même que je ne réponde, les deux ont quitté la pièce et j'entends déjà le moteur de la Hayabusa vrombir dans la rue.

Une fois seul, je m'effondre sur une vieille chaise en bois. Il est trois heures du matin. Je n'ai qu'une seule solution. Rembourser le clan ne sera pas suffisant. Je sais que je vais devoir m'impliquer dans de sales boulots pour rattraper le coup et noircir un peu plus mon âme.

Encore.

Chapitre 23

Une décision difficile à prendre…

Ce matin, j'ai l'impression qu'un camion a roulé sur mon cœur. Trois fois de suite. J'ai perdu Daryl et je ne sais même pas si mon frère va bien et ce qu'il va devenir. Daryl tiendra-t-il vraiment parole ? Devrai-je me débrouiller seule ? Rembourser Maccini ? Pour ce faire, je ne vois qu'une seule solution…

La journée au boulot est riche et intense. Après un débrief sur ma situation sentimentale avec Lisa qui pourrait se résumer à « laisse tomber Daryl, il n'est pas pour toi », une rencontre inopinée avec Cassidy-la-harpie-sans-cœur dans les couloirs et une discussion avec Matt sur l'attitude de son frère, je suis lessivée.

Les paroles de Daryl qui m'incitent dorénavant à résoudre l'affaire de Jason toute seule tournent en boucle dans ma tête. Je me sens abandonnée.

Pour remédier à la problématique Maccini et rembourser la dette de mon frère, j'ai ma petite idée. Ce ne sera peut-être pas suffisant mais ça me donnera au moins l'impression que je fais tout mon possible pour régler cette affaire.

À contrecœur, je sors mon portable et rédige discrètement un message, l'appareil caché sous le bureau, essayant d'éviter d'attirer l'attention de Matt.

Toujours envie de bosser avec moi ?
Ta proposition est encore d'actualité ?

Je tente de me concentrer sur mes dossiers en attendant la réponse mais mon esprit divague et je repense à Daryl. À son regard de feu, à ses baisers, à ses baisers langoureux et à ses mains sur mon corps. Est-ce vraiment terminé ou Matt m'a-t-il dit la vérité ? Daryl tient-il à moi ? Et moi, ai-je vraiment envie de vivre une relation sérieuse avec lui ? Quel avenir m'attend avec un homme pareil ?

Arrête de te torturer Lexi, car pour rappel, il t'a larguée hier !

Mon portable vibre et je sors de mes questionnements tortueux.

Bien sûr, bella. Tu peux commencer ce soir ?
19 heures chez moi ?

Je ne déborde pas d'enthousiasme à l'idée de rejoindre Joe dans son antre mais il s'agit de la seule solution que j'aie trouvée pour le moment.

***

Le soir venu, je me rends à l'adresse indiquée, légèrement mal à l'aise. Au fil du chemin indiqué par le GPS, celui-ci est de plus en plus familier, jusqu'à ce que je me retrouve une nouvelle fois devant la grande bâtisse blanche et moderne, l'endroit où nous avions tourné le clip de Joe. Je n'avais pas compris qu'il s'agissait de sa maison.

Mon cœur tambourine, mes mains deviennent moites. Ce n'est pas l'idée de bosser dans un domaine que je connais moins qui m'effraie, car j'ai confiance en mes capacités professionnelles et d'adaptation, mais j'ai peur que Joe tente quelque chose avec moi. Dans ma tête, le plan de bataille est clair : mettre les choses au point une bonne fois pour toutes avant de commencer à travailler sur sa campagne de communication.

Je sonne à l'interphone et patiente avant d'entendre la voix de Joe, une voix autoritaire qui ne lui ressemble pas, annoncer :

— Tu as cinq minutes de retard, monte.

J'écarquille les yeux, surprise par son ton, et grimpe pour me retrouver, quelques secondes plus tard, face à la star. Il est en train de se servir un verre d'alcool quand j'entre dans le salon. Il tourne la tête, plisse légèrement les yeux, avale lentement une gorgée avant de me lancer :

— Je n'arrive pas à croire que « Miss je me fais désirer » soit enfin dans mon salon…

— Je n'arrive pas à croire que « Monsieur je la ramène et je fais n'importe quoi en enlaçant des filles pendant cinq minutes » ait réussi à me convaincre d'accepter ce poste…

Ma remarque le fait rire jaune mais il ne répond rien. J'avance dans le salon, l'espace est spacieux, agréable, des disques attestant d'un nombre de ventes exceptionnel sont accrochés au mur et un bar débordant de bouteilles en tout genre attend les fréquents convives de l'autre côté.

Joe m'invite à m'installer à la table en verre du salon, sur laquelle il a préalablement déposé tout un tas de dossiers, dont celui qui détaille le plan de communication de son dernier morceau. Je l'ouvre et l'inspecte, peu convaincue par tous les clichés que véhiculent les visuels choisis. Joe m'apporte un ordinateur et s'installe à côté de moi, mais cette proximité déclenche une vague de stress dans tout mon corps. C'est le moment de remettre les choses à plat. Je m'écarte de lui, prends une grande inspiration et rive mon regard au sien. Je tente de me montrer sûre de moi mais à l'intérieur, je me liquéfie :

— Écoute, Joe… avant de commencer à travailler pour toi, j'aimerais qu'on revienne sur l'ambiguïté que tu instaures entre nous. Tu vois, ton comportement me met vraiment mal à l'aise. On s'est beaucoup pris la tête, Daryl et moi… au point que (je déglutis) je ne sais plus trop où nous en sommes tous les deux. Alors, pour que ce soit clair, j'aimerais que tu lèves définitivement cette ambiguïté que tu entretiens entre nous. D'accord ?

Il pousse un soupir et passe sa main dans ses cheveux avant de me détailler comme s'il hésitait sur ce qu'il devait me répondre :

— Tu as raison, je n'aurais rien dû tenter avec toi. C'était maladroit et déplacé. Autant par rapport à toi que par rapport à Daryl. Mais peut-être qu'un jour, tu comprendras que…

Il regarde ailleurs et son silence devient pesant. N'y tenant plus, je le presse :

— Que… quoi ?
— En fait, laisse tomber.
Décontenancée, je le fixe mais remarque bien vite que Joe s'est renfermé. Pourtant, il reste à côté de moi et semble observer chacun de mes gestes, ce qui me met particulièrement mal à l'aise, encore une fois. Pourquoi scrute-t-il ainsi le moindre mouvement ? N'a-t-il pas confiance en moi ?
Je reporte mon attention sur les visuels avec la ferme intention de jouer avec les codes du rap et de les utiliser à bon escient tout en apportant une touche plus élégante. Exit les billets verts, les chaînes en or et les filles à poil.
La soirée file et je prends la décision de terminer le lendemain, je souhaite peaufiner mon projet avant de le montrer à Joe.

Une fois chez moi, éreintée, je plonge dans un bain chaud, bien décidée à rester dans les bulles aussi longtemps que possible. Voire toute la nuit. Il n'y a rien de tel qu'un bain moussant pour vous aider à oublier les problèmes, les hommes, le boulot…
En fait, ce n'est pas vrai. C'est l'alcool qui fait ça.
Malheureusement, ma pause est de courte durée. Je viens à peine de me glisser dans l'eau chaude que la sonnette de la porte d'entrée me fait sursauter.

Chapitre 24

Daryl

Elle va ouvrir. C'est sûr qu'elle va ouvrir.

Bordel, alors pourquoi je n'entends aucun bruit à part Blanchette qui aboie ?

Allez Lexi, ma furie, viens. Il faut qu'on parle.

Je n'arrive même pas à croire que je suis vraiment en train de faire ça. Moi, Daryl, je me trouve devant sa porte, attendant comme un con qu'elle apparaisse. J'ai besoin de la voir. Vraiment besoin.

Ça y est, elle est en train de déverrouiller le loquet de sécurité, la porte s'entrouvre. Elle passe la tête dans l'entrebâillement, écarquille les yeux en me découvrant dans le couloir et… referme la porte.

Quoi ? J'essaie de contenir ma rage :

— Lexi, laisse-moi entrer.

— Ah non, rentre chez toi Daryl, on n'a rien de plus à se dire.

Quelle tête de mule. Très bien, elle ne me laisse pas le choix.

— Si tu n'ouvres pas, je défonce ta porte.

— Arrête de jouer les gros durs. Et laisse ma porte tranquille !

— Je vais compter jusqu'à trois… un… deux…

Allez Lexi, ouvre, sinon je vais vraiment la briser, cette porte. Il faut que je te voie.

— Pourquoi est-ce que je devrais t'ouvrir ?

— Il faut qu'on parle…

— Toi, parler ? Tu es incapable de discuter !

Elle n'a pas tort, elle me connaît. Je voulais me voiler la face, vivre sans elle, l'oublier, reprendre mes habitudes et baiser tout ce qui passait sous mon nez sans état d'âme mais je n'y arrive pas.

— S'il te plaît, Lexi, laisse-moi essayer, au moins…

L'argument fait mouche et elle ouvre enfin la porte. Elle porte un peignoir léger, entrouvert sur son buste, mes yeux s'attardent sur ses épaules, sur la courbe de son cou, sur ses jambes… et un puissant désir s'empare de moi. Je suis certain qu'elle le sent. Même si elle me déteste peut-être à ce moment-là à cause de ce que je lui ai dit, cette attirance est toujours là. Je m'approche d'elle mais elle recule et son rejet me brise le cœur.

Pire, elle contre-attaque en balançant comme une mitraillette :

— Qu'est-ce que tu veux ? Tu n'avais plus personne sous la main alors tu t'es souvenu de moi ? Tu n'arrives plus à dormir tout seul ?

Je n'arrive plus à dormir sans toi.

— Je n'ai pas envie qu'on se dispute mais qu'on s'explique.

— Vraiment ? Tu te rappelles les horreurs que tu m'as dites ? Franchement, j'ai eu ma dose de toi, Daryl Ortega.

Je fais une nouvelle tentative et un pas vers elle mais elle hausse le ton tout en me pointant du doigt comme pour se protéger :

— Garde tes distances, monsieur Ortega, tu ne m'auras pas avec ton… ton regard de braise, ton petit sourire et ton air malicieux. Je me suis déjà fait avoir et je te jure que ça n'arrivera plus.

Je n'arrive pas à rester loin d'elle et avance encore.

— Ne bouge plus, Daryl. Pour une fois dans ta vie, fais ce que je te dis.

— Tu sais bien que je n'écoute jamais personne et que je fais toujours ce que je veux…

Elle me fixe, une lueur de défi dans les yeux. En quelques pas, je me trouve devant elle. Je saisis son bras et attire doucement Lexi vers moi pour que ses lèvres soient à quelques centimètres des miennes. Je susurre contre elle :

— Maintenant ma furie, qu'est-ce qu'on fait ?

J'emprisonne sa lèvre inférieure et la mordille tout en glissant ma main contre sa nuque pour la maintenir contre moi. Fiévreusement, elle répond à mon baiser en jouant avec ma langue, agrippe mes cheveux et les tire entre ses doigts puis délaisse ma tête pour passer ses deux mains sous mon tee-shirt. Le contact de ses doigts fins sur ma peau me coupe la respiration et l'excitation grimpe encore d'un cran. Je sens mon érection se déployer et mon sexe se tendre et palpiter pour elle.

J'ai mal de me sentir incapable de la retenir, j'ai mal de l'avoir blessée, je souffre à cause de cette foutue carapace que j'ai érigée pour qu'on me foute la paix. J'ai tellement peur de la perdre, de l'aimer, que je fais tout pour qu'elle me fuie.

Mes caresses s'intensifient, mon index remonte le long de son ventre pour toucher son sein mais, tout à coup, elle plaque ses deux mains contre mon torse et me repousse vivement. Dépité, je murmure d'une voix encore rauque de mon désir pour elle :

— Lexi…

— C'est trop facile, Daryl. Va-t'en…

Je m'éloigne d'elle et la contemple mais ce que je vois me fait l'effet d'un coup de poing à l'estomac. Les yeux brillants, Lexi pose un regard triste sur moi. C'est pire que de la colère. Elle pourrait me hurler dessus, je le supporterais. Mais cette larme qui coule lentement sur sa joue, ça, je n'y arrive pas.

Elle l'essuie d'un geste puis assène sa vérité :

— L'épisode du Starlite ne t'a pas suffi ? Qu'est-ce que tu cherches en fait ? Tu veux t'assurer de l'emprise que tu as sur moi en venant jusqu'ici ?

— Matt est venu me voir… et je…

J'ai du mal à trouver mes mots, je peine à partager ce que j'ai sur le cœur. Je ne suis pas comme ça, je n'évoque pas mes sentiments. En ai-je déjà eu pour une femme, d'ailleurs ? J'en doute. Je ne sais pas comment faire, comment gérer…

— Tu quoi ?

Elle semble à bout.

— Bordel !

Je souffle entre mes dents, amorce un mouvement dans sa direction, m'interromps, indécis.

— Je dois savoir… est-ce qu'il y a vraiment un truc entre toi et Joe ?

Elle me répond du tac au tac :

— Est-ce qu'il y a vraiment un truc avec la fille du Starlite ?

— Touché… Tu l'as revu ?

Une ombre passe sur son visage, elle range une mèche de cheveux derrière son oreille et détourne les yeux. Il semble que j'ai ma réponse.

— Oui… pour bosser pour lui.

— Évidemment…

Elle s'énerve et hurle, hors d'elle :

— C'est injuste ! Tu m'as laissée tomber Daryl. Tu m'as abandonnée. J'essaie juste de trouver des solutions pour rembourser Maccini… sans toi.

Elle réprime un sanglot et s'apprête à se réfugier dans une autre pièce mais je la rattrape et l'attire contre moi, j'ai envie de la rassurer, de la protéger, de la consoler.

— Lâche-moi… murmure-t-elle sans grande conviction.

— Écoute-moi d'abord.

Elle se dégage d'un mouvement sec, en colère.

— Tu ne fais que répéter la même chose sans rien expliquer pour autant, alors soit tu parles, soit tu t'en vas et tu ne reviens plus ! J'en ai assez !

Je fais les cent pas dans son appartement, cherchant mes mots, la bonne manière de lui communiquer ce que je garde en moi, ce que j'ai tant de peine à reconnaître et à avouer.

Je maîtrise le langage de la rue, les codes de la séduction mais en amour, je pars de loin… Je rassemble mon courage, me retourne pour lui faire face et rive mon regard au sien :

— Je sais que j'ai merdé, j'ai merdé grave et maintenant, je ne sais pas quoi dire ou faire pour tout arranger. Putain, je suis paumé. T'imagines pas à quel point ça me fait mal de lire ce que je lis en ce moment dans tes yeux ! Ça me tue. Dans mon monde, je suis obligé de me blinder pour survivre, pour que personne ne m'atteigne, je *dois* être ce… ce connard. Et puis là, sans prévenir, toi tu arrives dans ma vie, tu t'es inquiétée pour moi… tu as complètement chamboulé mon existence. Tout ça m'a rappelé Matt il y a quelques années… j'avais presque oublié la douleur qu'on ressent quand on croit perdre une personne à qui on tient…

Son expression change, elle semble vouloir me parler mais je la stoppe d'un geste. Pas encore, pas maintenant. Si je m'arrête, je ne pourrai plus continuer et j'ai encore des choses importantes à lui dire :

— Tu me connais et tu sais que je n'ai jamais parlé à qui que ce soit de mes sentiments. Au début, je me disais qu'on allait juste s'amuser tous les deux. Mais quand je t'ai vue avec Joe, ça m'a blessé et c'est là que j'ai compris…

J'ai besoin de la toucher, de la sentir près de moi. J'avance ma main et caresse sa joue avant de trouver le courage de continuer :

— Lexi, les autres filles ne comptent pas. Elles ne sont rien en comparaison de toi. Je ne t'aurais jamais laissée tomber parce que… je tiens à toi…

J'essuie les larmes qui coulent sur ses joues, attrape doucement son menton et lui fais relever la tête. Notre baiser est doux, tendre, amoureux. Lexi blottit son nez dans mon cou avant de commencer à m'embrasser et à parcourir mon corps de ses mains. D'abord mes bras, puis mes pectoraux, mon ventre, mes cuisses. Elle frôle mon sexe par-dessus le tissu et remonte mon tee-shirt jusqu'à ma tête pour me dévêtir.

J'empoigne ses fesses et la soulève pour la porter sur le canapé, elle enroule ses jambes autour de moi et je la serre un peu plus contre mon bassin. Elle est toute à moi, offerte, nue sous son peignoir. D'un geste, je défais le nœud et dénude l'épaule qui était couverte pour dégager l'accès à sa poitrine puis caresse ses seins avant de prendre un téton puis l'autre dans ma bouche.

Lexi déboutonne mon jean, baisse mon caleçon et enserre mon pénis dans sa paume avant de la faire glisser dans un délicieux va-et-vient qui m'arrache un râle de plaisir.

Le désir me submerge comme une vague, j'enfile un préservatif, glisse entre ses cuisses et plonge en elle d'un coup. Mes coups de reins s'accélèrent en même temps que mes mouvements sur son clitoris et lorsque nous jouissons, les yeux rivés l'un à l'autre, nous savons tous les deux que nous venons de franchir une étape importante.

Elle sait. Elle sait ce que je ressens pour elle.

Et j'espère qu'elle ne s'en servira jamais contre moi.

Chapitre 25

Une trahison imprévue

Je n'arrête pas de penser à Daryl, à ses mots, à cette nuit. Y aurait-il un avenir pour nous finalement ? Cet homme n'a pas fini de me surprendre. Ce dont je suis certaine ? Personne ne m'avait fait ressentir autant d'émotions jusqu'à maintenant.

Au bureau aujourd'hui, j'ai tenté de rester concentrée malgré l'insistance de mon collègue et ses incessantes questions sur ma soirée d'hier. Matt voulait un retour complet de ma discussion avec son frère et j'ai cédé (à moitié, je n'allais tout de même pas lui raconter la partie *hot* de nos retrouvailles) en lui retraçant les grandes lignes de nos échanges et de la déclaration surprenante de Daryl.

Ce soir, j'ai rendez-vous avec Joe pour poursuivre notre travail et définir sa stratégie de communication. J'ai accepté de le retrouver dans un restaurant du centre-ville pour dîner mais je n'arrête pas de penser à Daryl et aux éventuelles tensions que ma collaboration avec Joe pourrait générer entre nous. Après tout, je ne fais que bosser et j'ai dissipé l'ambiguïté du côté de Joe. Daryl doit apprendre à me faire confiance, je l'ai d'ailleurs prévenu que je rejoignais son pote plus tard.

Certaines interrogations me taraudent tout de même alors que je suis sur le chemin de l'établissement branché choisi par Joe. Que se passe-t-il entre les deux hommes qui, pourtant, se décrivent comme des frères de cœur ? Qu'est-ce qui a poussé Joe à me faire des avances ? Pourquoi Daryl se méfie-t-il de lui malgré mes explications ?

Des badauds, apparemment fans du rappeur, le repèrent et le filment dès son arrivée, mais l'incident est vite réglé et nous nous apprêtons à pénétrer à l'intérieur du restaurant quand une présence derrière nous attire mon attention. Je dois être parano. Joe ouvre la porte et m'invite à entrer mais un curieux mouvement me fait à nouveau tourner la tête.

J'entends alors Joe pousser une exclamation de surprise et le vois être propulsé en arrière, une grande main posée sur son épaule.

Je connais bien cette main.

Et pour cause.

C'est celle de Daryl.

Il ne se gêne pas pour grogner, le regard dur et le ton acerbe, une veine palpite sur sa tempe, signe évident de colère chez lui :

— Alors, c'est comme ça que vous bossez ensemble ? En allant au restaurant ?

— Salut mon frère, réplique Joe. Tu ne m'avais pas prévenu que tu allais te joindre à nous.

— Tu sais bien que je suis un mec surprenant.

Les deux hommes se jaugent avec insistance et moi, je les observe en espérant qu'ils ne vont pas faire de scandale juste devant le restaurant. Ou pire, se battre. Je décide de prendre les devants et tente d'apaiser les choses. Après tout, une bonne discussion tous les trois nous permettrait de régler définitivement les tensions qui règnent entre les garçons.

— Bien ! Qu'est-ce que vous diriez d'entrer et de s'installer calmement devant une bonne bouteille et un petit plat pour faire redescendre la pression ?

Ma remarque ne provoque aucune réaction. Daryl, qui fixe toujours avec insistance le rappeur, siffle entre ses dents :

— Parfait, comme ça, Joe pourra enfin nous expliquer ce qu'il a derrière la tête. J'ai ma petite idée mais j'aimerais bien qu'il confirme mon intuition…

Je sens la tension grimper d'un cran. Mais de quoi veut-il parler, à la fin ? Je jette un coup d'œil à Joe qui a plissé les yeux et froncé le nez, mécontent, et de toute évidence touché par l'attaque de Daryl.

— Tu délires mon pote et ne prends pas ce ton hautain avec moi, je n'apprécie pas beaucoup ton attitude…

— Ah, parce que la tienne est exemplaire peut-être ? Tu ne veux pas avouer à Lexi pourquoi tu fais tout ça ? Je crois que tu as eu ta petite revanche, tu peux passer à autre chose maintenant et arrêter de jouer avec elle.

Là, je suis complètement larguée mais j'ai besoin de savoir à quoi ils font allusion avec leurs petits sous-entendus, et je sens qu'il y a une histoire de femme derrière tout ça :

— Je n'arrive pas à y croire ! Vous vous êtes déjà engueulés à cause d'une fille ?

— On va dire que j'ai merdé il y a quelque temps… précise Daryl en évitant mon regard.

Alors, c'est pour cette raison que Joe m'a témoigné autant d'intérêt depuis le début, pour cette raison qu'il m'a tendu la main, qu'il voulait m'embaucher dans son équipe, qu'il m'a enlacée avec autant d'insistance ?

Pour se venger de Daryl ?

Je suis tellement déçue par ce comportement que je n'arrive plus à avaler ma salive et à le regarder autrement que comme un salaud. Pour en avoir le cœur net, je l'interroge du regard mais Daryl continue sa provocation :

— Ben alors, tu n'oses pas lui avouer que tu t'es servi d'elle uniquement pour me toucher, moi ?

— La ferme…

Sur les beaux traits de Joe passe un voile de culpabilité. Alors, c'est donc vrai ? J'ai la gorge nouée et le goût amer de la trahison en bouche.

Je bouillonne de rage, de frustration, de colère et de tristesse et m'adresse tout d'abord à Daryl en le fusillant du regard :

— Et toi, tu n'as pas jugé bon de me mettre au courant **avant** ? Tu aurais pu me parler de votre différend, tu ne crois pas ? Cela nous aurait évité quelques désagréments, il me semble.

Il ne répond pas et je tourne la tête vers le rappeur, tentant d'attraper son regard. Je hoche la tête plusieurs fois, terriblement attristée par son attitude.

— Je n'arrive pas à y croire. Joe ?

Son silence vient confirmer toutes les affirmations de Daryl. J'ai encore une chose à lui dire et ensuite, je m'en vais.

— Tu sais le pire, dans tout ça ? J'avais vraiment confiance en toi, j'ai cru chacun de tes mots, je pensais que tu étais quelqu'un de bien. Je me suis bien trompée…

— Lexi, écoute…

Mais je n'ai pas envie d'écouter, je tourne les talons et avance d'un pas rapide dans la rue. J'ai envie de m'éloigner d'eux, de leur fierté, de leur compétition à la con. On n'a pas le droit de jouer avec les sentiments des gens, on n'a pas le droit de se servir d'eux ainsi.

Avant d'être hors de portée de leurs voix, j'entends Daryl dire « Je la ramène et je reviens » et perçois le bruit de sa course pour me rattraper. En quelques secondes, il est à mes côtés et m'entraîne en direction de sa voiture en saisissant ma main et en entrelaçant mes doigts aux siens. J'écarquille les yeux devant ce geste tendre et inattendu et note le rictus fier de Daryl. Pour être certaine que son geste ne s'inscrit pas encore dans ce jeu malsain qui l'a opposé par le passé avec Joe, je jette un coup d'œil en arrière. Le rappeur est hors de notre vue, impossible qu'il ait assisté à la scène et ce constat me fait pousser un soupir de soulagement.

L'air de rien, Daryl affirme comme si c'était normal :

— J'ai le droit de prendre ma copine par la main, je crois.

Sa copine. SA copine. Il l'a dit. Un sentiment de plénitude et de bonheur s'empare de moi et un léger sourire se dessine sur mes lèvres. Il porte ma paume à ses lèvres et l'embrasse en me détaillant. Malgré ma joie de le voir se comporter ainsi, la tristesse des échanges précédents résonne dans ma tête et abîme mon âme. Il murmure :

— Lexi, ça va ?

Je hausse les épaules.

— Qu'est-ce qu'il y a ma petite furie ? Tu as l'air triste… et je n'ai pas envie que tu le sois.

— Tant que tu es là, c'est tout ce qui importe.

Une fois dans la voiture, il m'explique leur vieille querelle, cette fille pour laquelle Joe avait eu un coup de cœur et qu'il avait fini par draguer quand même, davantage pour gagner contre lui et pour flatter son ego que parce qu'il lui vouait un réel intérêt. Il s'arrête devant mon immeuble et dépose un baiser tendre sur mes lèvres avant de me laisser pour rejoindre son ami. Le temps des explications est venu et j'espère qu'ils parviendront à surmonter leur rancœur et surtout… à me laisser en dehors.

***

L'ambiance est tendue au bureau. J'ai aperçu Gabriel et Cassidy ensemble et même Matt semble vouloir se tenir à carreau. Je lui ai raconté l'histoire avec Joe, il m'a fait ses éternelles blagues pourries (mais je ne sais pas ce que je ferais sans lui) et la seule perspective qui m'aide à tenir le coup est la proposition de Lisa d'aller boire un verre à la sortie du boulot. Je n'ai pas papoté avec ma copine depuis des lustres alors dès que sonne l'heure de la reddition, je bondis de ma chaise, salue mon collège et retrouve la belle blonde à la réception. Direction le petit bar qui fait l'angle juste à côté de Carter Corp. Lisa ayant son cours de pole dance dans une heure, nous rendre au Starlite l'aurait obligée à faire un détour. Juste avant d'y pénétrer, je vois Lisa froncer les sourcils et me donner un coup de coude :

— C'est pas ton pote, là-bas ?

Je tourne la tête et aperçois Joe qui sort de la résidence hospitalière qui se situe à côté du bureau. Merde ! Après l'histoire d'hier, je n'ai aucune envie de le croiser, ce traître !

— Viens, il ne faut pas qu'il me voie, entrons vite !

J'entraîne ma copine tout en parlant et nous gagnons rapidement l'intérieur du bar.

Ma première gorgée de mojito a un goût de paradis mais Lisa s'est muée en mode inspecteur et ne compte pas me laisser savourer mon cocktail.

— Tu vas enfin me dire ce qui s'est passé avec le rappeur canon ? Pourquoi tu l'évites ? C'est toujours à cause de cette drôle d'ambiguïté entre vous ?

Je lui raconte alors toute l'histoire et conclus tout en sirotant mon second mojito :

— Je ne pensais pas qu'il était manipulateur à ce point. Ce qui me fait mal, c'est que j'avais confiance en lui. C'est quoi mon problème ? J'ai l'impression que je me trompe toujours à propos des gens.

— Tu penses juste qu'ils ne sont pas mauvais. Ils ne sont pas tous comme toi et c'est difficile à concevoir pour la partie droite de ton cerveau.

Elle a peut-être raison. Elle continue, entre deux gorgées :

— Si ça se trouve, il a voulu se venger au début puis a appris à te connaître et s'est vraiment attaché à toi.

— Toi aussi tu vis dans le monde des Bisounours, alors ?

Nous rions puis terminons nos cocktails avant de sortir du bar. Nous avons toutes les deux été raisonnables, Lisa à cause du cours de pole dance auquel elle doit se rendre, et moi, à cause du travail qui m'attend demain. Pourtant, avec la fatigue accumulée, je me sens un peu pompette. L'air frais me fait du bien et je décide de faire quelques pas pour reprendre mes esprits. Mon portable vibre en pleine balade, je le saisis maladroitement puis plisse les yeux pour voir l'écran. Je réponds d'un ton guilleret :

— Allôôôô, que puis-je pour vous ?

La voix suave et grave de Daryl s'élève du combiné :

— Oh, ma petite furie a la voix des grands soirs. Les soirs où elle a remplacé l'eau par… de l'eau-de-vie par exemple ? Où es-tu ? Je vais passer te chercher.

Un peu perdue à cause de mon esprit embrumé par le rhum, je tente de me repérer et finis par lui donner une adresse approximative. Nous raccrochons et je m'assieds sur des marches pour l'attendre, m'amusant à deviner le nombre de chevaux des voitures qui défilent devant moi. C'est là que je la vois. Une berline noire, une Maybach aux vitres teintées, un modèle rare et hors de prix, stationnée de l'autre côté de la rue attire mon attention. Il n'y a aucun conducteur à l'avant mais la vitre arrière est légèrement entrouverte. En me concentrant, je capte un mouvement furtif à l'intérieur et un frisson glacé dévale dans mon dos. J'ai un mauvais pressentiment. Je rêve ou quelqu'un me fixe depuis l'intérieur de la voiture ?

Et si c'était Maccini qui me suivait ? Je panique, mon pouls s'emballe, j'ai tout à coup du mal à respirer. Je jette des coups d'œil frénétiques sur la route, espérant repérer Daryl mais pour l'instant, pas la moindre ombre de Lamborghini sur le bitume froid de la nuit.

Quelques minutes plus tard, le vrombissement caractéristique se fait entendre et j'expire enfin, soulagée. Le bolide est à peine arrivé à ma hauteur que je bondis à l'intérieur, essoufflée comme si j'avais le diable aux trousses.

Daryl me jette un regard inquiet :

— Lexi, tout va bien ?

— Démarre vite, s'il te plaît. Je… je ne sais pas trop. J'ai vu cette voiture là-bas, un coupé noir et… je crois que Maccini me fait surveiller.

Comme pour vérifier que je ne délire pas, je tourne la tête en direction de la place que la voiture occupait mais elle a disparu. Je n'y comprends rien.

— Ne t'en fais pas pour ça, New York regorge de berlines noires.

— Pas des Maybach, Daryl…

— Si c'est un coup de Maccini, je le saurai bien assez tôt. En attendant, ne t'inquiète pas. D'accord ?

J'acquiesce mais je ne suis pas complètement rassurée, d'autant que je trouve mon homme étrangement calme. Un Daryl Ortega calme, c'est un Daryl Ortega qui me cache quelque chose.

Évoquer Maccini me ramène à mon affaire et mon esprit divague vers Jason. Je m'apprête à questionner Daryl quand il tourne la tête vers moi au même moment :

— Ton frère va bien, Lexi. Tu lui manques mais je veille personnellement à ce que tout se passe pour le mieux pour lui.

Comment a-t-il deviné ? C'est légèrement plus sereine que j'arrive à mon appartement, Daryl à mes côtés. À peine avons-nous franchi la porte que mon homme pose sur ma personne un regard plein de promesses. J'ai besoin de libérer mon stress et l'attire à moi en tirant sur son tee-shirt puis murmure contre ses lèvres, collant mon bassin au sien :

— J'ai faim. Vraiment très *très* faim.

— Je vois, ma furie. Moi aussi, j'ai très faim. Et ça tombe bien car le plat le plus appétissant du monde se trouve juste devant moi.

Je hoquette de surprise quand il me soulève tout en me dévorant des yeux et qu'il se dirige vers ma salle de bains. Dans ma tête, l'éventail des possibilités défile. Une douche sexy ? Un bain coquin ?

Je me trompe puisqu'avec un petit sourire, il me dépose sur la machine à laver. Intéressant. Je lève un sourcil curieux et la perspective de décupler mes sensations grâce à l'appareil m'excite.

— Très bon choix, monsieur Ortega. La fonction essorage fait des miracles…

Daryl laisse échapper un rire sexy avant d'écarter mes jambes et de descendre lentement la culotte qui attendait sagement sous ma robe. Je le déshabille en une fraction de seconde tandis que notre baiser devient plus profond, plus intense et que nos langues se cherchent et se trouvent dans un délicieux ballet. Mes mains quittent un instant son corps pour se poser sur le bouton de la machine et je me laisse aller en arrière pour m'offrir tout entière à mon amant.

Daryl nu est un spectacle dont je ne me lasse pas. Ses muscles finement dessinés, le grain de sa peau, ses mains viriles et surtout ses yeux flamboyants sont un appel à la luxure. Je le veux. Tout de suite. Après avoir enfilé une protection, il me pénètre puis cale son rythme sur celui de la machine. Je vais devenir dingue. Ma respiration s'accélère, je perds tout contrôle, pousse un gémissement, l'encourage à accentuer encore la profondeur de sa pénétration et rive mon regard au sien alors que nos souffles saccadés se perdent l'un dans l'autre.

***

Il n'a pas osé faire ça ! Si, il l'a fait ! Daryl a éteint mon réveil, je vais me faire virer. Et ce ne sera même pas de ma faute ! « Matt te couvre jusqu'à midi », m'a-t-il annoncé mais cette justification ne suffit pas à m'apaiser et je me prépare en vitesse pour gagner le bureau.

Sur le chemin, perdue dans mes pensées entre la Maybach aperçue hier, Jason et des considérations plus triviales du style « Ai-je bien pris mon ordinateur portable ? », je ne regarde pas mon chemin et percute un passant.

— Pardon… je suis navrée… Joe ?

C'est bien ma veine de tomber sur lui. Qui a dit que New York était un village ? Remarquez, rien d'étonnant puisqu'il semble traîner dans les parages de Carter Corp. pour des raisons que j'ignore. Tant que ce n'est pas une autre de ses tactiques perverses pour m'inclure dans ses plans foireux…

— Lexi !

Un ange passe. Nous sommes mal à l'aise un court instant mais je refuse de laisser ma rancœur envers lui me pourrir la vie et tente maladroitement de lancer une conversation banale.

— Tu vas bien ? Qu'est-ce que tu fais là ?

Il semble hésiter à répondre, tourne la tête pour fixer la clinique qui se trouve juste derrière nous et reporte son attention sur moi.

— Écoute, tout d'abord, je tiens à m'excuser pour mon comportement, c'était puéril de ma part et j'espère que tu pourras me pardonner. Je veux juste que tu saches que tu peux compter sur moi malgré tout. Pour toi et pour ton frère.

Je repense à tout ce qu'il a fait pour Jason et me raisonne :

— J'accepte tes excuses mais plus de coups foireux. Jamais ! C'est clair ?

— Promis.

— Je ne veux pas paraître indiscrète mais… est-ce que tu vas bien ? Je t'ai vu sortir de la clinique hier et aujourd'hui, tu es encore là. Je… tu n'es pas obligé de me raconter mais si tu as des problèmes de santé, sache que tu peux m'en parler.

— Moi, je vais bien, ne t'inquiète pas. Je suis allé rendre visite à ma mère…

Son aveu me fend le cœur et je bafouille en me sentant parfaitement ridicule :

— Oh, je suis désolée Joe. Je ne savais pas…

— Je m'y suis fait aujourd'hui, je n'ai pas d'autre choix que celui d'accepter. Elle faisait des crises de démence de plus en plus violentes alors j'ai dû prendre la décision de la faire interner. Mais bon, quand mon père s'est suicidé après avoir perdu son travail de trader à Wall Street, elle a dû faire face toute seule et m'élever comme elle pouvait…

Il remarque mon air triste et balaie l'air d'un geste en ajoutant :

— Ne t'en fais pas, finalement, je m'en suis bien sorti. La musique m'a carrément sauvé la vie. Sans elle, j'aurais sans doute mal tourné.

Nous faisons quelques pas en silence puis stoppons devant le building de Carter Corp. Ma rancœur s'envole, je suis touchée par la sincérité de Joe et, malgré son sale coup, prends conscience qu'il a un bon fond malgré tout et que les épreuves ne l'ont pas épargné. Nous nous promettons de nous revoir et nous saluons.

Je gagne les ascenseurs puis mon bureau d'un pas rapide, jetant des regards frénétiques dans tous les sens, priant pour ne croiser personne. L'atmosphère de l'open space est étrangement calme. Gabriel n'est pas là, Cassidy ne rôde pas dans les couloirs et Matt travaille, l'air concentré sur son ordinateur. D'un mouvement agile, je me glisse sur ma chaise et tente d'être discrète, mais je rate mon coup et la voix de Matt me fait sursauter :

— La princesse au Bois dormant a trop dormi ce matin ?

— Ah ah ah, mais quel humour, tu devrais penser à lancer ton propre *one man show*. D'ailleurs, qu'est-ce qui se passe ici ? Je n'ai croisé personne.

— Gabriel est en réunion avec Mark Leviels et un potentiel nouveau client. C'est du lourd apparemment, ça dure depuis des heures.

Je fronce les sourcils. En effet, le client doit être un gros poisson pour susciter autant d'attention.

— Tu sais qui c'est ? j'interroge Matt, curieuse d'en savoir plus.

Il hausse les épaules d'un air penaud et nous reprenons nos activités.

Le soir venu, j'écris à Daryl pour lui proposer un resto et quitte mon espace de travail en saluant Matt. Mais une fois les portes passées, je me fige tout à coup. Non. Je rêve.

Je frissonne, mon sang se glace et j'ai du mal à avaler ma salive.

Elle est là.

La Maybach noire. Parquée juste devant le building. Impossible que ce soit une coïncidence. Je panique, détaille les passants, observe la rue. Rien.

Mon pouls s'emballe et je suffoque malgré mes tentatives pour me calmer.

Ce n'est rien, Lexi, détends-toi.

J'inspire lentement quand une voix que je connais trop bien s'élève derrière moi :

— C'est une belle voiture, n'est-ce pas ?

Comme au ralenti, je tourne la tête pour faire face à des prunelles machiavéliques et à un rictus tout droit sorti des flammes de l'enfer. Maccini. Je ne m'étais pas trompée. C'est un cauchemar. Deux conclusions me percutent de plein fouet : c'était bien lui hier qui me surveillait et, le fameux client important… c'est lui !

— On peut savoir ce que vous faites ici ?

— Juste un peu de business. Tu ferais mieux de rentrer et de te mettre à l'abri. À ce qu'il paraît, les rues de New York sont devenues dangereuses…

Je n'ai même pas le temps de répliquer qu'il a déjà rejoint sa voiture. Moi, je suis figée dans la rue, choquée. Tout ce que je suis capable de faire est de regarder la Maybach démarrer et s'éloigner sur l'avenue en produisant un vrombissement sonore.

Une fois mes esprits retrouvés, je tente d'appeler Daryl mais sa ligne est occupée. J'appelle Matt alors que je grimpe dans un taxi pour rentrer chez moi. À demi-mot, j'essaie de lui expliquer ma découverte du soir et tente de rester discrète devant le chauffeur de taxi. On ne sait jamais où se planquent les espions ! La panique qui me colle à la peau n'est pas près de s'estomper et la menace de Maccini me revient en tête.

À ce qu'il paraît, les rues de New York sont devenues dangereuses…

Suis-je en danger ? Qu'est-ce qu'il attend de moi ? Souhaite-t-il me mettre la pression, m'intimider ?

Daryl vient de m'écrire qu'il passait me prendre dans dix minutes chez moi, quant à Matt, malgré mes protestations, il m'a prévenue qu'il allait venait me voir. Ai-je raison de flipper à ce point ?

C'est en sortant du taxi que tout s'accélère.

Je m'apprête à traverser pour gagner mon immeuble quand une voiture me fonce dessus à vitesse grand V. J'ai à peine le temps de comprendre ce qui se passe que je me mets à hurler. Puis à courir. Ma respiration devient saccadée, mon cœur se met à pulser dans ma cage thoracique et je tente de m'engouffrer dans une petite ruelle pour semer mon assaillant.

Je cours à en perdre haleine mais me retrouve vite bloquée par un grillage. Eh merde !

Boum, boum, boum.

D'un œil furtif, j'évalue mes échappatoires, reviens sur mes pas le plus vite possible pour me sortir de ce guet-apens mais c'est trop tard. La voiture me barre le passage et je recule dans la ruelle sombre, prise au piège. Dans une dernière tentative désespérée, je m'accroche au grillage et essaie de l'escalader mais je glisse au sol et m'effondre dans un bruit sourd. J'entends une portière qui claque et des pas qui se rapprochent.

C'est fini. Cette fois-ci, je ne vais pas m'en sortir.

Un homme à la carrure imposante, vêtu de noir, avance vers moi, un sourire malveillant aux lèvres.

— Tu as bien failli me semer, viens par là, n'aie pas peur.

Un rire gras éclate et brise le silence de la nuit.

— Laissez-moi tranquille sinon… vous allez le regretter.

Il rit d'autant plus fort :

— Ah bon, tu as l'air pourtant d'être… toute seule. À ma merci.

Pour gagner du temps, je dois le faire parler :

— C'est Maccini qui vous envoie ?

Je recule jusqu'à sentir les fils de fer de la clôture s'enfoncer dans mon dos. En une fraction de seconde, l'homme est sur moi, il me saisit par la gorge et m'écrase encore davantage contre le grillage. Je suffoque.

— Ce n'est pas toi qui poses les questions, petite gazelle.

Tout en proférant son affirmation, il sort un couteau qu'il approche lentement, cruellement de mon visage. Je ferme les yeux, formule une prière silencieuse alors que je sens la lame froide effleurer ma peau et son souffle chaud dans mon cou. Il susurre, comme pour jouir davantage de son pouvoir, sadique :

— Ouvre tes yeux, j'ai envie de lire la peur dans ton regard.

Un cri retentit alors au bout de la rue. Quelqu'un en colère. Quelqu'un qui court.

— Sale enfoiré, laisse-la !

Ni une ni deux, mon agresseur me lâche, assailli par Matt qui vient de lui infliger un coup de casque de moto sur le crâne. Toujours sous le choc, j'observe la scène, incapable de réagir. Le combat se poursuit entre mon ami et cet homme de main jusqu'au moment où Daryl surgit à son tour, fou de rage.

— Tu vas crever, enflure !

Les deux frères se battent comme des lions, les coups fusent, les insultes giclent tout comme le sang, les uppercuts sifflent dans l'air.

L'homme a finalement son compte. Il gît au sol, Daryl, au-dessus de lui, maintient son col pour le soulever légèrement et l'interroger :

— Qui t'envoie ?

À part un gémissement, l'homme ne répond pas. Daryl gronde alors entre ses dents :

— Dégage et je t'interdis de t'approcher d'elle. Sinon, tu crèves. Pigé ?

Il ne demande pas son reste, se lève en titubant et rejoint sa voiture après nous avoir jeté un regard mauvais. Moi, je m'effondre dans les bras de Daryl. J'ai eu tellement peur que mes jambes flageolent, elles sont incapables de me porter. Soutenue par Daryl, je le laisse m'emmener jusqu'à sa voiture puis confie mes clés d'appartement à Matt pour qu'il récupère Blanchette pour la nuit.

Durant le trajet j'explique tout à Daryl, la Maybach, Maccini, ses menaces, le fait qu'il soit en affaires avec l'entreprise dans laquelle je travaille. Pensif, Daryl gare rapidement la voiture devant la villa et m'enjoint d'entrer et de l'attendre le temps qu'il passe un coup de fil important.

Curieuse, je tends l'oreille mais ne parviens qu'à entendre des bribes de conversation : « Il tient le coup ? » ou encore : « Je suis avec elle, non pas maintenant… » Parle-t-il avec Jason ?

Quand il revient près de moi, je tente de l'interroger mais à part me rassurer et me tenir le même discours que d'habitude avec son sempiternel « Ton frère est en sécurité », il ne me confie rien et je n'obtiens aucune information supplémentaire.

Épuisée, je me laisse guider dans la chambre par Daryl, il prend soin de me déshabiller puis m'étend sur le lit avec délicatesse. Il s'allonge ensuite à côté de moi et m'attire à lui pour une douce et tendre étreinte. Nous nous endormons l'un contre l'autre.

Au milieu de la nuit, je me réveille, tiraillée par la soif. Je descends à la cuisine, repère la veste de Daryl tombée au sol et me baisse machinalement pour la poser sur le canapé.

C'est alors que son portable glisse de la poche et vient percuter le sol dans un bruit sec. J'ai un instant d'hésitation.

Non, tu ne peux pas faire ça. Ce n'est pas une bonne idée.

Mais l'envie d'entendre mon frère, d'avoir de ses nouvelles l'emporte sur ma conscience et je consulte la liste des appels passés. Fébrile, stressée mais impatiente, j'appuie sur la touche et patiente quelques sonneries.

Lorsqu'on décroche enfin, je sursaute sous l'effet de la surprise et mon cœur s'accélère, cognant fort contre ma poitrine.

— Ben alors, tu en as mis du temps…

Ce ton. Ce phrasé. Cette voix. C'est impossible. Mon sang se glace, mon souffle se bloque, je vois trouble et je vacille. Il faut que je m'asseye. D'un filet de voix, je parviens à articuler piteusement :

— Je… c'est vous ? Qu'est-ce que ça signifie ?

— Tiens, tiens, si je m'attendais à ça. Tu as passé une bonne soirée ?

Je peux sentir son rictus se dessiner sur ses traits de diable. Maccini. Mon esprit tourne à toute vitesse. Daryl m'a-t-il tout dit ? De toute évidence, non.

Je suis horrifiée comme si toute ma vie n'était qu'un mensonge bâti sur du vent.

— Pourquoi répondez-vous à ce numéro ?

Il pousse un faux soupir puis éclate de rire :

— J'ai des ressources et… ce que je veux, je l'obtiens. Je n'ai eu qu'à claquer des doigts pour trouver ce que je cherchais. Tracer quelques appels, faire suivre les personnes clés, organiser quelques filatures et l'histoire était réglée.

Mes hommes n'ont pas tardé à me ramener le colis que j'espérais.

— Vous bluffez.

J'entends du bruit derrière lui, je crois qu'il donne un ordre, un cri étouffé résonne.

— Tiens, dis bonjour à ta sœur, elle se fait du souci pour toi…

Les plus longues secondes de ma vie s'écoulent avant que j'entende :

— Lexi ?

— Jason, oh mon Dieu ! Jason !

Puis, plus rien, d'autres bruits étouffés, on l'éloigne et le mafieux reprend le combiné.

— Rassurée ?

— Si vous posez un seul doigt sur lui, je vous promets que je vais…

Il rit encore puis reprend en sifflant :

— Je comptais proposer un deal à Ortega mais je sens que tu seras beaucoup plus docile avec moi.

— Qu'est-ce que vous voulez ?

— Un échange. Toi contre lui. Rendez-vous dans une heure au casino. Et tu as intérêt à venir seule si tu ne veux pas que j'amoche le visage d'ange de ton frère. J'en ai ma claque, des Portoricains.

Il raccroche.

Je n'ai pas le choix. Je tremble de tous mes membres en écrivant un mot à Daryl puis file en catimini m'habiller et prendre les clés de la Lamborghini.

Chapitre 26

Un danger imminent

Il n'existe aucun moyen de revenir en arrière. Mon insouciance a définitivement disparu et ma vie d'avant avec elle.

Alors que je trace ma route en direction du casino, les scènes que j'y ai vécues me reviennent en mémoire, comme de sombres réminiscences. La peur, le goût de la mort en bouche, le bruit de la détente qui claque dans le vide. Encore une fois, je ne trouve aucune alternative à part foncer dans la gueule du loup. Pour Jason, je suis définitivement prête à faire n'importe quoi. Je suis prête à donner ma vie si cela lui permet de vivre.

Pourtant, ce que j'ai appris en naviguant dans ce milieu, c'est qu'on ne peut jamais faire confiance à un mafieux. Jamais. Mais j'en ai marre de mettre Daryl en danger et de faire peser sur lui le poids des conneries de mon frère. Il est temps que je règle ses comptes. Seule. Même si je suis consciente que mon attitude comprend une bonne dose d'inconscience et que Daryl va péter un plomb en lisant mon mot, je fonce tête baissée.

Un homme de main posté sur le parking me fait signe d'avancer, certainement pour que je rejoigne le point de rencontre prévu par Maccini. Le parking devient de plus en plus désert et je dois me faire violence pour continuer ma route. Je finis par apercevoir un attroupement d'hommes et crois repérer la silhouette de Jason. Je frissonne. Voilà, c'est le moment de vérité.

Je m'arrête, descends de la Lambo, refrène mon envie de courir vers eux et avance d'un pas assuré – mais en fait, je n'en mène pas large. À l'intérieur, je me liquéfie. Lorsqu'un éclat brillant éclaire la nuit, je pile, plisse les yeux et panique quand j'identifie l'objet : un canon de pistolet est pointé sur la tête de mon frère.

Non, non, non.

Cette image va me hanter toute ma vie. Quelle sera la suite ? Mon petit frère mort, la cervelle explosée ? Nos deux corps enterrés quelque part sous ce parking poussiéreux ?

Maccini se tient, fier et droit, à quelques mètres de moi et siffle lentement :

— *Chi va piano va sano e va lontano…*

— Je ne savais pas que la nuit vous donnait envie de philosopher… ce serait quoi, la prochaine étape ? *Carpe diem* peut-être ?

Il ricane et je regrette instantanément mes paroles. J'ai déjà pu constater que le mafieux n'était pas du genre à plaisanter et moi, je ne trouve rien de mieux que de le provoquer. D'ailleurs, les traits de son visage se durcissent, son regard devient plus sombre et menaçant, il pince les lèvres et donne un ordre silencieux à l'un de ses hommes de main qui m'attrape par le bras avant de m'ordonner :

— À genoux.

Je m'exécute à contrecœur, jette un regard plein de désespoir à mon frère, lui aussi semble terrorisé et ça me brise le cœur. J'entends le glissement et le clic métallique d'une arme qu'on charge tandis qu'un autre homme réserve le même sort à Jason, le forçant lui aussi à se mettre à genoux.

— Quelle belle soirée pour mourir en famille, tu ne trouves pas ?

Je puise dans mes dernières forces pour tenter de le raisonner :

— Ce n'était pas ce qui était convenu, je croyais que vous étiez un homme de parole. Libérez mon frère !

— Je crois avoir fait ma part du marché. Toi, ton frère et ton Portoricain, vous vous êtes assez foutus de ma gueule.

Paniqué, mon frère hurle dans la nuit :

— Pitié, ne faites pas ça, je ferai tout ce que vous voudrez !

Maccini lui jette un regard hautain comme s'il était un pauvre petit cloporte et secoue lentement la tête. On dirait qu'il prend un plaisir malsain à nous torturer, à faire durer cet instant, à nous observer et à lire la peur dans nos yeux.

Jason sanglote et mon ventre se tord, j'aimerais tellement lui dire que je suis désolée, que j'aurais voulu le sortir de là, que je l'aime plus que tout, que j'ai eu de la chance de l'avoir comme petit frère, que notre vie a été belle malgré tout, malgré cette fin pourrie et cette mort sur un parking.

Je parviens tout de même à trouver la force d'articuler silencieusement « Je t'aime, petit frère » et il me répond de la même façon, les yeux embués de larmes. Tel un coup de fouet, les mots de Maccini viennent mettre un terme à nos adieux :

— Allez, finissons-en.

Le bruit d'une cylindrée que je crois reconnaître perce le silence de la nuit et Maccini tourne la tête avant de suspendre notre exécution d'un geste de la main :

— Tiens, tiens, il semblerait que nous ayons de la visite…

Les silhouettes des deux hommes que j'espérais le plus voir apparaissent.

Daryl descend de la moto de son frère et s'avance vers Maccini. Ses yeux lancent des éclairs et j'ai l'impression qu'il est sur le point de devenir fou. J'ai appris à savoir que dans cet état, il serait capable de faire n'importe quoi.

— Relâche-les, Giorgio.

— Sinon, quoi ? Tu n'es pas en position de négocier. Un mot, un seul mot de ma part et ta jolie poupée se fait exploser le cerveau. Je croyais qu'on s'était mis d'accord, pas d'argent, pas d'arrangement. Abattez-les !

Matt hurle un « nooon » déchirant tandis que Daryl lance très calmement :

— Je ne ferais pas ça si j'étais toi…

À cet instant, un bruit monstrueux nous fait tourner la tête vers l'entrée du parking. Plusieurs voitures foncent droit sur notre attroupement et nous encerclent dans un nuage épais de fumée blanche. Les vitres se baissent et des armes se pointent les unes après les autres sur un Maccini grimaçant.

Les hommes de Daryl.

Le mafieux, vaincu, abdique et cède en baissant le bras et en regardant ses hommes :

— C'est bon, relâchez-les, une fusillade génère beaucoup trop de sang et de bordel et je n'ai pas envie de gérer un grand nettoyage. Mais, Ortega, l'histoire est loin d'être terminée… et tu m'es toujours redevable.

— Je n'oublie rien mais, en attendant, laisse-les tranquilles ou tu auras affaire à mes hommes.

Le soulagement est de courte durée mais, pour l'instant, je me rue sur Jason pour le serrer dans mes bras. Daryl nous ordonne de les rejoindre et nous nous exécutons au pas de course. Sait-on jamais, Maccini pourrait changer d'avis !

L'ambiance est tendue durant le trajet retour et Daryl ne pipe pas mot, il a l'air de m'en vouloir à mort et, étant donné notre passif concernant Maccini et mon faux pas précédent, je peux le comprendre. Je l'ai encore une fois mis en danger en prenant des risques inconsidérés et je boufferais certainement des arbres par la racine s'il n'était pas, une fois de plus, venu me tirer d'affaire. Son mutisme me blesse, j'ai besoin qu'il me parle, alors je décide de tenter une approche :

— Je suis désolée pour ce soir Daryl, tu sais que lorsqu'il s'agit de mon frère, je fonce tête baissée. Je comprends que tu m'en veuilles mais s'il te plaît, ne m'ignore pas…

Il reste silencieux, les yeux braqués sur la route et l'arrivée à la villa ne change pas la donne puisqu'il se gare et fonce à l'intérieur sans daigner me jeter un regard. Matt et mon frère arrivent à leur tour et je ne peux m'empêcher de me ruer à nouveau sur Jason pour l'étreindre. Je ne veux plus jamais le lâcher, j'ai eu tellement peur. Et il m'a tellement manqué.

— Tout va bien, Lexi, je suis là maintenant. On est sortis d'affaire.

Je n'en suis pas si sûre mais, pour le moment, je refuse d'y penser. Après tout, la dette est toujours là et nous n'avons pas encore trouvé un moyen de régler la totalité de la somme due à Maccini. Matt me fixe d'un regard scrutateur, il me connaît tellement bien qu'il remarque que je suis triste :

— Ne fais pas cette tête, princesse.

— Oh, tu as raison, je devrais être plus joyeuse. On a failli y passer, et ton frère boude parce que j'ai agi comme une débile... parfait !

— C'est vrai que tu n'as pas intérêt à nous refaire un coup pareil. Apparemment, tu n'as toujours pas pris la mesure du milieu dans lequel tu as mis les pieds. T'imagines pas dans quel état Daryl était quand il a trouvé ton mot. Et moi, j'ai flippé comme jamais ! Bordel, vous...

Je culpabilise à mort de l'entendre me dire mes quatre vérités et m'excuse, au bord des larmes.

— Tout est de ma faute, Lexi, réagit Jason en baissant la tête et en soupirant. Je n'aurais jamais dû voler cette caisse... Je crois que je vais retourner à la maison, faire la paix avec les parents et recommencer à zéro.

— Tu es sûr que c'est ce que tu veux ?

Il hausse les épaules :

— De toute façon, ça ne peut pas être pire que ce que j'ai fait jusqu'à présent. Je vais essayer de renouer le dialogue avec papa et maman et tenter d'apaiser les choses entre nous. Ils me manquent…

— Et je suis sûre que tu leur manques aussi.

Il se fait tard et Jason ne tarde pas à suivre Matt qui a proposé de l'héberger le temps nécessaire à ce que toute cette histoire se tasse. Jason et Blanchette sont entre de bonnes mains avec lui et je les regarde s'éloigner dans la nuit avec un étrange soulagement au cœur de l'estomac.

Soulagement de courte durée puisque Daryl s'est enfermé dans sa chambre et refuse catégoriquement de me parler. J'ai bien tenté de lui faire peur en menaçant de défoncer la porte mais, visiblement, il ne m'a pas crue.

— Va-t'en Lexi, je n'ai pas envie de te voir, là.

— Je m'en irai quand on aura parlé, pas avant.

— C'est pas possible d'être aussi butée ! Tu ne comprends pas quand on te dit de t'en aller ?

— Je sais que tu m'en veux et que tu es furieux alors il faut qu'on s'explique !

Des jurons se font entendre derrière la porte et il finit par l'ouvrir de mauvaise grâce. Il passe la main dans ses cheveux, excédé :

— Ton petit manège de ce soir ne t'a pas suffi ?

— J'ai merdé, je le sais mais je ne pouvais pas laisser mon frère dans cette galère.

— Tu aurais dû me parler au lieu de te lancer encore une fois dans la gueule du loup. Quand est-ce que tu comprendras que tu dois arrêter de jouer à Superwoman ? Tu aurais pu te faire tuer et ton frère avec toi. Tu crois vraiment que j'ai envie d'avoir votre mort sur la conscience ?

— Non, je le sais bien.

— Maintenant, laisse-moi, j'ai besoin d'être seul… sinon, je risque de devenir désagréable.

— Plus que tu ne l'es déjà ?

Je me suis en fait retenue de prononcer cette phrase. À contrecœur, je quitte la villa après qu'il m'a refermé la porte au nez, me laissant en proie aux doutes. Pourtant, une petite voix lancinante ne cesse de me souffler que le contentieux avec Maccini n'est pas fini. Une chose est certaine : il ne va pas faire une croix sur son argent.

À peine arrivée chez moi, je m'installe sur le canapé, saisis un plaid et allume la télévision pour me sentir moins seule, éprouvée par les événements des dernières heures.

Quand la sonnette de la porte retentit, je sursaute, ramenée brutalement à la réalité. Un flot de questions m'assaille. Mon appartement est-il toujours un cocon rassurant ? Les hommes de Maccini pourraient-ils se pointer ici ?

Je me lève sans faire de bruit pour aller regarder par le judas et découvre Lisa derrière la porte. Je ne tarde pas à lui ouvrir et elle se jette sur moi pour m'enlacer, ses deux bras venant s'enrouler autour de mon cou :

— Oh mon Dieu, Lexi, tu vas bien ?

Devant mon air ahuri et le questionnement qu'elle peut sans doute deviner, elle ajoute :

— J'ai appelé Matt et il m'a dit que tu n'allais pas tarder à rentrer. Il m'a parlé de ton agression et de ce qui s'était passé ce soir avec Jason. J'ai eu tellement peur pour vous !

Je la laisse entrer et nous nous installons sur mon canapé avec un verre de vin. Finalement, la présence de mon amie m'apaise et l'idée de débriefer et de partager avec elle ce que je viens de vivre me rassérène.

— Ne t'en fais pas, Daryl a géré comme un pro et Jason est libre. Tout est bien qui finit bien !

— Alors, pourquoi tu fais cette tête ? Pourquoi ton homme n'est pas avec toi ?

Elle me connaît par cœur et je ne peux décidément rien lui cacher.

— On s'est disputés. Encore…

Elle fronce les sourcils tout en avalant une gorgée de vin :

— Encore ? Peut-être que tu devrais te poser les bonnes questions. Tu es amoureuse de lui ?

J'acquiesce. C'est une évidence, je l'aime. Et depuis un moment déjà, bien qu'on se connaisse depuis quelques semaines seulement. Imaginer ma vie sans Daryl m'est tout simplement insupportable. J'ajoute, faisant tourner le vin dans mon verre :

— Je suis au stade où je me demande si l'amour suffit, tu comprends ? On tient l'un à l'autre. Beaucoup, même. Mais on ne fait pas partie du même monde, le sien est tellement compliqué, dangereux, inconnu pour moi. Il n'y a pas de limites… *il* n'a pas de limite.

— Je vois, c'est un vrai *bad boy*.

— Je ne te le fais pas dire. Tous nos codes sont différents. Quel avenir puis-je espérer pour nous deux ? J'ai beau tourner les choses dans tous les sens, je ne trouve pas de réponse… sans compter qu'il a un caractère de merde !

— Comme toi, quoi ! Vous avez au moins un point commun !

Faussement outrée, je lui balance un coussin dessus puis nous éclatons de rire. Heureusement que je peux compter sur elle pour m'écouter, me faire rire et m'aider à mettre mes problèmes en perspective.

Il est tard quand elle repart de chez moi mais, grâce à elle, je parviens à me coucher plus apaisée et plus sereine. Demain est un autre jour, un jour où j'espère me réconcilier avec ce monsieur Ortega qui me rend folle. En fermant les yeux, je repense à notre dispute mais je m'aperçois aussi que, malgré son caractère de feu et les tensions qui règnent entre nous, il me manque terriblement.

***

Depuis ce matin, j'ai beau tenter de m'occuper et de travailler, je n'arrête pas de regarder mon portable avec l'espoir que Daryl me fasse signe. Je suis pathétique et pitoyable. Et je m'énerve toute seule !

Le soir, n'y tenant plus, je compose son numéro, la boule au ventre et attends qu'il réponde en me rongeant l'ongle du pouce.

Rien.

Que faire ? Je me pose la question une fraction de seconde et décide de me rendre chez lui pour une petite explication en face-à-face. Pas la peine de me ronger les sangs plus longtemps. Je grimpe dans Loulou et conduis dans les rues de New York jusqu'au quartier résidentiel où se trouve la villa, débattant avec moi-même pour trouver les arguments qui le pousseraient à me pardonner.

En arrivant, je suis surprise de découvrir des groupes de personnes éparpillées dans le jardin. D'après leur dégaine et leur attitude, il doit s'agir des hommes de main de Daryl… j'essaie d'ailleurs de le repérer, sans succès, et continue ma progression jusqu'à l'intérieur. Quand il m'aperçoit, il plisse les yeux et serre la mâchoire. De toute évidence, il n'est pas ravi de me voir débarquer chez lui. Il avance rapidement vers moi, saisit mon bras pour m'entraîner à l'écart et susurre entre ses dents :

— On peut savoir ce que tu fais là ? Je suis en pleine soirée business, là.

— Navrée, j'ai bien essayé de t'appeler mais tu n'as pas répondu.

— Oui, et on sait bien que quand je ne réponds pas, c'est une raison pour débouler chez moi comme une furie…

— Un peu comme tu as l'habitude de le faire chez moi, tu veux dire ?

Il fronce les sourcils suite à ma remarque piquante. Il a l'air de m'en vouloir. Au lieu d'apaiser les tensions, mon arrivée inopinée ne fait qu'aggraver les choses.

— Je t'en prie, termine ce que tu dois faire et on parlera après.

— Ce n'est pas la bonne soirée, Lexi. Je ne te raccompagne pas, tu connais la sortie.

Vexée, je ne compte pas lui obéir. Je veux ma discussion même s'il est plus borné qu'une mule.

J'attends patiemment que ses hommes quittent la maison plusieurs heures plus tard et le rejoins à l'extérieur. Je le retrouve allongé sur un transat près de la piscine. Lorsque j'approche, la fraîcheur de la nuit me fait frissonner.

Il sursaute quand je lui effleure l'épaule et tourne la tête vers moi :

— Alors comme ça, tu es toujours là.

— On ne se débarrasse pas aussi facilement de moi.

— Je le sais…

— Daryl, je peux savoir ce qui se passe exactement avec Maccini ? J'ai l'impression que tu me caches des choses.

Il pousse un soupir, passe sa main sur sa nuque puis plonge son regard dans le mien :

— Pour ton bien, Lexi, reste en dehors de ça. Arrête de faire la fille têtue. Tu as failli y laisser ta peau, alors laisse-moi gérer. Jason est libre, c'est tout ce que tu as besoin de savoir.

Sous le coup de l'émotion, je retiens mes larmes. J'ai envie de l'aider, après tout, c'est ma faute s'il se retrouve embrigadé dans des histoires de mafieux. En apercevant mes yeux brillants, Daryl se radoucit et passe une main sur ma joue.

— Je sais ce que tu penses, ma furie, mais à ce stade, tu ne peux pas m'aider. Allez, viens là

Il se déporte légèrement sur le transat pour me faire de la place et m'attire contre lui dès que j'y ai posé mes fesses. Sentir son corps chaud contre le mien me fait sourire et je pose doucement ma tête contre son épaule. Je sens ses muscles se détendre et son étreinte se resserrer un peu plus autour de moi. Ses lèvres viennent effleurer mon oreille et, dans un souffle, il murmure :

— Je vais te dire quelque chose d'important...

Daryl cultive à la perfection l'art du suspense. Je me redresse un peu trop vite et le fixe avec attention, l'encourageant silencieusement à poursuivre.

— Matt a eu raison de quitter ce milieu. Ça n'a pas été évident de réaliser la transition mais il a réussi. Je dois t'avouer que depuis que tu es entrée dans ma vie, je pense de plus en plus à faire pareil...

Oh mon Dieu. Mon cœur manque un battement. Daryl, rangé ? C'est la première fois que j'entrevois un futur possible à notre histoire. Serait-il capable de le faire, de renier son monde, de retrouver une vie normale ?

J'entrelace mes doigts aux siens avant de lui dire :

— Tu peux compter sur moi pour t'aider, on va trouver une solution. Certes, je ne sais pas gérer des mafieux mais je suis parfaitement capable de t'initier à la vie normale.

Il me fait un sourire triste, comme s'il ne me croyait pas complètement, puis appuie doucement son front contre le mien. J'en profite pour murmurer :

— Tu m'en veux toujours ?

— Peut-être. Enfin, tout dépend de ta stratégie pour te faire pardonner.

— Peut-être comme ça...

Je souris, m'approche de ses lèvres pour les happer et l'embrasse. C'est si bon de retrouver sa bouche. Le désir me saisit, violent, comme à chaque fois que nos peaux sont en contact. Ses mains viennent caresser mon dos, parcourent mes fesses et je me redresse, brûlante de le sentir encore plus près de moi. Je le chevauche, prends appui sur mes genoux pour libérer son bassin et me ménager un accès à sa braguette que j'ouvre avant de glisser ma main à l'intérieur. Excitée, déjà haletante, je sors son sexe de son caleçon et le caresse en serrant ma main autour de sa verge durcie, ce qui déclenche un râle de plaisir. Il se fraie à son tour un chemin jusqu'à ma culotte et passe ses doigts dessous pour gagner mon clitoris humide.

Ses caresses me font gémir, je ne tiens plus, j'ai envie de le sentir en moi. C'est là qu'il empoigne mes fesses pour se relever, me tenant fermement contre lui pour m'amener à l'intérieur de la villa. Il me porte jusqu'à son lit et me dépose sur le matelas avant de fondre à nouveau sur ma bouche.

Avec une tendresse que je lui ai rarement connue, comme s'il tenait à profiter de chaque instant, comme s'il souhaitait graver ces images dans son esprit, il me déleste des derniers vêtements qu'il me reste et passe ses doigts sur chaque parcelle de ma peau, de mon visage à mes hanches. Il effleure délicatement mes cuisses, pousse un soupir, plonge ses yeux dans les miens et m'embrasse intensément. Ce baiser a un goût d'amour et de passion. Peut-être le meilleur que nous ayons échangé jusqu'ici car il possède un élément unique : la certitude que nous tenons l'un à l'autre, la certitude que notre histoire en vaut la peine. La certitude que je l'aime ?

Il me pénètre avec un doigt, ce qui me fait suffoquer, et utilise son autre main pour pincer l'un de mes tétons.

La décharge que son geste provoque en moi est inégalable, électrique, et me fait perdre pied. À mon tour, je reprends mes caresses, sens l'excitation monter encore d'un cran en constatant l'effet que je lui fais et frémis quand il bascule et s'éloigne de moi le temps d'enfiler une protection.

Je suis si excitée que j'ai du mal à reprendre ma respiration. Je m'installe sur lui et descends dans un mouvement doux et contrôlé, j'ai envie de le sentir en moi, centimètre par centimètre. J'ai envie de le savourer.

Il accompagne mon mouvement en me tenant par les hanches, ses yeux noisette perdus dans les miens.

J'accélère, le sens se contracter, palpiter, se durcir encore plus. Je suis au bord du gouffre. Il profite de ma perdition pour me renverser d'un coup de hanches et me pénètre profondément, encore et encore. Nos bouches collées l'une à l'autre, nos corps unis et en sueur, nos doigts enlacés comme si nos mains fusionnaient, nous haletons de concert, unissant nos souffles dans un dernier mouvement.

Quand je jouis, j'ai l'impression d'être propulsée dans un monde parallèle, mes sensations sont décuplées, mon plaisir explose. Je me sens vivante. Je me sens incroyablement bien.

Nos regards se croisent et nous nous enlaçons, essoufflés, le cœur battant la chamade.

Quelques heures plus tard, je me réveille dans son lit, alanguie, heureuse, détendue. À tâtons, je cherche son corps chaud mais mes doigts rencontrent des draps froids. Où est-il ? Je tente de refréner la panique qui me paralyse.

Ne t'emballe pas, Lexi, il est certainement en bas.

Pourtant, un pressentiment me pousse à croire qu'il se trame quelque chose. Je me mets à explorer l'étage puis le salon. Pas de Daryl à l'horizon.

C'est là que je l'aperçois.

La lettre. Elle est posée sur le meuble près de l'entrée.

Mon cœur bat la chamade et je déchire l'enveloppe et parcours frénétiquement les lignes qui s'étalent devant mes yeux.

Oh non.

Il n'a pas pu faire ça.

Non. Non. Non ! Putain, non !

Chapitre 27

Daryl

Il faut que je règle cette histoire définitivement. Quand Giorgio a accepté ma proposition, je n'ai pas hésité une seule seconde. Il est temps de mettre un terme à cette affaire et que Lexi puisse reprendre le cours de sa vie sans avoir cette peur au ventre en permanence.

Je sais que je prends un risque mais elle le mérite.

Je sais aussi ce que je pourrais perdre dans cette histoire mais après tout, sauver la peau de son frère vaut bien ce sacrifice.

Le deal ? Une course de voitures qui devrait sceller pour de bon notre problème. Je gagne ? Il laisse tomber la dette pour faire table rase. Je perds ? Je lui cède mon territoire de business et dois quitter la ville, offrant en bonus ma propriété au mafieux. Il n'y aura plus aucune trace de Daryl Ortega en ville.

Quand j'arrive dans la zone aéroportuaire bordée de bâtiments industriels, je note la présence de plusieurs hommes de Maccini et de deux hélicoptères, certainement là pour filmer la course. Je me gare et sors pour repérer le tracé, une piste désaffectée d'environ huit kilomètres.

Normalement, nous nous affrontons sur une *dag race*, une course en ligne droite. Ici, nous allons devoir faire demi-tour sans envoyer nos caisses dans le décor, ça va être chaud. Dans ma tête. Je me répète la marche à suivre : éviter de faire patiner les roues, passer les vitesses le plus vite possible et franchir cette foutue ligne d'arrivée avant Maccini.

Je peux y arriver. Je dois y arriver.

Après mon tour de repérage, je perçois un léger brouhaha et remarque que la foule s'agite autour de nouveaux arrivants. Je plisse les yeux et remarque que trois silhouettes que je connais avancent dans ma direction. Giorgio, posté à côté de moi et de son bolide, une Ferrari F12tdf noire, ricane entre ses dents :

— Ben tiens, Ortega va même avoir droit à des spectateurs pour assister à sa défaite.

J'ignore sa provocation et serre la mâchoire, détaillant Joe, Matt et Lexi qui arrivent. J'ai eu tort de les sous-estimer, ils m'ont retrouvé en deux temps trois mouvements.

Maccini s'éloigne vers ses hommes, rassemblés autour de la Ferrari.

— Bordel, mais qu'est-ce que vous foutez là ? je leur demande, plutôt agressif.

— On est juste venus pour te voir planter ta caisse ! rétorque Matt avec un léger sourire.

Bizarrement, ça ne produit pas l'effet escompté, je leur en veux. Ils n'auraient jamais dû l'amener, elle.

— Lexi, si quelque chose tourne mal, tu dégages. Tu ne fais pas la maligne, tu prends tes jambes à ton cou et tu cours, compris ? j'ordonne.

J'ai beau lui dire les choses, de toute façon, elle n'en fera qu'à sa tête. Elle s'approche de moi, m'enlace et m'embrasse, je sens qu'elle me soutient malgré tout, je vois cette lueur dans ses yeux qui me donne envie de me dépasser.

C'est le moment.

Maccini me fixe, la foule se tend, l'heure du départ a sonné…

— Prêt, Ortega ? Apprête-toi à perdre ton club et la face devant tes hommes, grince le mafieux, un rictus aux lèvres et une lueur malsaine dans les yeux.

Sans même daigner répondre, je monte dans la Lambo, concentré sur ma route et sur mon objectif : gagner contre ce connard.

Après les trois coups de klaxon qui annoncent le départ, j'appuie sur l'accélérateur et nos deux bolides s'élancent dans un vrombissement de moteurs sur la piste.

L'adrénaline envahit mon corps, me procurant l'effet grisant qui me rend accro depuis ma première course et j'accélère pour tenter de prendre l'avantage. Maccini ne va pas se laisser faire. Je le connais, j'ai déjà eu l'occasion de le voir sur un circuit. Le mec sait parfaitement quels mouvements opérer pour gagner derrière un volant.

Il joue les malins et slalome à côté de moi, il veut se tuer ou quoi ? Il me provoque, il me cherche, il va voir ce que j'ai dans le ventre, ce fou. Je tourne, accélère et lui fais une queue de poisson avant de serpenter devant lui.

Je souris, fier de ma manœuvre, mais il me rattrape et nous poursuivons la course, nos deux véhicules côte à côte. Je débraie, essaie de me déporter pour prendre de la vitesse mais il me colle, ne me laissant aucun espace pour le devancer. Je peux sentir l'odeur des pneus brûlés tandis qu'une goutte de sueur perle sur mon front et glisse le long de ma tempe.

Je vais le fumer, ce connard. Impossible qu'il gagne aujourd'hui, j'ai trop à perdre. Lexi a trop à perdre. Je me concentre, ma poigne se resserre sur le volant, j'appuie sur la pédale alors que nous sommes toujours au coude-à-coude, nos deux ailes se frôlant presque. Un mouvement de travers et nous terminons dans le décor. Morts certainement.

D'un coup, il se déporte et me dépasse, effectue un dérapage contrôlé à cent quatre-vingts degrés et remet les gaz pour repartir en sens inverse. Surpris, je pousse un juron et tente d'évaluer l'avance qu'il a gagnée grâce à sa manœuvre. Je n'ai pas dit mon dernier mot, je l'évite de justesse en faisant un tête-à-queue puis appuie sur la pédale pour donner plus de vitesse à la Lambo.

Nous sommes dorénavant sur la dernière ligne droite et ce con fonce comme un dératé. Je parviens à pousser l'Aventador à son maximum, je connais mon bolide par cœur, je sais ce qu'il a dans le ventre. Je me hisse à la hauteur de la Ferrari, jette un coup d'œil à mon adversaire qui tente le tout pour le tout et sens l'onde de choc quand Maccini donne un violent coup de volant pour percuter mon aile gauche.

Je suis dévié par sa manœuvre et serre les dents en grognant :

— Salaud, tu veux la jouer comme ça ?

Je lui rends la pareille et parviens à le déstabiliser, la Ferrari vire légèrement sur la gauche et perd de précieuses secondes.

Je profite de mon avantage pour relancer les gaz et le dépasse avant de prendre la première position.

Encore quelques mètres. Juste quelques mètres de plus.

J'aperçois les spectateurs au loin, je pense à Lexi et me concentre pour tout donner sur le dernier bout de course. Mon sang bouillonne, ma concentration est à son maximum, mes réflexes sont aiguisés.

Maccini tente de revenir mais il est trop tard.

Dans un dernier élan, je franchis la ligne d'arrivée le premier.

J'ai gagné.

Je coupe le moteur, Maccini s'arrête également dans un nuage de fumée.

C'est fini.

Je l'ai fait, bordel, je l'ai fait !

Chapitre 28

Quand on n'a que l'amour

Fébrile, je n'arrive pas à croire que l'histoire est bel et bien terminée. Plus de menace, plus de problème, plus de mafieux. Pourtant, je me pose encore de nombreuses questions sur mon avenir avec Daryl…

La foule est en délire. Moi, je pleure.

Je repense à tout ce que j'ai vécu depuis que j'ai rencontré le ténébreux Daryl Ortega. Je revois mon frère à l'hôpital, ses blessures, le rictus de Maccini, la grange, mes cavalcades avec Daryl, nos disputes, nos réconciliations.

Mais ces dernières semaines n'ont pas été qu'une somme de souffrances et de peur. Certes, il y en a eu beaucoup. Pourtant, j'ai aussi ressenti de la joie, du bonheur et j'ai partagé des moments d'une intensité rare avec Daryl. Jamais personne ne m'avait fait ressentir autant d'émotions. Je l'ai haï, je l'ai aimé avec une force égale.

Aujourd'hui, je me demande surtout s'il peut vraiment se ranger, s'il peut vraiment quitter ce monde dans lequel il s'est fait sa place. Ce monde grâce auquel il a soigné ses blessures d'enfant, passant de l'orphelin sans le sou au puissant chef de gang. Pourra-t-il renoncer à cette « famille » qu'il s'est recréée pour mes beaux yeux ? Lui suffirai-je ?

La vie normale ne comprend pas les mêmes dangers, Daryl la trouvera-t-il suffisamment stimulante ?

À vrai dire, je n'en sais rien.

L'autre problématique concerne mon petit frère. Après avoir eu un premier échange houleux avec mes parents, il est finalement retourné chez eux, dans la campagne de notre enfance. J'espère qu'il ne se reniera pas, qu'il se respectera et que mes parents l'accepteront tel qu'il est. C'est un mec génial malgré les bêtises qu'il a pu faire et son léger manque de jugement. Après cette mésaventure, il est devenu plus mature, plus prudent, il a décidé de reprendre des études en mécanique et compte bien se trouver un job dans le garage du coin. Je ne vais pas tarder à leur rendre visite pour m'assurer que tout va bien et reprendre le rôle de médiatrice que j'ai déjà si souvent endossé avec eux si cela s'avère nécessaire.

Les hurlements de la foule me ramènent à la réalité et au moment présent.

Daryl a gagné. Il sort de la voiture et je me jette en avant, mes deux bras l'enlacent et je l'attire contre moi pour l'embrasser. Il me soulève de terre et je me mets à rire, plus légère, plus heureuse. De là-haut, je saisis son visage entre mes mains et l'embrasse encore. Contre lui, tout contre ses lèvres, je murmure un « merci », en fait je n'arrête pas de lui répéter ce mot.

Merci. Merci, merci.

Il finit par me reposer mais nos yeux ne se quittent plus.

— Je ne sais pas comment te remercier pour tout ça…

— Tu n'as qu'à être là. Reste là, près de moi. Ne pars plus jamais…

— Tu es certain de pouvoir supporter une furie comme moi, monsieur Ortega ?

— J'ai déjà géré bien pire, ma furie. Ma vie serait ennuyeuse sans toi.

— Il faut quand même que je te dise un truc…

Il lève un sourcil, un voile d'inquiétude passe furtivement sur ses traits et je lui souris d'un air coquin, attendrie par son expression anxieuse :

— Tu m'as fichu la trouille, Daryl Ortega. Ne me refais plus jamais ça, je tiens trop à toi pour te perdre dans une stupide course de voitures…

J'ai l'impression que je m'embrouille toute seule alors que j'essaie juste de lui confier mes sentiments. Il n'est pas dupe et un sourire éclatant vient éclairer son beau visage.

— Moi aussi, je tiens à toi ma furie. Promis, c'était ma dernière course… contre un mafieux du moins.

Je lui donne une petite tape sur le bras pour lui montrer mon mécontentement et il me sourit avant de m'embrasser.

Ce soir-là, nous avons fêté sa victoire jusqu'au bout de la nuit. Ses hommes, Joe, Matt et moi.

Et si l'avenir s'annonçait dorénavant plus radieux ? Cet homme a bouleversé ma vie, il a conquis mon cœur. Tant que j'aurai un Daryl Ortega dans ma vie, je serai plus heureuse que jamais.

REMERCIEMENTS

Ah, Daryl ! Je crois que c'est le prénom que j'ai le plus prononcé au cours de ces neuf derniers mois ! La rédaction de cet opus a représenté un gros challenge pour moi avec un rythme d'écriture soutenu et des montagnes russes émotionnelles. Comme Lexi, cet homme m'a rendu chèvre autant qu'il m'a émue !

J'ai eu la chance de pouvoir compter sur le soutien d'une team de choc pour m'accompagner et me fournir une bonne dose d'énergie et des tonnes d'encouragement. L'aventure s'est révélée riche et intense en enseignements divers.

Merci à Lea, mon éditrice de rêve, de m'avoir remotivée quand je ne savais plus quoi faire de la Lamborghini, de Loulou et du caractère de Lexi. J'ai puisé dans tes mots et tes e-mails la force qui m'a aidée à faire évoluer ces personnages.

Un petit « clin d'œil de merci » à ma copine romancière Tamara Balliana, sans qui je ne me serais jamais lancée dans ce projet.

Je tiens tout particulièrement à remercier Arnaud, l'homme que j'aime et qui m'a beaucoup soutenue tout au long de ces derniers mois en me faisant à manger les weekends où je devais travailler sur mon manuscrit (sinon, j'aurais certainement dévoré des pâtes et du chocolat à longueur de temps), en me chouchoutant et en m'aidant à appréhender le point de vue de Daryl à travers des discussions passionnantes. Merci mon amour.

Merci également à ma mère et à ma copine artiste peintre Eva Poffet qui m'ont toutes les deux écouté leur parler de mon intrigue, de mes joies et de mes difficultés.

Merci à vous, lectrices et lecteurs, de faire vivre l'univers d'*Is It Love?*. Vous êtes des passionnés et j'espère que ce nouvel opus saura combler vos désirs, vos fantasmes… et vos rêves.

DANS LA SÉRIE *IS IT LOVE?*

Gabriel, Angel Arekin, Hugo New Romance®, 2019 et Hugo Poche, 2020

Matt, Eva de Kerlan, Hugo New Romance®, 2019 et Hugo Poche, 2020

Ryan, Eva de Kerlan, Hugo New Romance®, 2019 et Hugo Poche, 2020

Colin, Estelle Every, Hugo New Romance®, 2020 et Hugo Poche, 2021

Adam, Tamara Balliana, Hugo New Romance®, 2020 et Hugo Poche, 2021